Ruf der Magie
Prequel

Seelensammler

Linnea Bennett

Deutsche Erstausgabe Oktober 2021

Copyright © Stefanie Zainer
Lektorat: Yvonne Rose
Korrektorat: Stefanie Zainer
Covergestaltung: © Kristina Licht – Coverdesign
Bildmaterial: 123rf.com

Auflage 1 / 2021

Herstellung und Verlag: BoD - Books on Demand, Norderstedt.

ISBN: 978-3-7557-2598-5

Impressum:
Stefanie Zainer
Teesdorferstraße 4
2602 Blumau-Neurißhof

© 2021

Cole & Alayla

Weitere Bücher, die von der Autorin erschienen sind:

Ruf der Magie
Band 1: Dämonenblut
Band 2: Dämonenfeuer
Prequel: Seelensammler

Der Fluch der Eris
Meeresrufen
Himmelsflüstern - November 2021

Unter den Mondfüchsen sind erschienen:
Band 1: Die Märchenwaldchronik
Band 2: erscheint im Frühjahr 2022

Ich würde alles tun, um dich wieder in meine *Arme* zu schließen. Doch bis es so weit ist, bin ich nichts weiter als ein *Seelensammler*.

Prolog

Unsicher trat Cole in die Mitte der Lichtung, sah sich um und wurde doch von den Geräuschen des Waldes eingeschüchtert. Eulen kreischten und Grillen zirpten, irgendwo liefen Tiere durch den Wald und störten die Stille, die sich normalerweise um diese Zeit über diesen Ort legte.

Kurz hielt er inne, als er das schwarze Messer, das ihm die Hexe damals gegeben hatte, und fünf Kerzen aus seiner Jackentasche zog. Ob es wirklich funktionierte? Cole war sich seiner Sache nicht sicher und auch die alte Ogilvy, die oberste Hexe des verschlagenen Dorfes Rhybervie, hatte ihn eindringlich gewarnt. Es war nicht einfach für ihn gewesen, das Dorf zu finden oder gar mit den dortigen Frauen, den Hexen, in Verbindung zu treten. Sie hatten ihn gemieden und wollten ihn fortschicken, doch

Cole wäre nicht Cole, wenn er sich hätte verjagen lassen. Dass in diesem kleinen Dörfchen Hexen lebte, das erzählte man sich schon lange hinter vorgehaltener Hand, doch noch nie hatte jemand den Mut besessen, sich den Hexen entgegenzustellen und nach etwas zu bitten. Cole war der Erste gewesen. Der Erste und vermutlich der Letzte, denn er würde niemandem erzählen, was er plante.

»Eine Seele ist kostbar, das wird der Preis sein«, hatte die alte Ogilvy ihm nach dem stundenlangen Gespräch verkündet, ehe sie ihm schließlich mit zittriger Stimme erklärt hatte, wie er vorgehen musste. Sie war schwer zu überzeugen gewesen, doch Cole hatte sich nicht einschüchtern lassen. Auch hatte sie versucht, ihn dazu zu überreden, zu warten, denn hin und wieder sprachen niedere Dämonen, die für höhergestellte Fürsten arbeiteten, Menschen auch direkt an. Doch das war Cole zu unsicher. Er brauchte diesen Pakt.

Er schluckte und stellte die fünf Kerzen auf, die die Eckpunkte einer Zeichnung symbolisieren sollten, die er in vielen Büchern gesehen hatte. Ein Pentagramm. Doch die Schrift um dieses herum war ihm verborgen geblieben, war er doch des Lesens nicht mächtig. Doch was er hierfür brauchte, das hatte ihm die Hexe genau erklärt.

Entschlossener als noch vor einigen Minuten hob er die Klinge des Messers an seine Handfläche, drückte zu und schnitt sich in sein weiches Fleisch. Er ließ das Blut über den Boden tropfen, kniete sich hin und fuhr langsam die Linien nach, die unsichtbar verborgen das Pentagramm bildeten. Lediglich dunkelrote, kleine Tropfen erinnerten an die Tat vor wenigen Sekunden. Der Wind hob sich, die Flammen der Kerzen flackerten. Es begann. Die alte Frau hatte ihm nahegelegt, das Ritual an dieser Stelle abzusagen, sollte er währenddessen doch kalte Füße bekommen. Aber so groß seine Bedenken auch waren, er durfte nicht scheitern.

Ein letztes Mal atmete er tief ein und aus, stieg dann in die Mitte der Kerzen und fing an zu graben. Die Geräusche um ihn herum verstummten, die Tiere hatten diesen Ort verlassen. Sogar das Zirpen der Grillen war verschwunden. Er war allein. Allein in der Dunkelheit, in der lediglich der Mond sein Zeuge war. Die Grube, die er mit den Fingern schaufelte, wurde immer deutlicher zu erkennen. Kaum war sie tief genug, griff er abermals zu dem Messer und schnitt sich eine Strähne aus dem dunklen Haar. Diese legte er in die Erde, bildete eine Faust und erneut quoll rotes Blut aus der frischen Wunde.

Lautlos tröpfelte es über die Haarlocke. Wie von selbst leuchteten die Kerzen heller und strahlender. Die aufgeschnittene Hand blutete noch, als er nach dem alten Siegel des Dämons, das ihm ebenfalls von der Hexe mitgegeben worden war, griff und dieses mit seinem Blut benetzte.

»Großer, mächtiger Deumus, ich beschwöre dich an diesem Tag zu dieser Stunde. Zeige dich mir sichtbar und gehe diesen Dienst an. Höre, solltest du unter anderweitigen Bann stehen, nichts befähigt dich, der Kraft meiner Beschwörung zu widerstehen. Gehorche meinen Worten, erscheine und erfülle deine Aufgabe.«

Stille legte sich über den Wald, die letzten Geräusche der Nacht verstummten schlagartig vollends. Lediglich das aufgeregte Flügelschlagen einer davonfliegenden Eule war zu vernehmen. Die Stille war für Cole unangenehm, als er ein Grinsen in einem der Schatten sah. Blutrote Augen starrten ihn an, fixierten ihn.

»Ungläubiger, du hast mich rufen lassen? Mich – Deumus?«, fragte die verborgene Gestalt gehässig. Coles Herz schlug schneller.

»Ja. Ich habe nach dir gerufen.«

Seine Stimme war brüchig, als er antwortete. Die ersten Zweifel kamen auf, hätte er ihn vielleicht doch nicht rufen sollen? Doch diese Gedanken kamen zu spät, er musste mit den Folgen leben.

»Und du bist dir sicher, dass du diesen Pakt eingehen willst?« Die dunkle Stimme hallte in der finsteren Nacht wider. Die Bäume um die zwei Männer herum warfen dunkle Schatten, das Licht des Neumonds drang kaum auf die Erde.

»Ja, das bin ich. Gib mir Reichtum und Einfluss, alles, was ich brauche und wissen muss, um ein gutes Leben zu führen und du sollst dafür bekommen, was du verlangst«, sagte Cole leise und der Dämon lachte erneut.

»Dir ist klar, dass du mir deine Seele überlässt?«, fragte er nun spottend. Langsam trat die Gestalt aus dem Dunkel in das schwache Mondlicht. Blutrote Augen leuchteten, als er Cole fixierte. Cole war ein schmächtiger Mann, mit dunklen kurzen Haaren und braunen Iriden, die in diesem Moment unerbittlich auf den Dämon gerichtet waren. Neben ihm war er ein Nichts.

Cole war sich sicher, dass Deumus es gewohnt war, dass die Menschen vor ihm Angst hatten. Doch Cole war anders, zumindest versuchte er das zu sein.

Er hatte keine Angst und war entschlossen, diesen Schritt zu wagen. »Mir soll es recht sein. Formuliere erneut dein Begehren und dann unterschreibe, wenn du mit den Bedingungen einverstanden bist«, sagte der dunkle Mann nun. Auch er hatte schwarzes Haar, das ungekämmt in seine Stirn fiel. Die Muskeln zeichneten sich durch die schwarze, zerrissene Kleidung deutlich ab.

Bullig war der Mann, groß gewachsen und er wirkte mit jedem Zentimeter seines Körpers bedrohlich. Seine blutroten Augen leuchteten vor Belustigung, als Cole auf ihn zutrat. Cole trat an ihn heran und formulierte seine Wünsche erneut.

»Reichtum und Macht.« Coles Stimme zitterte etwas, während sich auf Deumus' Gesicht ein unheilvolles Grinsen abzeichnete.

»Gut. Zehn Jahre. Ich schenke dir zehn Jahre in Reichtum und Macht.« Der Dämon musterte Cole, der noch keine zwanzig Winter überlebt hatte.

»Gut. Zehn Jahre für Reichtum und Macht«, wiederholte Cole. Er ging auf Deumus zu, der grinsend gänzlich aus dem Schatten trat und seine vollkommene Gestalt enthüllte. Cole musterte ihn nervös. Nicht nur die blutroten Augen des Dämons verrieten, dass er kein menschliches Wesen war. Auf seinem Kopf konnte Cole zwei kleine Hörner erkennen, die sich leicht nach hinten bogen und fast gänzlich in dem schwarzen Haar verschwanden. Seine Körperhaltung wirkte beklemmend, feixend blickte er ihm entgegen, denn Cole hatte es gewagt, ihn aus der Hölle hochzuziehen und einen teuflischen Pakt mit ihm zu schließen.

Eine kleine Handbewegung reichte, als ein Papierstück erschien.

»Unterschreibe, und wir haben den Pakt besiegelt«, knurrte der Dämon belustigt. Cole hielt einen Moment inne, als er die Feder hob, die aus dem Nichts erschienen war und vor ihm in der Luft schwebte. Würden ihm Reichtum und Macht wirklich helfen, das Herz seiner Geliebten zu erobern? Er war ein einfacher Bauer, sie eine hochgeborene Frau, die ihn noch nie angesehen hatte. Doch wenn er reich wäre und wenn er etwas zu sagen hätte, dann würde sie auch ihm Aufmerksamkeit schenken.

»Was ist los? Hast du es dir anders überlegt, mickriger Mensch?«, verhöhnte der Dämon Cole, der schließlich den Kopf schüttelte. »Nein, ich bin fest entschlossen. Aber, die Tinte, hier ist keine«, sagte er, stammelte dabei und hoffte, dass diese Ausrede nicht auffallen würde. Der Dämon lachte hämisch.

»Tinte ist überflüssig. Du wirst mit deinem Blut unterschreiben.«

Cole schluckte, führte die Feder zu der offenen Wunde, die er gebraucht hatte, um den Dämon erst rufen zu können. Er stach zu, tauchte die Feder in frisches Blut und setzte seinen Namen fein säuberlich auf das Blatt Papier. Doch das Blut reichte nicht aus, um seinen gesamten Namen auszuschreiben und so spürte er einen schrecklichen Schmerz. Es fühlte sich an, als würden scharfe Klingen seine Haut zerkratzen. Langsam schrieb er weiter. Unsauber war seine Schrift, denn richtig schreiben hatte er nie gelernt. Nur die vier Buchstaben, die seinen Namen bildeten, konnte er einigermaßen leserlich zu Papier bringen und deren Bedeutung erahnen.

Kaum hatte er den letzten Buchstaben geschrieben, löste sich das Pergament in Luft auf, ebenso wie die Feder, die noch in seiner Hand gelegen hatte.

Deumus lachte laut auf. »Zehn Jahre, vergiss es nicht.« Plötzlich hob sich der Wind und ein Blitz fuhr in den Dämon, der sogleich wie vom Erdboden verschluckt war.

Cole blinzelte, lediglich die schmerzende Hand und die Kerzen auf dem Boden zeugten von dem, was eben noch geschehen war.

Ein ungutes Gefühl breitete sich in seiner Brust aus, als er die Kerzen ausblies und eilig zurücklief. Er rannte durch den Wald, ohne sich dabei umzudrehen, denn er hatte das Gefühl, als würden ihn blutrote Augen verfolgen.

 Kapitel

Zehn Jahre später

»Mylord, der Tee steht bereit und Ihre Frau erwartet Sie.« Cole hatte eben sein Arbeitszimmer verlassen, als das Dienstmädchen seiner Frau ihm entgegenkam. Sie hatte, wie sonst auch, einen gehetzten Gesichtsausdruck, doch das überraschte ihn nicht. Helen war sehr fordernd und streng, aber sie war eine gute Herrin des Hauses. Unter ihrer Führung funktionierte alles reibungslos, er war wahrlich ein Glückspilz.

»Danke, ich beeile mich, sie muss nicht lange warten.«

»Das hoffe ich, Mylord. Sie wartet wirklich nicht gern«, murmelte das Dienstmädchen, das eilig weiterlief und Cole auf dem Gang allein ließ. Mit schnellen Schritten ging er voran, zielstrebig auf den Salon zu, in dem seine Frau zweifellos wartete. Wie jeden Tag.

Er öffnete die Tür, als er angekommen war, und erblickte sogleich seine Frau, die damenhaft auf einem kleinen Sofa saß. Sie würdigte ihn keines Blickes, er war ihr eine Entschuldigung schuldig, denn sie hatte auf ihn warten müssen.

Helens braune Haare waren zu einem anständigen Zopf geflochten worden, während das beige Kleid perfekt saß und die verführerischen Rundungen betonte. Helen war eine schöne Frau, sie war die Tochter des Bürgermeisters und seit vielen Jahren auch seine Ehefrau.

Cole wusste, dass ihre Heirat zu einem Bauernsohn nicht standesgemäß war, doch er hatte sich gemausert. Aus dem schlaksigen Jungen war ein Erwachsener geworden, ein gelehrter Mann.

Wo er lesen und schreiben gelernt hatte, das hatte sie nie erfahren und sie hatte es auch nie wissen wollen. Er verdiente genug, hatte ausreichend Geld und besaß ein schönes Haus. Mehr hatte sie nie verlangt und so hatte ihr Vater damals eingewilligt, ihre Hände in seine zu legen, und sie hatten einander ehelichen dürfen.

»Du kommst spät.«

»Verzeih, ich hatte zu tun. Du weißt, die Arbeit«, entschuldigte sich Cole mit leiser Stimme und blickte in ihr hübsches Gesicht. Sie hatte schöne blaue Augen, rosige Wangen und sinnliche rote Lippen. Ihre Wangenknochen passten perfekt in ihr schönes Gesicht, das von ihren braunen Haaren umrandet wurde. All das erinnerte an eine Göttin. Seine Göttin. Cole lächelte ihr entgegen.

»Immer lässt du mich warten, das gefällt mir nicht«, klagte Helen direkt. Cole legte seine Hände sanft auf ihre, entlockte ihr somit ein kleines Lächeln.

»Ich hoffe doch, dass du mir verzeihen kannst.« Ein leiser weiblicher Seufzer folgte, ehe die freie Hand abermals nach der Porzellantasse griff und diese erneut an die Lippen führte.

»Ich könnte, wenn ich nicht immer allein wäre. Cole, ich wünsche mir Kinder. Es wird Zeit.« Er nickte sanft, war es auch sein Wunsch, der sich in all den Jahren nicht erfüllt hatte. Cole wusste nicht, weshalb er ihr bis zu diesem Tag keine Kinder geschenkt hatte. Es hatte wohl noch nicht sein sollen. Helen neigte ihr Haupt, ein paar Strähnen lösten sich aus der festen Frisur.

»Helen, Liebste, du wirst sehen, dieser Wunsch wird sich erfüllen«, sagte er nun mit leiser Stimme, sie nickte mit einem kleinen Seufzer. Abermals ein Seufzer, wie schon so viele Male zuvor.

»Vielleicht kann ich dich anderweitig ablenken. James fand gestern eine Katze im Stroh und sie lässt sich nicht fortjagen. Sie könnte dir Gesellschaft leisten, bis es unsere Kinder können«, schlug Cole mit sanfter Stimme vor. Sie dachte darüber nach, schwieg einen Moment, ehe sie nickte.

»Ich will sie sehen. Wenn sie mir gefällt, dann bleibt sie bei mir. Wenn nicht, dann kann er sie gleich wieder mitnehmen und verscheuchen«, sagte Helen direkt. Cole nickte und erhob sich schließlich. Verdutzt blickte seine Ehefrau ihn an.

»Was tust du? Wir haben Bedienstete. Sie sollen sich darum bemühen, und das Tier holen. Du bist keiner mehr von ihnen«, rügte Helen ihn direkt, doch er zuckte mit den Schultern.

»Mich stört es nicht, warte hier, Liebste.« Er entfernte sich vom gemeinsamen Tisch, mit ihren mürrischen Blicken im Rücken. Er wusste, dass er kein einfacher Arbeiter mehr war, er war mehr. Vieles war ihm zugefallen, er hatte mit Leichtigkeit gelernt, zu lesen und zu schreiben, und schließlich hatte einer der Beamten ihn eingestellt, ohne große Fragen zu stellen. Zusätzlich war ein weit entfernter Verwandte verstorben, der ihm sein ganzes Vermögen vermacht hatte. Er hatte nicht einmal gewusst, dass er mit eben diesem verwandt gewesen war. Zusammen mit seinem Erbe hatte er sich innerhalb eines Jahres ein Anwesen erarbeitet und ein halbes Jahr später hatte er seine Helen ehelichen können.

Ein perfektes Leben, ein glückliches Leben. Cole schloss die Tür hinter sich, ging direkt zu den Ställen, wo er James bereits erkennen konnte. Er mistete die Box von Helens Lieblingspferd aus, doch glücklich schien er nicht zu sein.

»Mäuseplage mit einer Katze... unnützes Ding. Ertränken hätt' ich dich sollen«, schimpfte James nun, als Cole näher zu ihm trat und sich neben ihn stellte. »James, was beschäftigt dich?«, fragte er den Arbeiter, der sich ertappt an die Brust fasste, ehe er eilig die nächsten Handgriffe ausführte.

Auf dem Schemel neben ihm döste eine rotweiße Katze. Während der Bauch und die Pfoten der Katze weiß waren, war der Rücken rot, ebenso wie der lange buschige Schwanz, der zudem kleine weiße Streifen aufwies. Die gelben Augen der Katze funkelten auf, als Cole die Arme nach ihr ausstreckte und sie hochhob.

Ein Gähnen folgte, ebenso wie ein unglückliches Maunzen. Vorsichtig hielt Cole die Katze in seinen Armen, passte auf, dass sie nicht von den Unterarmen rutschte.

»Die Katze, Sir. Sie ist zu nichts zu gebrauchen. Sie liegt nur da und schläft. Sie tut nichts. Selbst die Mäuse lachen sie aus«, beklagte sich James schließlich bei Cole, der leicht grinsen musste. »Ich werde sie zu Helen bringen, James. Vielleicht hat sie dort dann einen Platz«, sagte Cole nun und James nickte unsicher. Der alte Mann sah die Katze skeptisch an, die abermals gähnte und versuchte, ihren Kopf an Coles Oberarm zu lehnen. Müde schloss das Tier die Augen. James verdrehte die seinigen.

»Mit dem Vieh wird die Lady keine Freude haben, Sir, das sag' ich Ihnen. Ist ein faules Ding, das Vieh da. Aber gut, nehmen Sie's mit, ich bin froh, wenn's fort ist«, grummelte der alte Mann. Er wischte sich die Schweißperlen von der Stirn, setzte nun auch die zweite Hand an die Schaufel und begann seine Arbeit fortzusetzen. Cole nickte und klopfte James auf die Schulter.

Ohne weitere Worte ging er mit der Katze zurück zum Haus, während James schimpfend seine Arbeiten fortsetzte. Doch die Katze schien sich darüber nicht zu stören, abermals gähnte sie und schmatzte etwas, während Cole sie über die Stufen trug, hoch in den ersten Stock, in den Raum, wo seine geliebte Frau bereits auf ihn wartete.

Kaum hatte er die Tür geöffnet, drehte sich Helen zu ihm um und musterte ihn neugierig. Mit schnellen Schritten ging Cole zu ihr, setzte sich ihr abermals gegenüber und legte die Katze nun auf seinem Schoß ab, die noch immer die Augen geschlossen hatte.

»Und, Helen? Gefällt sie dir?«, wollte Cole sofort wissen, während Helen das Tier skeptisch betrachtete. Sie strich sich die Handschuhe von den Fingern, streckte die Hand nach dem Tier aus und berührte schließlich das weiche rote Nackenfell.

»Weiches Fell hat sie. Hat sie Flöhe? Ich will nicht, dass sie hier Ungeziefer einschleppt«, beklagte sich die Lady sofort, während Cole die Katze prüfend musterte.

»Das kann ich dir nicht beantworten.«

Helen seufzte auf, während die Katze ihre Augen öffnete und müde zwischen Cole und Helen hin und her blickte. Ihre gelben Augen musterten die schöne Frau, ehe sie sich aufrichtete und sich ausgiebig streckte. Maunzend sprang sie auf Helens Schoß, wo sie sich abermals zusammenrolle und den Kopf auf ihrem Arm ablegte.

Verdutzt starrte Helen das Tier an, das leise zu schnurren begann. Langsam legte sie die Finger in das weiche Fell der Katze und wagte sogar, ihr kleines Ohr zu kraulen.

»Sie kann bleiben. Theresia soll sie nachher bürsten und nach Flöhen absuchen«, erklärte sie, hob den Blick und schenkte Cole einen viel sanfteren Blick.

»Sie gefällt dir also«, stellte Cole mit einem Lächeln fest, noch immer befanden sich die Helens Finger im Katzenfell.

»Ja, sehr sogar. Aber sie braucht noch einen Namen. Bestimmt ist sie ein Weibchen, ich denke, ich werde sie Cinnamon nennen«, sagte Helen nun, Cole nickte seiner Frau zu und legte die Finger ebenfalls kurz auf das Köpfchen der Katze, die weiterhin genüsslich unter den Berührungen schnurrte.

»Ein schöner Name, er gefällt ihr.«

# 2 Kapitel

>> **S**chon wieder dieser Fraß? Ich glaube, du willst mich fett werden lassen«, keifte Helen direkt früh am Morgen, als sie einen prüfenden Blick auf ihren Teller geworfen hatte. Scheu senkte Theresia den Blick, wagte es nicht, ihre Herrin anzusehen, während Cole, der neben ihr saß, leise aufseufzte. Doch er schwieg, denn er wusste, dass er sich in diese Auseinandersetzung nicht einmischen sollte.

»Verzeiht, ich kann Ihnen etwas Neues-«, begann die Magd zu sprechen, doch Helen erhob ihre rechte Hand und zwang die Dienstfrau zu schweigen. Sofort legte sich betretene Stille über sie.

»Wo auch immer du kochen gelernt hast, es ist eine Qual!«

Das Mädchen zuckte unter den Worten ihrer Herrin zusammen. »Ich sollte dich austauschen, für nichts bist du zu gebrauchen«, tadelte Helen die junge Dame weiter, die sich unsicher auf die Lippen biss.

»Helen, ich bin mir sicher, dass sich alles klären lässt. Vielleicht hilft es ihr ja, wenn du ihr sagst, was sie nicht richtig macht, oder was sie anders machen sollte«, versuchte Cole nun doch die Situation zu retten. Aber

Helen seufzte laut auf und ihrem Blick nach zu urteilen, schien die Situation recht verfahren zu sein.

»Dick will sie mich machen, das siehst du doch! Mit ihrem ungesunden Fraß. Ich kann diese Sachen nicht leiden!«

Sie lehnte sich zu ihm und schlang die Arme um seinen Hals. Intensiv blickte sie in seine Augen, ehe sie die Wange ihres Mannes mit einem sanften Kuss bedeckte. Verlegen blickte Theresia zur Seite, ihr Gesicht nahm eine feuerrote Farbe an.

»Bestimmt wird Theresia dir etwas anderes zu essen machen, wenn du sie darum bittest.«

Einen Moment hob er den Blick, nickte der Dienstmagd sanft zu, die unter roten Wangen für einen Moment zusammenzuzucken schien.

»Natürlich, Sir. Ich werde gleich beginnen«, murmelte Theresia, doch Helen verzog das Gesicht.

»Mir ist der Appetit vergangen. Ich möchte gar nichts mehr essen. Und außerdem muss ich sie um nichts bitten, denn sie hat zu tun, was man ihr sagt!« Gerade wollte Cole etwas erwidern, als ein leises Maunzen seine Aufmerksamkeit auf sich zog.

»Ich denke, auch Cinnamon ist hungrig. Theresia, gib ihr den Fraß, den du mir vorhin geben wolltest«, wies Helen die Dienstfrau an, die überrascht innehielt.

»Das feine Essen? Für die Katze?«, fragte sie nach, doch Helen hob abwertend einen Blick.

»Ja, vielleicht will sie es ja. Wenn sie deinen Fraß auch nicht möchte, musst du dir wirklich Gedanken machen! Du kannst dir nehmen, was Cinnamon übriglässt«, wies sie

Theresia an, die sofort nickte und mit hochrotem Kopf den Teller auf den Boden stellte. Glücklich schnurrte die Katze auf, strich um Theresias Beine und schmiegte den Kopf an ihr Knie. Cole bemerkte, wie Helen diese Szenerie mürrisch beobachtete.

»Ich möchte nicht, dass sie dich lieber mag. Heute Abend füttere ich sie«, forderte Helen scharf. Theresia wandte sich rasch ab, während sich Cinnamon über die feinen Würste hermachte. Die Marmelade, die auf einem Brot geschmiert worden war, beachtete die Katze nicht und schob diese mit den Pfoten zur Seite. Sie setzte sich vor den edlen Porzellanteller und eine Zeitlang war nichts zu hören außer dem Schmatzen der Katze.

»Theresia, es ist genügend da. Nimm dir etwas zu essen«, wies Cole die Dienstfrau an. Überrascht wandte sie sich an ihren Herren, als Helen sich verärgert räusperte.

»Ich habe ihr eben gezeigt, wo ihr Platz ist. Cole, hör auf, die Dienstleute so zu behandeln! Sie tun, was sie wollen und gehorchen dir nicht! Es ist eine Schande!«

»Liebste, ich weiß, was ich tue. Ich war einmal an ihrer Stelle und ich weiß, wie es sich anfühlt, so behandelt zu werden.«

»Richtig. Du warst wie sie. Aber jetzt bist du es nicht mehr, du bist nicht mehr von ihrem Stand. Lerne das doch endlich! Ich bin es leid, dass sich mein Ehemann wie ein Bauer verhält!«, schimpfte Helen, griff nach der Katze und hob Cinnamon hoch.

Kläglich maunzte sie, denn sie war wohl noch nicht mit dem Fressen fertig gewesen. Helen ignorierte es. »Helen, ich bitte dich«, murmelte Cole mit leiser Stimme, doch

Helen strafte ihn mit Schweigen, drückte die rote Katze an ihren Körper und verließ mit hastigen Schritten den Raum.

Cole blieb zusammen mit Theresia zurück, die betreten den Kopf senkte und nicht wagte, etwas zu sagen. Schweigen umhüllte sie, als Cole sich erhob und sich nun wieder an die Dienstmagd richtete.

»Ich meinte es so, wie ich es sagte. Iss etwas, es ist genug da«, wies er sie an und folgte schließlich seiner Frau, die sich auf die Terrasse zurückgezogen hatte. Cinnamon lag auf ihrem Schoß, schnurrte und hatte die Augen geschlossen, als Cole die Tür öffnete und sich wortlos neben Helen setzte.

Helen drehte den Kopf zur Seite, tat, als würde sie seine Anwesenheit nicht bemerken. »Es tut mir leid, Liebste. Verzeih mir«, bat er sie, doch Helen blieb stur. Sie schwieg weiterhin. Nur das leise Schnurren der Katze war zu hören, während Cole auf die Antwort seiner Frau wartete. Es kam keine.

»Ich hatte nicht die Absicht, dich bloßzustellen«, fügte er sanft hinzu. Helen schnaubte laut und drehte sich dann zu ihm.

»Und doch hast du es getan, du hast mich vor dem Personal blamiert. Wie sollen sie mich respektieren, wenn du sie machen lässt, was sie wollen? Das geht nicht, Cole! Das geht wirklich nicht!«, beschwerte sie sich und Cole senkte betreten den Kopf.

»Ich mache es wieder gut.«

»Und wie willst du es wieder gut machen? Der Schaden ist bereits entstanden. Das Einzige, was du tun könntest, wäre, Theresia zu entlassen und ihre Stellung neu zu besetzen.«

Cole sah sie irritiert an, als sie diesen Wunsch geäußert hatte.

»Ich soll sie entlassen? Aber sie hat sich nichts zu Schulden kommen lassen, sie hat stets gut und fleißig gearbeitet«, entgegnete er, als ein trockener Schluchzer ihre Kehle verließ.

»Du stehst immer auf ihrer Seite, aber nie verstehst du mich! Vielleicht war es ein Fehler, dich zu heiraten. Ich hätte jemanden ehelichen sollen, der mich versteht«, klagte sie, doch Cole schluckte. Er liebte sie. Seine Helen, er liebte sie über alles und wenn sie von ihm verlangte, dass er Theresia entließ, sollte er dem dann nicht nachkommen?

Cole brauchte einen Moment, seine Gedanken drehten sich und er wusste, dass er eine Entscheidung fällen musste. Er musste eine Seite wählen.

»Ich werde sie entlassen. Aber bitte, beruhige dich«, bat er Helen, die sich augenblicklich wieder fing und sich die Träne von der Wange strich.

»Wenn du das tust, dann weiß ich, dass du mich liebst«, sagte sie, wandte sich ihm gänzlich zu und schenkte ihm ein Lächeln für seine Worte. Cole lächelte Helen an, lehnte sich zu ihr und legte die Lippen sanft auf die ihren, als er Krallen in seiner Hand spürte.

Ein Fauchen ließ ihn auf ihren Schoß blicken, Cinnamon hatte die Ohren angelegt und sah über diese Liebesbekundung nicht glücklich aus. Stirnrunzelnd musterte Cole die Katze, die ihn abermals anfauchte.

»Cinnamon hat recht, du solltest erst deine Worte in die Tat umsetzen, ehe du den Preis bekommst«, sagte Helen und rutschte ein paar Zentimeter von Cole weg. Dieser stieß einen leisen Seufzer aus, verfluchte die Katze, die es sich auf dem Schoß ihrer neuen Besitzerin bequem machte. Zufrieden schnurrte sie, als Cole sich zurücklehnte und sie wieder Helens Finger in ihrem Fell spürte. Doch dann erhob sich Helen erneut und barg die Katze eng an ihrem Körper.

»Und wir ziehen uns zurück, wir haben noch etwas zu erledigen«, summte sie der Katze zu und verschwand im großen Anwesen, das sie zusammen mit Cole bewohnte.

Leicht schüttelte Cole den Kopf, als er sich erhob und zurück in das Haus ging, wo sein Weg ihn direkt in die Küche führte.

# Kapitel

Helen

Helen hatte sich nach dem Ereignis während des Frühstücks den ganzen Tag in ihrem privaten Zimmer eingeschlossen. Erst am Nachmittag hatte sie den Entschluss gefasst, sich von einer der Mägde für den Ball am Abend zurechtmachen zu lassen. Helens Blick glitt in den Spiegel der Frisierkommode, vor der sie saß. Die langen braunen Haare hingen ihr über die Schultern und in ihr Dekolletee. Unzufrieden seufzte sie auf, ehe sie in ihre zarten Hände klatschte. Kaum war das Geräusch verklungen, lugte das Hausmädchen Mariah in den Raum und senkte den Blick, als ihre Herrin sie zu sich herwinkte.

»Mach mir die Haare, bürste sie und dann stecke sie hoch«, verlangte die Hausherrin mit gebieterischer Stimme. Langsam setzte sich Mariah in Bewegung, ging näher auf Helen zu und nahm die Bürste in ihre Hand. Vorsichtig begann sie, Helens Haare zu kämmen, welche gelangweilt in den großen Spiegel blickte und dabei die Handgriffe ihrer Angestellten nicht aus den Augen ließ.

Zittrig führte Mariah die Bürste durch das Haar, stets darauf bedacht, ihr keine Schmerzen zuzuführen.

»Ihr habt schönes Haar«, sagte sie nach einer Weile in die Stille, doch Helen seufzte gelangweilt auf.

»Das habe ich wirklich. Aber danke«, entgegnete sie, ehe Cinnamons leise Tapser zu hören waren. Sie hatte es sich zuvor in den weichen Kissens des Stuhles neben dem Fenster bequem gemacht.

Ohne Rücksicht zu nehmen, setzte die Katze zum Sprung an und machte es sich miauend auf Helens Schoß bequem. Wie von selbst begann diese durch das Fell der Katze zu streicheln.

»Sie scheint euch wirklich zu mögen«, sagte Mariah, als sie die Bürste zur Seite legte und nach den Spangen griff. Vorsichtig hob sie die einzelnen Haarsträhnen an und steckte sie fest. Ihre Handgriffe waren jetzt sicherer, sie schien sich zu entspannen.

»Ja, aber das ist auch kein Wunder. Immerhin habe ich ihr ein Zuhause gegeben. Jeder andere hätte sie gewiss längst ertränken lassen!«, entgegnete Helen abermals gelangweilt, während Mariah weiterhin die Strähnen hochsteckte und eine hübsche Frisur zauberte.

Schweigend wurde die letzte Nadel in die Haare geschoben, als Mariah zufrieden auf ihr Werk sah.

»Du kannst doch nicht allen Ernstes schon fertig sein? Die Haare hier vorne, das passt noch nicht!«, beschwerte sich Helen sofort. Bei diesen Worten zuckte Mariah durchaus zusammen und korrigierte die Frisur ihrer Herrin rasch. Fast schon zufrieden warf Helen schließlich einen Blick in den Spiegel, lehnte sich nach vorne und neigte den

Kopf von einer Seite zur anderen, um das Ergebnis zu begutachten.

»Gut. Das ist einigermaßen akzeptabel. Du kannst gehen«, deutete Helen Mariah, die sogleich mit eiligen Schritten das Zimmer verließ und die Tür hinter sich schloss.

Ein Maunzen durchbrach die Stille und Helen blickte auf die Katze auf ihren Schoß hinab. »Findest du die Frisur nicht schön genug?«, fragte sie die Katze, doch diese schien sich dafür nicht zu interessieren, drehte sich etwas und präsentierte den weißen Bauch, wobei sie abermals ein lautes Maunzen von sich gab.

»Du bist mir keine Hilfe.« Und doch zeichnete sich ein Lächeln auf den Lippen der sonst so strengen Hausherrin ab, langsam streichelte sie durch das flauschige Fell, während Cinnamon leise zu schnurren begann und es offensichtlich genoss.

Doch lange währte das Kraulen nicht, denn ein Blick aus dem Fenster ließ Helen aufseufzen. »Ich muss mich jetzt umziehen. Sonst kommen wir zu spät zum Ball. Aber das tun wir sowieso oft... mein nichtsnutziger Ehemann hat kein Gefühl für Pünktlichkeit, verstehst du«, klagte sie der Katze ihr Leid, die die Augen geschlossen hielt und eine Pfote in die Höhe streckte.

»Aber das alles scheint dir wohl reichlich egal zu sein.« Mit einem weiteren Seufzer hob sie Cinnamon hoch, setzte sie auf die Frisierkommode ab und erhob sich. Sie trat zu ihrem Kleiderschrank, öffnete diesen und begann vorsichtig mit den Fingern über die feinen Stoffe zu streichen. Welches Kleid sie wohl tragen sollte? Sie musterte die Farben, wägte ab, was gut an ihr wirkte und was nicht und entschied sich schließlich für ein burgundfarbenes Kleid, das ihre noch schlanke Taille und ihre braunen Haare betonte.

Sie hielt sich das Kleid an den Körper und schien einen Moment zu überlegen, ehe sie abermals nach Mariah rief. Abermals wurde die Tür geöffnet und das Hausmädchen trat ein. »Hilf mir in das Kleid«, forderte Helen sie nun direkt auf. Mariah nickte schließlich, trat näher an Helen heran und hob das rote Kleid, sodass Helen gut in dieses steigen konnte. Anschließend verschnürte sie das Korsett, doch sie band es für Helens Geschmack nicht fest genug.

»Aber Lady... ich möchte Ihnen doch nicht wehtun«, sagte Mariah besorgt, doch Helen schüttelte den Kopf. »Das ist mir egal, mach es fester! So sehe ich aus wie die Frau des Bankdirektors... und du weißt, dass sie eher rund als hoch ist!«, beschwerte sich Helen, hielt sich an der Lehne des Stuhles fest, während Mariah fester an den Schnüren zog. Keuchend zog Helen die Luft ein, legte die Hände an ihren Bauch, der sofort weiter eingedrückt wurde.

Zufrieden schien Helen noch immer nicht zu sein, doch sie sah ein, dass Mariah wohl keinen weiteren Zentimeter mehr von ihr zuschnüren konnte.

Cinnamon ging unsicher auf der Kommode auf und ab, miaute Helen besorgt an. Der Schwanz der Katze zuckte dabei unruhig, doch kaum hatte Helen die Finger an den Kopf der Katze gelegt, schnurrte sie wieder.

»Es geht mir gut, mach dir keine Sorgen. Aber du scheinst mich besser zu verstehen, als dieses Pack hier«, schimpfte Helen und sah dabei zu, wie Mariah das Zimmer verließ und abermals die Tür hinter sich schloss. Kaum fiel die Tür ins Schloss, wurde Helens Blick weicher, als sie in den Spiegel blickte.

»Weißt du Cinneamon, oft weiß ich nicht, ob ich die richtige Entscheidung getroffen habe. Dieses Leben ist das Richtige für mich, das weiß ich. Aber mein Mann, er ist so weich. Viel zu weich und ich weiß nicht, ob er wirklich so ist, wie er es sein möchte.«

Die Katze miaute leise und rieb ihren Kopf an Helens Handrücken. Helens Blick haftete an ihrem Spiegelbild. Glücklich sah sie nicht aus in dieser Ehe, in die sie geraten war und doch gab es keinen Ausweg für sie.

Liebe, hatte Liebe sie verbunden? Helen wusste nicht, was sie gefühlt hatte, als Cole um sie geworben hatte. Er war ein seltsamer Kauz gewesen, neureich und mit mehr Geld als gut für ihn war. Schnell hatte ihr Vater sich überzeugen lassen, dass er der Richtige für Helen sein musste und auch Helen hatte sich bei der Vorstellung, eine reiche, anmutige Dame an der Seite eines ehemaligen Bauern zu sein, nicht unwohl gefühlt.

Doch die Realität war anders gekommen, als sie gehofft hatte, der Bauer war nie gänzlich seinen Schuhen entwachsen und oftmals ärgerte sich Helen über ihn.

Die liebevollen Gefühle, die für Cole erblüht waren, hatte er mit seinem Verhalten erstickt.

War er gut zu ihr? Ja, das war er, und doch reichte es ihr nicht. Sie fühlte sich schuldig, ihm anzutun, was sie tat, und sah sie in diesem Moment keinen anderen Ausweg. Sie musste die Scharade und die Schuld, die sie auf sich geladen hatte, weiter vorantreiben.

Ein Klopfen an der Tür riss sie aus ihren Gedanken. Mariah steckte den Kopf bei der Tür herein.

»Verzeiht die Störung, aber Euer werter Herr Gemahl erwartet Euch.«

Damit ging das Dienstmädchen wieder und ließ Helen zurück, die leise seufzte und noch immer in den Spiegel blickte.

»Das tut er immer. Er wartet immer auf mich. Wie langweilig.«

***

Mit hocherhobenem Kopf schritt Helen an Coles Seite durch den weiten Ballsaal. Sie nickte ihren Freundinnen zu, die ihr winkten, und wünschte sich, sie wäre bei ihnen. Lästern und den neuesten Tratsch austauschen, das würde ihr wirklich gefallen. Doch ihr Mann hatte andere Pläne mit ihr, führte sie geradewegs zur Tanzfläche. Die Musikanten stimmten ein langsames Lied an und so manch ein verliebtes Paar hatte es eilig, ebenfalls auf die Tanzfläche zu gelangen. Wie von selbst nahm Helen die Tanzhaltung ein, setzte ein Lächeln für ihren Mann auf, in dessen Blick unendliche Liebe zu sehen war. Dieser Anblick versetzte ihr einen Stich und gerade in diesem Moment, als sie begannen, sich zur Musik zu bewegen, wünschte sich Helen nichts sehnlicher, als diese Gefühle erwidern zu können.

Wie gern wäre sie eine gute Ehefrau, doch das war sie nicht. Ein kleiner Teil von ihr wusste es, doch sie gestand es sich nicht ein und belog sich lieber selbst. Es war angenehmer, mit der Lüge zu leben, als sich den Tatsachen zu stellen.

»Du siehst heute Abend wirklich bezaubernd aus«, hauchte Cole ihr entgegen und Helen schenkte ihm erneut ein sanftes Lächeln.

»Das weiß ich.«

Sie drehten sich und eine kleine Stimme ermahnte Helen, dass sie noch nicht höflich genug gewesen war.

»Danke«, fügte sie leise hinzu und der Blick ihres Mannes wurde weicher, während er sie sanft an seiner Hand drehte. Doch obwohl es nur eine kleine Drehung um ihre eigene Achse war, fühlte sie sich seltsam benommen.

Wie oft in letzter Zeit, in der sie sich unwohl fühlte, aber sie ließ sich nichts anmerken.

Sie konnte in den Augen Coles sehen, dass er den Abend mit ihr genoss, dass er sie gern an seiner Seite hatte und dass er noch lieber zeigte, wie glücklich sie miteinander waren.

Er war ihr ein guter Mann, das wusste sie.

»Ich habe dir noch nie dafür gedankt, was du alles für mich tust«, sagte sie leise zu ihm. Überrascht blickte er ihr entgegen, während sie sich zusammen weiterhin zum Takt der Musik bewegten.

Es wunderte Helen nicht, dass er überrascht war, denn es war nicht ihre Art, sich zu bedanken. Doch in diesem Moment hatte es sich richtig angefühlt, diese Worte auszusprechen.

Als Antwort lehnte er sich sanft zu ihr hinab und schenkte ihr einen liebevollen Kuss, den sie vorsichtig erwiderte.

Er war ein guter Ehemann und sie sollte endlich lernen, eine gute Ehefrau zu werden.

Kapitel

Cole

Er konnte kaum glauben, dass er diesen Abend tatsächlich mit Helen verbringen konnte. Nicht immer hatte Cole Zeit für sie und oftmals hielten ihn wichtige Dinge davon ab, dass er sich ihr widmen konnte. Doch sie war mit ihm geduldiger, als er es erwartet oder gar verdient hätte. Langsam drehte er sich mit ihr zum Takt der Musik, die Lippen hatten sich wieder getrennt.

Das nächste Lied gefiel Cole nicht, so deutete er ihr, dass sie mit ihm zusammen von der Tanzfläche ging. Helen schritt neben ihm her, er sah zu ihr und sie schenkte ihm ein leichtes Lächeln.

»Geht es dir nicht gut?«, fragte Cole sie mit gedämpfter Stimme, als sie sich an einen der Tische setzten. Er richtete Helen den Stuhl, bevor sie sich auf diesen niederließ. Irritiert musterte sie Cole.

»Weshalb soll es mir nicht gut gehen?«, erwiderte sie seine Frage mit einer Gegenfrage und griff nach einem Glas Weißwein. Cole seufzte auf und betrachtete Helen weiterhin.

»Ich habe das Gefühl, dass du mir in letzter Zeit doch aus dem Weg gegangen bist. Ich weiß, dass ich in den letzten Monaten viel zu tun hatte, aber das wird sich ändern.« Ein leises gehauchtes Versprechen, doch Helen ließ sich davon nicht erweichen. Sie zog eine Schnute und schüttelte den Kopf.

»Ich weiß, dass Männer immer viel zu tun haben.«

In ihrer Stimme lag keine Anklage, keine Schuldzuweisung und doch konnte Cole nicht verhindern, dass es ihm einen unangenehmen Stich versetzte. Die letzten Monate waren sehr arbeitsintensiv gewesen, manche Tage und Nächte hatte er sogar in der nächsten Stadt verbringen müssen. Es hatte ihm nicht gefallen, Helen allein zu lassen, doch leider hatte es sich nicht vermeiden lassen.

»Ich verspreche dir, dass ich mehr Zeit mit dir verbringen werde«, murmelte er und griff nach ihrer Hand. Helen überließ sie ihm und runzelte die Stirn, als er die Lippen sanft auf die Fingerknöchel seiner Ehefrau legte.

»Das hoffe ich doch«, sagte sie mit gedämpfter Stimme und lehnte sich etwas im Stuhl zurück. Cole beobachtete sie mit Argusaugen und tat es ihr nach ein paar Momente gleich. Auch er führte sein Weinglas an seine Lippen, genoss den süßlichen Geschmack des Weißweins auf seiner Zunge.

»Wieso starrst du mich so an?«

Helens Frage überraschte ihn und er blinzelte ihr verwirrt entgegen.

»Darf ich meine Frau nicht beobachten?«

Helen schüttelte den Kopf.

»Nicht auf diese Weise.«

Cole dachte nach und versuchte herauszufinden, was sie damit meinte. Er war in Gedanken gewesen und hatte offenkundig nicht bemerkt, dass ihr sein Blick unangenehm war. Doch auch wenn er nur zu gern gekontert hätte, so wusste er, dass es nicht klug wäre.

Sie würden nur streiten und Cole hatte noch keinen Streit mit seiner Ehefrau gewonnen. Wie könnte er auch mit ihr streiten wollen, oder ihr nicht geben, was sie verlangte? Nein, Cole wusste, dass es besser war, zu schweigen.

»Verzeih«, sagte er stattdessen und blickte erneut in die schönen Augen seiner Frau. Sofort wurde ihr Blick weicher, sie nickte ihm zu und erhob sich schließlich. Doch als Cole es ihr gleichtun wollte, schüttete sie den Kopf.

»Ich möchte meine Freundinnen begrüßen.«

Keine Bitte, ob sie sich von ihm entfernen durfte und keine Aufforderung, dass er sie begleiten sollte, folgte. Mit hocherhobenem Kopf schritt Helen auf eine kleine Traube von jungen Mädchen zu, die sie sofort begrüßten und keine Sekunde später steckten sie kichernd die Köpfe zusammen.

Wie Kinder, doch das waren sie nicht. Keine einzige von ihnen, obwohl sie alle sehr jung waren. Cole beobachtete Helen, wie sie mit ihrer Freundin Kendra tuschelte und eine ihm fremde Dame mit dem Blick fixierte. Er musste dem Gespräch nicht beiwohnen, um zu wissen, dass die ihm fremde Dame unwissend zum Gesprächsthema der Mädchenrunde geworden war.

Gerade wollte er den Kopf abwenden, als er eine Hand auf seiner Schulter spürte. Cole sah zur Seite und blickte direkt in das alte Gesicht von David Smiths, einen Einwanderer aus England, der hier Fuß fassen wollte.

Cole hatte sich rasch mit ihm angefreundet, sehr zu Helens Leidwesen, die Fremden grundsätzlich misstraute.

»Na, bewunderst du sie wieder aus der Ferne?«

Dunkel war die Stimme seines Freundes und Cole stieß einen leisen Seufzer aus, ehe er sich gänzlich von Helen abwandte und sich seinem Freund zudrehte.

»Das ist es, was wir tun. Wir beobachten sie und fragen uns, weshalb wir diese Geschöpfe überhaupt verdient haben.«

Seine Antwort entlockte David ein dunkles Lachen, ehe er den Kopf schüttelte.

»Sie hat einen verliebten Idioten aus dir gemacht. Doch das warst du bestimmt schon, bevor du sie geheiratet hast, oder?«, fragte David ihn, doch eine Antwort war nicht nötig. Jeder im Dorf wusste, wie sehr Cole Helen vergöttert hatte, und wie sehr er sie liebte. Doch niemand konnte ahnen, mit welchen Mitteln er die Frau seiner Träume bekommen hatte.

»So wie Sarah aus dir?«, erwiderte Cole grinsend und David lachte.

»Definitiv. Ich würde mich nicht anders beschreiben. Sarah lässt sich entschuldigen, doch sie lässt euch ihre Glückwünsche ausrichten.«

Cole runzelte die Stirn über die Worte seines Freundes. Doch dieser sah in diesem Augenblick genauso verwirrt aus, wie Cole sich fühlte.

»Sarah weiß, dass Helen schwanger ist. Ihre Magd hat es ihr erzählt. Weißt du, auch Dienstmädchen sprechen miteinander.«

David Worte klangen für Cole so, als wären sie weit weg. Sie war schwanger? Damit hätte er nicht gerechnet, nicht in einer Zeit, in der er so viel auf Reisen gewesen war. Doch Helen hatte sich stets ein Kind gewünscht und erst vor kurzem noch davon gesprochen. Hatte sie es damals schon gewusst und eine bestimmte Reaktion von ihm erwartet? Bestimmt hatte sie das und Cole war sich sicher, dass er das in diesem besonderen Moment ruiniert hatte. War sie deshalb so erzürnt gewesen und so wütend?

»Ich glaube, du solltest mit ihr sprechen«, murmelte David, erhob sich und ließ Cole mit seinen Gedanken allein. Er konnte es seinem Freund nicht verübeln, denn in diesem Moment war er gewiss keine angenehme Gesellschaft.

Auch Cole stand schließlich auf und ging wie von selbst auf die Mädchengruppe zu, die noch immer kicherte. Ob sie mittlerweile ein anderes Opfer gefunden hatten, das wusste Cole nicht, und doch war es ihm in diesem Moment egal.

»Helen?«

Sie ignorierte ihn und drehte ihm noch immer den Rücken zu. An jedem anderen Tag hätte er sie bei ihren Freundinnen gelassen, doch nicht jetzt. Nicht jetzt, wo ihm diese eine Frage schwer wie Blei auf der Zunge lag.

»Helen?«, wieder wiederholte er ihren Namen, als sie sich endlich zu ihm umdrehte. Ihrem Gesichtsausdruck nach zu urteilen, war sie über seine Anwesenheit nicht begeistert. Er störte sie gerade, doch das war ihm egal.

»Ja?«

»Ich muss mit dir sprechen.« Sie seufzte gelangweilt auf und warf einen kurzen Blick auf ihre Freundinnen.

»Kann das nicht warten?«

Cole schüttelte den Kopf.

»Nein, es ist dringend. Bitte«, murmelte er leise und ignorierte die Tatsache, dass eine ihrer Freundinnen, Cole glaubte, dass sie Fiona hieß, ihn nachäffte. Sie nahmen ihn nicht ernst, das wusste Cole und damit konnte er leben. Doch diese eine Tatsache musste er klären, bevor sich Helen ihren Freundinnen, die ihm noch nie Respekt gegenüber gebracht hatten, widmen konnte.

»Na gut«, gab Helen nach. Sie deutete ihren Freundinnen, dass sie gleich wieder da sein würde, und hakte sich bei Cole unter, der sie langsam von der kleinen Gruppe fortführte, hinaus aus dem Ballsaal und in den Garten.

»Erwartest du ein Kind?«, fragte Cole sie direkt, als sie allein waren. Helen musterte ihn und schwieg. Eine seltsame Stille legte sich über sie, die mehr als unangenehm für Cole war. Doch Helen brach schließlich das Schweigen, als sie sich räusperte, nickte und ein »Ja« in die Nacht flüsterte.

Ein seltsames Gefühl überkam Cole, als er den Blick hoch in den Himmel richtete. Er hätte es sich anders vorgestellt, zu erfahren, dass er Vater werden würde. Eigentlich hatte er es von ihr erfahren wollen, doch alles war anders gekommen. Anders als er es erwartet, oder sich erträumt hatte.

»Du freust dich nicht.«

Helen klang enttäuscht und Cole konnte es ihr nicht verübeln. Wie sie sich gerade fühlen musste, das konnte er nicht erahnen.

»Deshalb habe ich es dir nicht gesagt, weil ich wusste, dass du dich nicht freuen würdest.«

Diese Worte waren für Cole ein Schlag ins Gesicht, denn so sehr er sie auch verstand, es schmerzte, was sie ihm sagte.

»Du tust mir unrecht, ich wollte immer eine Familie mit dir gründen und das möchte ich auch noch immer.«

Helens Gesicht hellte sich bei seinen Worten auf und er spürte ihre Finger, die sich um seinen Oberarm schlangen.

»Wirklich? Du klingst nicht so, als würdest du ernst meinen, was du sagst«, murmelte Helen in die Nacht, doch Cole schüttelte den Kopf.

»Ja, wirklich. Ich freue mich.«

Tatsächlich schaffte Cole es, zu lächeln, und er musste zugeben, dass sich langsam ein gewisses Gefühl der Freude in ihm breit machte.

Er würde Vater werden. Aus seinem Lächeln wurde ein leises Lachen, als er Helen eng an sich zog und sich einen innigen Kuss von ihren Lippen stahl.

Sie schmiegte sich in seine Arme, während er sie enger an sich zog.

»Vergiss deine Freundinnen, lass uns nachhause gehen. Den Rest des Abends möchte ich mit dir allein verbringen.«

Kapitel

» **G**eh in den Salon, Helen, und warte auf mich. Ich komme gleich, ich hole den besten Wein und dann stoßen wir an. Auf dich und auf uns, auf unsere Familie!«, sagte Cole euphorisch zu Helen, als sie gemeinsam in das Haus zurückgekehrt waren. Helen kicherte, schmiegte sich an seine Seite und küsste seine Wange.

»Lass mich aber nicht zu lange warten«, murmelte sie sanft und Cole musste grinsen.

»Wie könnte ich dich lange warten lassen!«

Wieder kicherte Helen, während Cole sich nur schwer von ihr trennen konnte. Er stahl sich einen letzten Kuss, ehe er sich mit schnellen Schritten auf den Weg in sein Arbeitszimmer machte, wo er immer den besten Wein lagerte. Eigentlich für seine Geschäftspartner, doch an diesem Abend wollte er eine Ausnahme machen und diese edlen Tropfen mit Helen teilen. Doch als er die Tür öffnete, erstarrte er in seiner Bewegung. Eine junge Frau saß auf seinem Schreibtisch, räkelte sich grazil im Mondlicht und schenkte ihm ein gefährliches Lächeln, als sie sein Eintreten bemerkte.

»Wer sind Sie?«

»Das wüsstest du wohl gern«, entgegnete die fremde Frau, ehe sie sich langsam erhob. Sie war schön, ohne Zweifel. Das Haar war kupferfarben, die Augen erinnerten an das Grün der Wälder. Klein war sie, deutlich kleiner als Cole und doch ahnte dieser, dass von ihr eine deutliche Bedrohung ausging.

»Das verrate ich nicht«, fügte sie hinzu und strich mit den Fingern über das schwarze Kleid. Es saß eng an ihrem Körper, viel zu freizügig.

Cole runzelte die Stirn über ihr Verhalten und schnaubte. Verärgerung machte sich in ihm breit, denn sie war es, die den Abend mit seiner geliebten Helen störte. Sie hatten etwas zu feiern und nun störte diese Fremde ihn dabei.

»Wie sind Sie hier hereingekommen?«

Doch erneut bekam er keine Antwort und beobachtete die Frau dabei, wie sie sich quer über den Tisch lehnte, eine Schublade öffnete und einen Wein herauszog. Ungefragt öffnete sie die Flasche und setzte sie an ihre Lippen. Cole knurrte und ballte die Hände zu Fäusten.

»Verschwinden Sie sofort aus meinem Haus!«, tobte er, doch sie warf ihm einen langen Blick zu und zuckte dabei mit den Schultern.

»Versuch es doch, glaub mir, ich gehe nicht. Zumindest nicht allein, denn du wirst mich begleiten«, stellte sie fest, doch davon wollte Cole nichts hören. Er schüttelte den Kopf über ihre Worte und verschränkte die Arme vor der Brust.

Erneut nahm die Frau einen kräftigen Schluck von dem Wein, ehe sie die halbleere Flasche auf dem Tisch abstellte.

Der belustigte Ausdruck in ihren Augen verschwand und eine Ernsthaftigkeit legte sich über ihre Züge, die Cole einen Schauer über den Rücken jagten.

»Deine zehn Jahre sind abgelaufen, ich bin hier, um den Preis einzutreiben«, erklärte sie ihm ausdruckslos und sprang leichtfüßig vom Schreibtisch. Erst jetzt als sie vor ihm stand, bemerkte Cole, wie klein sie wirklich war. Sie musste ihm gerade bis zu seinem Kinn reichen, Helen hingegen war von großer, anmutiger Gestalt. Ihr konnte er problemlos in die Augen sehen.

Schweigen hüllte sich über sie und Cole hatte es die Sprache verschlagen. An den Pakt hatte er nicht mehr gedacht, er hatte ihn erfolgreich aus seinem Gedächtnis verbannt und doch kehrten die Erinnerungen augenblicklich zurück. Erneut jagte ein Schauer über seinen Rücken.

»Bitte, noch nicht«, murmelte Cole und presste die Lippen zusammen. Die Frau seufzte auf und schüttelte den Kopf.

»Darum bitten mich alle, aber ich kann keine Ausnahme machen. Deine zehn Jahre sind vorbei und Deumus verlangt den Preis.«

Cole senkte betroffen den Blick. Würde er sein Kind nicht mehr aufwachsen sehen? Dieser Gedanke quälte ihn, denn er hatte sich in der kurzen Zeit recht gut damit angefreundet, Vater zu werden. Dass ihm diese Frau das nehmen wollte, konnte er nicht zulassen. Sein Blick huschte zur Tür und augenblicklich seufzte die Fremde.

»Lass das lieber, ich habe gerade keine Lust, zu laufen oder dich jagen zu müssen. Außerdem würde ich dich sowieso einholen und verstecken kannst du dich auch nicht. Blamier dich lieber nicht vor mir.«

Ihre Stimme klang gelangweilt, doch Cole schüttelte den Kopf. Kampflos wollte er sich nicht geschlagen geben. »Hast du kein Herz? Meine Frau erwartet ein Kind, du kannst mich jetzt noch nicht mitnehmen.«

»Doch, das kann und werde ich auch. Denkst du, dass ich deinetwegen Ärger mit Deumus bekommen möchte?«

»Ich bitte dich«, murmelte Cole leise, doch die Fremde schüttelte den Kopf, sodass die roten Haare hin und her flogen.

»Nein. Das ist meine letzte Antwort, hör auf zu betteln«, verlangte sie.

»Wieso holt er mich nicht persönlich ab, sondern schickt dich?«, fragte Cole und versuchte, so noch ein wenig Zeit zu schinden. Doch das schien die Fremde nicht zu beeindrucken.

»Glaub mir, Cole Campbell, du möchtest nicht, dass er kommt und dich holt.«

»Das kannst du nicht wissen. Vielleicht möchte ich das ja«, entgegnete Cole, doch erneut schüttelte sie den Kopf über seine Worte.

»Er würde deine Seele direkt hier auf der Stelle verschlingen und deine liebreizende Frau kann dann deine Überreste entfernen. Willst du ihr das wirklich antun?«, fragte sie ihn, doch nun musste sich Cole geschlagen geben. Er schüttelte den Kopf, als sie auf ihn zutrat. Vielleicht gab es keinen anderen Ausweg und ein Teil von ihm wusste, dass er mit keinem Erbarmen rechnen konnte. Denn den Reichtum sowie die Macht, die hatte er nur zu gern entgegengenommen. Er sollte die Rechnung wie ein Mann tragen, denn er konnte und wollte sich nicht lächerlich machen.

»Du siehst so aus, als würdest du endlich einsehen, dass du an der Sache nichts ändern kannst«, stellte sie fest, doch Cole erwiderte nichts mehr auf ihre Worte.

Er ließ den Kopf ein wenig hängen, ansehen wollte er sie nicht. Den Blick hob er erst, als er ihre Finger um seine Schulter spüren konnte, die sich um diese legten.

»Keine Sorge, es geht schnell. Du musst keine Angst haben. Deumus quält seine Opfer nicht, du wirst keine Schmerzen haben«, versprach sie ihm leise, doch Cole schüttelte den Kopf.

»Das ist es nicht.«

Die Fremde runzelte die Stirn und ließ seine Schulter wieder los.

»Was sollte es denn sein?«

»Helen.«

Sie schnaubte auf.

»Helen. Deine Frau. Du glaubst doch nicht wirklich, dass sie dein Ableben großartig beweinen wird«, erwiderte sie sarkastisch. Augenblicklich keimte Wut in Cole auf.

»Du kennst sie nicht, sie liebt mich und wir hätten die Chance auf eine Familie gehabt!«

In einem anderen Moment hätte er sich darüber den Kopf zerbrochen, dass seine Frau in diesem Augenblick auf ihn wartete und ihn jede Minute des Wartens bereuen lassen würde. Doch in dieser Situation rückte das alles in weite Ferne.

»Ich glaube eher, dass du sie nicht kennst.«

Noch bevor Cole etwas darauf sagen konnte, bemerkte er das Funkeln in ihren Augen. Er wusste nicht, ob das für ihn ein gutes oder ein schlechtes Zeichen war.

»Das wird mir gefallen. Ich gebe dir noch einen weiteren Tag, an dem du deine Frau genau kennenlernen kannst.«

Einen Tag? Was sollte Cole mit einem Tag? In diesem Zeitraum konnte er sein Kind nicht aufwachsen sehen, doch war es mehr, als er erwartet hätte. Mehr, als ihm womöglich zustand. Auch wenn er sich sicher war, dass dieser Aufschub kein Indiz dafür war, dass dieser Frau ein Herz gewachsen wäre.

Ob sie das Gefühl von Mitleid überhaupt kannte? Cole musterte sie genauer und entschied sich für ein Nein. Dämonen, und sie musste eindeutig eine Dämonin sein, musste dieses Gefühl verwehrt bleiben, denn wie sonst sollten sie diese schrecklichen Aufgaben verrichten können, die man von ihnen abverlangte?

Allerdings konnte er in diesem weiteren Tag Abschied von ihr nehmen, auch wenn er ihr unmöglich sagen konnte, weshalb er sie verlassen musste. Wenn Cole genauer darüber nachdachte, so stellte er fest, dass er ihr wohl gar nicht sagen wollte, dass er gehen musste.

Das wäre das Beste.

Die Frau lachte plötzlich auf und Cole runzelte die Stirn.

»Was ist so lustig?«

»Du. Weil du glaubst, dass ich dich tatsächlich noch einen weiteren Tag als Mensch bei dieser Frau leben lasse. Nein, ich habe dir einen Tag versprochen, doch diesen Tag wirst du nicht als der verbringen, der du es gewohnt warst zu sein.«

Sie sprach ihn Rätseln und Cole hatte das ungute Gefühl, dass das, was sie mit ihm vorhatte, nicht zu seiner Zufriedenheit wäre.

»Wie sollst du sie kennenlernen, wenn du als Cole Campbell um sie herumschwänzelst? Nein, ich habe eine andere Idee für dich. Sie wird dir gefallen, da bin ich mir sicher.«

Cole war sich sicher, dass ihm ihre Idee nicht gefallen würde, dennoch wollte er sich nicht dagegen auflehnen. Denn diesen Tag würde er dennoch nutzen können, egal, was sie mit ihm vorhatte.

Cole bemerkte, dass sich ein dunkler Rauch um seine Beine und um die fremde Frau hüllte. Er wurde dichter und schien ihn und sie gänzlich zu umfassen.

Doch während sich bei ihm Unbehagen breit machte, lächelte sie ihm entgegen – ein Lächeln, das weder gemeiner Natur noch gehässig war. Es war ein ehrliches, beinahe versöhnliches, Lächeln.

»Übrigens, du kannst mich Alayla nennen. Du solltest meinen Namen kennen, denn wir werden noch ein wenig Zeit miteinander verbringen.«

6 Kapitel

Cole verstand nicht, was mit ihm geschah. Einen Wimpernschlag später, nachdem er sich ihren Namen versucht hatte, einzuprägen, fand er sich in einem Dorf wieder, das ihm schrecklich bekannt vorkam. Es war jenes Dorf, in dem er die Hexe gefunden hatte, die ihm alles über den Teufelspakt verraten hatte. Ein furchtbares Gefühl überkam Cole und er blickte zu Alayla, die sich in ihrer Haut jedoch nicht unwohl zu fühlen schien. Im Gegenteil. Es schien fast so, als fühlte sie sich hier wohl. Sie war bestimmt nicht zum ersten Mal hier, da war sich Cole fast sicher.

»Wieso schaust du mich so an?«

Cole seufzte auf und wandte den Blick demonstrativ ab.

»Was machen wir hier?«

»Für das, was ich mit dir vorhabe, brauche ich ein wenig Hilfe. Leider sind meine Kräfte beschränkt. Aber hier lebt eine Frau, die mir noch einen Gefallen schuldig ist.«

Sie sprach in Rätseln und Cole stieß abermals einen genervten Seufzer aus, doch er zuckte zusammen, als er ein Piksen in seine Seite spürte.

Er zischte und blickte doch wieder zu Alayla, die ihn tadelnd ansah.

»Sei nicht so unhöflich zu mir. Komm jetzt mit, wir haben keine Zeit zu verschenken. Also, ich eigentlich schon, aber dir läuft sie wie Sandkörner durch die Finger. Ein hübscher Vergleich, nicht?«

Sie gluckste über ihren kleinen Scherz, doch Cole konnte diesen Humor nicht teilen. Widerwillig ließ er sich von Alayla mit sich ziehen, die sein Handgelenk mit ihren Fingern umfasste und zielstrebig ein Häuschen anvisierte. Im Augenwinkel bemerkte Cole, dass sie beobachtet wurden, durch Fenster und offene Türen, doch niemand wagte sich auf die Straße. Cole vermutete, dass es an Alayla lag.

»Sie scheinen dich hier nicht sonderlich zu mögen.«

Wieder erntete er dafür einen tadelnden Blick.

»Natürlich nicht. Ich bin eine Dämonin und hier leben Hexen. Wir vertragen uns prinzipiell nicht.«

»Wieso?«

»Weil Hexen denken, dass sie uns überlegen wären, aber das sind sie nicht. Sie sind an ihre komischen Sprüche und Rituale gebunden, das haben wir nicht nötig.«

Sie klang überheblich, doch Cole war davon nicht überzeugt.

»Aber jetzt brauchst du auch die Hilfe einer Hexe.«

Alayla zischte laut auf und stieß ein animalisches Knurren aus.

»Ich fordere einen Gefallen ein. Ärgere mich lieber nicht, sonst überlege ich es mir noch einmal und bringe dich direkt zu Deumus!«

Demonstrativ zog sie Cole weiter mit sich, als die Tür des Häuschens, das sie ansteuerten, geöffnet wurde. Eine junge Frau trat aus diesem, sie hatte ebenso wie Alayla feuerrotes Haar und ihre grünen Augen weiteten sich, als sie zu Cole blickte.

Gab er so einen furchtbaren Anblick ab? Er biss sich auf die Unterlippe und widerstand dem Drang, nachzufragen.

»Alayla, ich hätte nicht gedacht, dass wir uns so schnell wiedersehen.«

Sie stoppten ein paar Meter vor dem Haus und Alayla ließ Coles Hand wieder los, der zwischen den beiden Frauen hin und her blickte.

»Ich bin hier, um den Gefallen einzufordern, den du mir schuldest.«

Die Fremde verharrte einen Moment, ehe sie vorsichtig nickte und in das Haus deutete.

»Kommt rein, dann besprechen wir alles Weitere.«

Noch bevor Cole sich von selbst in Bewegung setzen konnte, zog Alayla ihn abermals mit sich und er kam sich vor wie ein Hund an der Leine. Es gefiel ihm nicht. Das Innere des Hauses erinnerte ihn an das Gespräch mit der alten Dame, die er in diesem Dorf aufgesucht hatte. Auch die Fremde hatte seltsame Bücher an der Wand stehen, einen Kessel über den Herd hängen, der seltsam roch und unzählige Pflanzen wucherten durch den Wohnraum. Inmitten von anderen Utensilien, die Cole nicht beschreiben konnte, saß eine kleine rote Amsel, die ihn aus neugierigen Augen heraus musterte.

»Und was soll ich für dich tun?«, fragte die Fremde und riss somit Coles Aufmerksamkeit wieder an sich. Er trat näher an die beiden Frauen heran, die einander gegenüberstanden.

»Das ist Cole, er ist eine der Seelen, die ich für Deumus einsammeln soll«, begann Alayla zu erzählen und die Fremde schenkte Cole einen bemitleidenswerten Blick. Ein seltsames Gefühl breitete sich in ihm aus. Er wollte nicht bemitleidet werden, denn er hatte sein Schicksal selbst gewählt. Es war seine Entscheidung gewesen, den Dämon zu rufen und ihm die Seele anzubieten.

Cole wusste, dass es nicht seine beste Idee gewesen war, doch wie hätte er Helen sonst für sich gewinnen können? Könnte er in die Zeit zurückreisen und alles anders machen, er hätte es nicht getan. Im Gegenteil. So wie sich alles entwickelt hatte, war es gut.

»Ich möchte, dass du ihn in einen Raben verwandelst.«

Cole blickte Alayla perplex an und auch die Fremde hob skeptisch die Augenbraue in die Höhe.

»Dafür willst du deinen Gefallen einfordern?«

Alayla nickte und verschränkte die Arme vor der Brust.

»Ja. Ich habe ihm einen Tag geschenkt. Er soll sehen, dass er nichts zurücklässt, was nicht gut ohne ihn leben kann.«

Die Fremde wirkte nicht überzeugt, doch sie zuckte mit den Schultern.

»Wenn du meinst. Was du mit deinem Gefallen machst, ist deine Entscheidung. Aber wenn ich ihn verwandelt habe, dann sind wir quitt.«

»Einverstanden.«

Cole räusperte sich und trat einen weiteren Schritt auf beide Frauen zu, die sich zeitgleich zu ihm drehten und ihn musterten, fast so als hätten sie vergessen, dass er noch im Raum war.

»Werde ich gar nicht gefragt?«, mischte Cole sich ein.

»Nein.«

Alaylas Antwort ließ Cole verstummen. Er hätte mit vielem gerechnet, aber nicht mit einer direkten Absage.

»Aber hier geht es darum, mich zu verwandeln. Ich sollte ebenfalls ein Mitspracherecht haben. Ich möchte kein Rabe werden.«

Die fremde Frau hatte sich mittlerweile von ihnen weggedreht und schien etwas zwischen ihren Sachen zu suchen. Alayla ging auf Cole zu und blickte tief in seine Augen.

»Vertrau mir, ich weiß was ich tue.«

Doch da war Cole sich nicht so sicher.

»Ich weiß nicht, ob es klug ist, einem Dämon zu vertrauen«, murmelte er und Alayla lachte laut auf.

»Wahrscheinlich nicht. Aber tu es trotzdem, du hast keine andere Wahl.«

Ein seltsamer Geruch breitete sich aus und Cole rümpfte die Nase, als er feststellte, dass der Kessel seltsam blubberte und eigenartige Dämpfe von sich gab.

»Schau nicht so skeptisch, Ailis weiß, was sie tut.«

Ailis ignorierte sie jedoch und widmete sich weiterhin ihrem Trank, warf immer wieder Pflanzenstücke hinein und murmelte seltsame Worte, die Cole fremd waren und doch ein unbehagliches Gefühl in ihm auslöste. Er verstand die Worte kaum, die sie murmelte und vernahm nur einzelne Phrasen, die jedoch kein Ganzes bildeten.

»Wieso tust du das für mich?«, fragte Cole Alayla leise, die ihn überrascht anblickte.

Es folgte ein Moment der Stille und Cole wusste nicht, ob sie einfach keine Lust hatte zu antworten, oder ob sie nicht wusste, was sie sagen sollte. Doch gerade als Cole nicht mehr mit einer Antwort gerechnet hatte, räusperte sich Alayla.

»Weil du mir irgendwie leidtust.«

Das war das Letzte, was Cole hören wollte.

»Ich tue dir leid? Weswegen?«

Alayla zuckte mit den Schultern und beobachtete, wie Ailis Erde in den Trank warf. Die Amsel saß dabei auf ihrer Schulter und beobachtete das Tun der Hexe ebenso.

»Weil du denkst, dass Helen es wert war, für sie zu sterben. Doch das ist sie nicht. Auch sie tut mir irgendwie leid. Ihr Menschen seid bemitleidenswert.«

Mittlerweile hatte der seltsame Gestank in der Hütte zugenommen und Cole hatte das Bedürfnis, sich zu übergeben. Doch er widerstand dem Drang.

»Im Gegensatz zu euch haben wir ein Leben.«

Alayla hob skeptisch eine Augenbraue.

»Das haben wir auch, aber wir suchen uns meistens selbst aus, was wir machen und wem wir dienen. Die meisten jedenfalls. Doch ihr Menschen, ihr jagt euer Leben lang hinter Dingen her, die euch schlussendlich nicht glücklich machen.«

Ailis räusperte sich und Cole richtete seine Aufmerksamkeit wieder auf die Hexe, die das seltsame

Gebräu in ihrem Kessel mittlerweile in eine Phiole gefüllt hatte, die sie Cole hinhielt.

»Trink das.«

Cole schüttelte entschieden den Kopf.

»Bestimmt nicht.«

Doch Ailis schien mit einer Absage nicht gut umgehen zu können, anstatt ihn in Ruhe zu lassen, ging sie näher auf ihn zu und drückte ihm die Phiole in die Hand. Cole war in Versuchung, sie einfach fallen zu lassen, doch so wie Alayla ihn beobachtete, sollte er das wohl lieber nicht tun.

»Alayla, sei vorsichtig. Du solltest lieber nicht zu viel Zeit mit einem Todgeweihten verbringen.«

Cole blickte erneut zwischen den beiden Frauen hin und her, während das seltsame Gebräu in seiner Hand noch immer einen eigenartigen Geruch verströmte, der alles andere als einladend war.

Er wollte gar nicht wissen, wie es schmeckte, wenn es schon so seltsam roch.

»Das weiß ich, aber mach dir keine Sorgen um mich, Ailis. Ich weiß immer, was ich tue.«

Ailis sah darüber nicht so begeistert aus, doch sie zuckte mit den Schultern.

»Mir kann es egal sein. Wenn er es trinkt, wird er ein Rabe. Seine menschliche Gestalt bekommt er dann wieder, wenn ihr in die Unterwelt reist.«

Wieder fiel Coles Blick auf die Phiole in seiner Hand. Je mehr er darüber hörte, desto weniger wollte er davon trinken.

»Danke«, sagte Alayla, doch Ailis winkte ab.

»Wir sind jetzt fertig miteinander. Geht jetzt oder ich zwinge euch dazu!«

Es wurde kälter im Raum und instinktiv trat Cole einen Schritt zu Alayla, die ihre Hand auf Coles Schulter legte. Doch während er die Dämonin betrachtete, war ihr Blick auf die Hexe gerichtet, die mit jeder verstreichenden Sekunde angriffslustiger zu werden schien.

»Lass uns gehen.«

Erneut tauchte ein dunkler Rauch auf, der sich um sie und Cole legte und im nächsten Augenblick befanden sie sich auf einer Lichtung im Wald, in der Nähe von Coles Anwesen.

Wie leicht es für ihn wäre, sich umzudrehen und zurückzugehen, doch er konnte sich denken, dass er nicht weit kommen würde. Alayla würde das gewiss nicht zulassen.

»Trink es.«

»Wieso hat die Hexe getan, was du wolltest?«, wollte er stattdessen wissen. Das Bedürfnis, das Serum zu trinken, war nicht gewachsen. Im Gegenteil.

»Das tut nichts zur Sache.«

»Wenn du es mir erzählst, dann trinke ich es auch«, versuchte Cole es, doch Alayla schnaubte laut auf.

»Du willst nur Zeit schinden, doch das bringt dir nichts. Trink es freiwillig oder ich flöße es dir ein. Du hast die Wahl.«

Cole blickte erneut zu der Phiole, doch er schüttelte den Kopf.

»Erzähl mir erst, weshalb die Hexe dir geholfen hat!«

Alayla seufzte laut auf und Cole konnte in ihren Augen sehen, dass sie sich geschlagen gab. »Ich habe vor zwei Jahren ihre Tochter gerettet. Mehr musst du jetzt nicht wissen«, murmelte Alayla und deutete auf das kleine Glasfläschchen in Coles Hand. Er seufzte auf. Hatte er denn eine andere Wahl? Langsam setzte er den Rand der Phiole an seine Lippen und leerte sie. Kaum lief der letzte Tropfen durch seine Kehle, durchzuckte ein beißender Schmerz ihn und die Phiole fiel lautlos zu Boden.

Cole sackte in sich zusammen, begann zu zucken und merkte, dass sich die Welt um ihn herum veränderte. Er spürte, wie Federn durch seine Haut schossen, wie sie diese durchbrach und durchschnitt. Spürte das Knacken der Knochen, als sie sich verformten und den unbeschreiblichen Schmerz an seinem Armen, die zu zwei Flügel wurden. Er wollte schreien, öffnete den Mund und doch war nichts als ein Krächzen zu hören, als er plötzlich das Bewusstsein verlor.

7 Kapitel

Alayla

Belustigt beobachtete sie, wie sich der Körper Coles langsam nach und nach veränderte. Aus der blassen Haut sprossen Federn, während er immer kleiner und kleiner wurde, bis er als winziger Rabe vor ihr saß und sie anklagend ankrächzte. Ein heiteres Lachen verließ Alaylas Kehle, ehe sie sich bückte und den Vogel mit dem Zeigefinger anstieß. Doch er regte sich nicht, was ihr ein Schnauben entlockte.

Offensichtlich war diese Verwandlung noch zu viel für ihn gewesen. Alayla war es gleich, sie setzte sich neben ihn und beobachtete den Nachthimmel, der irgendwann heller wurde, so hell, bis der Mond nicht mehr zu sehen war und die Sonne auf dem Horizont erschien. Der nächste Tag war angebrochen, als Cole zu sich kam und sich langsam aufrichtete. Alayla drehte sich zu ihm.

»Das Federkleid steht dir. Wäre ich du, würde ich so bleiben wollen. Aber das geht leider nicht, deine Zeit läuft bald ab.«

Wieder krächzte der Rabe vorwurfsvoll und Alayla erhob sich. Sie konzentrierte sich auf die Magie in ihrem Inneren und auch ihr Körper veränderte sich – doch im Gegensatz zu Cole verspürte sie keine Schmerzen. Sie wurde kleiner und ein weiches Fell überzog ihren Körper. Einen Wimpernschlag später saß sie neben Cole und stieß ihn mit ihrer roten Pfote an. Sie liebte ihre Katzengestalt, mit der sie die Personen, deren Seele sie für Deumus holen musste, stets im Auge behielt.

»Du warst die Katze?«

In dieser Gestalt konnte sie dank ihrer dämonischen Kräfte mit Cole sprechen.

»Natürlich. Oder denkst du, dass sich ein normales Tier so von euch hätte behandeln lassen?«, konterte sie. Alayla erhob sich elegant und umkreiste Cole, der noch immer als Rabe vor ihr saß. Seine dunklen Augen beobachteten Alayla und sie leckte sich das Maul.

»Wenn du mich frisst, kannst du meine Seele nicht haben«, erinnerte er sie und wieder musste Alayla lachen.

»Keine Sorge, ich esse dich nicht. Denn das würde bedeuten, dass Deumus mich anschließend fressen würde und das fände ich alles andere als angenehm.«

Cole schnaubte und bewegte seine Flügel, sprang auf der Stelle, doch in die Luft konnte er sich nicht erheben.

»Wie kann ich fliegen?«, fragte er sie, doch Alayla zuckte mit den Schultern und begann, Richtung Süden zu gehen.

»Woher soll ich das wissen? Ich habe keine Flügel. Ich bin eine Katze«, erinnerte sie ihn. Cole sprang hinter ihr her und Alayla musste sich nicht umdrehen, um zu wissen, dass er alles andere als begeistert war.

»Wohin gehst du?«

»Zu deinem Zuhause, immerhin möchtest du doch ein letztes Mal deine Familie sehen, oder?«

Ein animalisches Krächzen entfuhr Coles Kehle, als er weiter hinter ihr hersprang und mit einem Satz auf Alaylas Rücken landete. Mit einem Fauchen drehte sie sich zu ihm, doch stoppte dabei nicht.

»Geh von meinem Rücken runter!«, verlangte sie, doch die Rabengestalt bewegte sich keinen Millimeter.

»Nein. Weißt du eigentlich, wie anstrengend dieses Springen ist? Solange ich nicht fliegen kann, geht es nicht anders«, erwiderte Cole, doch Alayla war davon nicht begeistert. Erneut fauchte sie und tatzte nach ihm. Dabei schnappte sie nach ihm und er fiel von ihrem Rücken. Triumphierend beobachtete sie Cole dabei, wie er wieder auf seine Füße sprang. Er flatterte wild mit den Flügeln, doch Alayla war es egal, dass er sich darüber echauffierte.

»Ich bin keine Kutsche. Merke dir das!«

Sie ging weiter und ignorierte Cole, der sich schwertat, ihr zu folgen. Sie schwiegen, bis sie im Garten des Anwesens ankamen. Es war ein schöner, gepflegter Garten, den viele blühende Blumen zierten. Ein paar Bäume standen im Rasen, um Schatten zu spenden. Bäume, mit dichten Ästen. Alayla fixierte einen Obstbaum, unreife Äpfel hingen zwischen den Blättern. Er war perfekt für das, was sie jetzt vorhatte. Ohne Vorwarnung drehte sie sich zu Cole und schnappte nach ihm. Er krächzte kurz erschrocken auf, doch bewegte sich nicht, als sie mit ihm auf einen Baum kletterte und ihn auf einem Ast wieder freigab. Sie hustete und strich sich mit der Pfote über die Zunge.

»Du schmeckst widerlich. Noch ein Grund mehr, dich nicht zu fressen«, beklagte sie sich, während Cole seine Federn wild schüttelte und sie entrüstet ansah.

»Ich habe nie darum gebeten!«

Doch Alayla sagte nichts mehr darauf, sondern deutete mit einer Kopfbewegung in den Garten. Augenblicklich hielt Cole in seinem Tun inne und hüpfte ein wenig zum Rand des breiten Astes. Alayla legte sich gemächlich hin und blickte ebenfalls nach unten.

Helen, Coles Frau, ging neben einer braunhaarigen Dame durch den Garten. Alayla vermutete, dass sie sich auf die kleine Gartenbank inmitten der Blumen und im Schatten des nächsten Baumes setzen würden, so wie Helen es die letzten Tage ebenfalls getan hatte. Sie wurde nicht enttäuscht.

»Sie ist wunderschön«, hörte sie Cole leise sagen und verdrehte die Augen. Was war er nur für ein verliebter Idiot! Verliebte Seelen waren für Alayla besonders schwer zu ertragen, denn sie waren meistens ausgesprochen mühsam, wenn sie den Preis für den Pakt eintreiben musste.

Sie sagte nichts zu Cole und gähnte stattdessen. Doch er nahm von ihr keine Notiz, stattdessen waren seine Augen auf Helen gerichtet. Traurig sah Helen nicht aus. Im Gegenteil. Sie wirkte heiter. Sollte Alayla Cole darauf aufmerksam machen? Als sie in seine hoffnungsvollen Augen blickte, entschied sie sich dagegen.

Liebe war wirklich nichts, was man sich wünschen sollte. Alayla blickte nach unten und richtete ihre Aufmerksamkeit auf beide Frauen.

»Wie meinst du das? Er ist verschwunden?«, fragte die Braunhaarige Frau Helen, die neben ihr saß und eifrig nickte.

»Das ist er. Wir sind vom Ball nachhause gekommen, dann wollte er etwas Wein holen und war fort. Einfach so. Ich glaube, er hat kalte Füße bekommen. Wie konnte ich so dumm sein und glauben, dass er wirklich eine Familie mit mir möchte!«, schüttelte Helen ihr Herz aus. Cole krächzte.

»Das wollte ich«, murmelte er, doch Alayla ignorierte ihn.

»Er liebt dich, ich bin mir sicher, dass er nie etwas anderes wollte. Du hast ihn schlecht behandelt, auch wenn ich ihn nie gemocht hatte.«

»Ich war eine gute Ehefrau, zumindest so gut, wie es mir möglich gewesen war. Das musst du mir glauben!«

»Und wieso trägst du dann das Kind eines anderen Mannes unter deinem Herzen?«

Die Frage der Braunhaarigen drang zu Alayla hoch, die vorsichtig zu Cole blickte. Ein wenig schadenfroh war sie schon, denn als Dämonin labte sie sich mit Vorliebe an dem Schmerz von anderen. Diese Stunden mit ihr war kein Geschenk von Barmherzigkeit gewesen – es sollte sie belustigen. Alayla musterte Cole. Er wirkte wie versteinert, als hätte er einen Geist gesehen. Doch dann schüttelte die Rabengestalt den Kopf.

»Jennifer muss sich irren!«, beharrte er, doch Alayla wusste es besser. Sie hatte die Zweifel mitbekommen, die in Helen gebrütet hatten. Zweifel, die Cole verborgen geblieben waren. Irgendwie hatte sie Mitleid mit ihm, doch wo es herkam, das wusste Alayla nicht.

»Es tut mir leid«, murmelte sie, doch Cole schüttelte den Kopf. Er schien davon nichts wissen zu wollen.

»Weil er langweilig war. Ich weiß nicht, ob es gut gewesen ist, ihn zu heiraten. Mein Vater hatte mich dazu gedrängt, das weißt du doch. Immerhin hatte er mehr als doppelt so viel Geld als meine Familie und er hat auf keine Mitgift bestanden. Und er war immer gut zu mir«, verteidigte sich Helen, doch Jennifer schüttelte den Kopf.

»Das beantwortet meine Frage nicht.«

Helen seufzte laut auf.

»Er war oft weg, zu lange weg. Ich habe mich einsam gefühlt und ich war es auch, wenn er hier war. Was ist so verkehrt daran, leben zu wollen? Mit Ramon kann ich leben! Er ist anders!«, sagte Helen laut und Alayla sah, wie Tränen über Helens Wange liefen. Jennifer legte die Arme um Helen und strich ihr behutsam über die Haare.

»Weine nicht. Es wird sich alles zum Guten wenden. Wenn dein Herz wirklich Ramon gehört, dann ist es doch nur gut, wenn Cole fort ist, oder? Wir finden eine Lösung. Wenn er nicht mehr zurückkommt, fällt dir all sein Vermögen als seine Witwe zu«, erwiderte Jennifer, während Helen leise weinte. Sie schwieg eine kurze Zeit, doch dann nickte sie langsam.

»Vielleicht hast du recht. Wenn er lange genug fort ist, kann ich ihn für tot erklären lassen und Ramon kann mich heiraten. Für die anderen wird es ein Akt der Gnade und des Mitgefühls sein, wenn er eine Schwangere ehelicht. Und alles wird gut werden. Nur muss er wirklich verschwunden bleiben«, sagte Helen leise und Jennifer nickte.

»Du wirst sehen, es wird sich für dich alles zum Guten wenden. Du hattest bis jetzt noch nie Pech im Leben. Nur mach es in deiner nächsten Ehe besser.«

Alayla blickte erneut zu Cole, der sich von den beiden Frauen abgewandt hatte. Den Blick hatte er auf den Ast unter sich gerichtet und Alayla war sich nun nicht mehr so sicher, ob ihre Idee, Cole die Wahrheit zu zeigen, wirklich so gut gewesen war.

Normalerweise bereitete es ihr Freude, die Herzen der Menschen brechen zu sehen. Normalerweise ergötzte sie sich an dem Leid anderer und fand es belustigend, wenn die Hoffnungen zerschlagen wurden. Doch dieses Mal war es anders.

Die Freude blieb aus und als sie den gebrochenen Mann vor sich sah, fragte sie sich, ob es vielleicht nicht gnädiger von ihr gewesen wäre, ihn mit falschen Erinnerungen sterben zu lassen. Doch Dämonen waren nicht gnädig. Und sie war es auch nicht – bis jetzt. Sie wusste nicht warum, doch zum ersten Mal empfand sie Mitleid für einen Menschen.

Kapitel

Cole

Er konnte den Anblick von Helen und ihrer Freundin nicht mehr ertragen. Mit einem lauten Seufzen wandte er sich von den beiden Frauen ab und sprang auf Alayla zu, die ihn aus wachsamen Augen musterte. Hatte er eben Mitleid in ihnen aufblitzen gesehen? Er musste sich getäuscht haben, denn er konnte sich nicht vorstellen, dass Mitleid zu den Eigenschaften eines Dämons gehörte.

»Bring mich hier weg«, verlangte er mit leiser Stimme, doch Alayla schüttelte den Kopf und leckte sich mit der rauen Zunge über das rote Fell.

Cole musterte sie irritiert und sprang noch weiter auf sie zu, nur noch wenige Zentimeter trennten ihn von der Katzengestalt.

»Hast du mich nicht schon genug gequält?«

Alayla schüttelte wieder den Kopf und ihre Katzenaugen funkelten dabei. Das Licht verlieh ihnen eine einzigartige Farbe, die Cole nicht benennen konnte. Keine Farbe, die er kannte, würde dieser gerecht werden.

»Nein. Du hast einen Pakt mit einem Dämon abgeschlossen, beklage dich jetzt nicht über Folter oder ähnliche Dinge.«

Er war sich nicht sicher, wie er ihre Stimme oder gar ihre Worte deuten sollte. Sie wirkte auf ihn fast so, als würde sie sich anstrengen, nicht weich zu erscheinen. Doch das wäre Cole egal, er hätte nicht weniger Respekt vor ihr, wenn sie tatsächlich zeigen würde, dass sie ein Herz besaß. Alayla streckte sich genüsslich und gähnte leise. Dem Gespräch der beiden Frauen lauschte keiner von ihnen mehr.

»Sie hatte schon länger Zweifel daran, dass sie eine gute Ehefrau ist«, plauderte Alayla aus dem Nähkästchen und legte sich in einer anderen Position auf den breiten Ast. Cole krächzte instinktiv.

»Wenn sie das Kind eines anderen Mannes in sich trägt, dann kann sie keine gute Frau gewesen sein! Das muss auch ihr klar sein!«

Alayla lachte.

»Das weiß sie auch, so dumm ist selbst sie nicht. Ärgere dich nicht ihretwegen, das ist sie nicht wert. Ich habe schon viele Frauen wie sie kennengelernt. Sie werden von ihren Eltern verheiratet und für gutes Geld in die Hände von Männern geschoben, die sie sich nicht aussuchen. Eigentlich könnte sie mir auch leidtun. Wenn mir überhaupt irgendjemand leidtun könnte.«

Cole erwiderte nichts und wartete, dass Alayla weitererzählte. Sie leckte sich über die Pfote und legte ihren katzenhaften Blick erneut auf ihn.

»Niemand fragt Frauen wie sie, ob sie wirklich die Männer heiraten wollen, die ihre Väter aussuchen. Oder wurde Helen gefragt?«

Cole krächzte erneut.

»Ich habe sie gefragt.«

Er sah, wie Alayla eine Augenbraue hob und ihn skeptisch musterte. Dass er nur die halbe Wahrheit sprach, das wollte er ihr verschweigen. Doch er hatte das Gefühl, als könnte sie ihm tief in die Seele blicken. Als würde sie wissen, dass er sie gerade anlog oder zumindest wesentliche Teile seiner Geschichte verschwieg.

»Na gut. Ich habe zuerst ihren Vater gefragt und er hat eingewilligt. Doch dann habe ich sie gefragt.«

Alayla seufzte laut auf.

»Wohl nicht am selben Abend, oder?«

Sie klang gelangweilt, als hätte sie Geschichten wie seine schon oft zu hören bekommen. Vielleicht hatte sie das wirklich? Cole wusste immerhin nicht, wie alt die Dämonin vor ihm war. Sie konnte erst hundert Jahre alt sein, oder vielleicht war sie auch schon tausende von Jahren alt? Die Frage brannte ihm auf der Zunge, doch er wagte es nicht, sie auszusprechen.

»Nein. Ich habe zuerst mit ihrem Vater gesprochen und ein paar Tage später, bei dem großen Winterball, habe ich sie dann gefragt. Sie hat aber ja gesagt!«

»Natürlich hatte sie das. Bestimmt hatte ihr Vater ihr bereits erklärt, dass du sie heiraten wirst. Mit dem was Deumus dir gegeben hatte, musstest du den perfekten Mann abgeben. Oder?«

Cole schwieg.

Sie hatte recht, das war er wirklich. Er hatte von dem Dämon Geld erhalten, mehr Geld, als der Bürgermeister sich je erhofft hatte, und er hatte ihm versichert, dass er keine Mitgift für Helen hatte haben wollen. Die Entscheidung, ihm Helens Hand zu überlassen, war seinem Schwiegervater nicht schwergefallen.

»Als hätte sie eine Wahl gehabt. Aber wie auch immer, das rechtfertigt nicht, dass sie eine Sünde begangen hat.«

Cole schluckte.

»Wird ihre Seele dafür in die Hölle kommen?«

Nun war es Alayla, die irritiert war und ihn verwirrt musterte.

»Wohin sollte sie sonst kommen? Sie ist eine Ehebrecherin, in den Himmel wird sie wohl kaum gelangen. Wenn ich ihrer Seele begegne, schubse ich sie für dich ins Dämonenfeuer, das verspreche ich dir!«

Verwirrt sah Cole sie an.

»Das Dämonenfeuer. Es lodert in der Unterwelt und wenn menschliche Seelen hineinfallen, dann verbrennen sie. Immer und immer wieder. Sie kommen von allein dort nicht mehr hinaus und durchleben unzählige Höllenqualen. Ich nenne sie gern Fackelseelen. Wenn ich dich später zu Deumus bringe, werde ich dir eine dieser Seelen zeigen und weil du mir gerade doch irgendwie leidtust, darfst du auch eine Seele ins Feuer schmeißen.«

Cole war sich nicht sicher, was er davon halten sollte. Hatte diese Dämonin den Verstand verloren?

»Ich möchte niemanden quälen!«

Alayla schnaubte auf.

»Wie langweilig.«

Er beobachtete, wie sie sich abwandte und wieder nach unten blickte. Er tat es ihr gleich und bemerkte, dass Helen und Jennifer bereits aufgestanden waren und zurück zum Haus gingen.

Das Haus, das er gebaut hatte und in dem wohl bald ein anderer Mann leben würde. Dieser Gedanke versetzte ihm einen Stich ins Herz. Vergessen war die Vorstellung einer Seele im Feuer und die Seltsamkeit, dass man sich über eine solche Zurschaustellung belustigen konnte. Seine Gedanken waren zurück bei Helen, zurück bei der Frau, die ihn wohl niemals geliebt hatte.

Er war sich so sicher gewesen, dass ihr Herz ihm gehört hatte. Dass er sie für sich gewonnen hatte. Dass sie sein war. Doch alles war eine Lüge gewesen – so wie die Erklärungen seinerseits für das Geld und die Dinge, die ihm von Deumus zum Preis seiner Seele geschenkt worden waren.

Er hatte sich nie schuldig gefühlt, dass er sie deshalb belogen hatte, und schließlich hatte er diese Lügen irgendwann selbst geglaubt und tatsächlich den Dämonenpakt soweit in die hinterste Ecke seines Gedächtnisses geschoben, dass er ihn vergessen hatte. Erst die Dämonin, die in Form einer Katze vor ihm lag, hatte diese Gedanken mit einem schmerzhaften Schlag zurück ans Tageslicht gebracht.

»Wäre es zu viel verlangt, wenn du ab und zu nach ihr siehst und auf sie aufpasst?«

Alayla drehte sich zu Cole und schenkte ihm einen Blick, der offensichtlich an seinem Verstand anzweifelte.

»Wie bitte? Ich soll auf die Ehebrecherin aufpassen und am besten noch auf das Balg, das sie dir anhängen wollte?«

Cole nickte, das war sein voller Ernst. Doch Alayla schnaubte laut auf.

»Jetzt hat du vollkommen den Verstand verloren. Ich bin eine Dämonin, ich habe wichtigere Dinge zu tun!«

»Seelen ins Feuer zu schmeißen, zählt nicht.«

»Natürlich! Auch das muss jemand übernehmen. Außerdem habe ich keine Lust, mich um belanglose Dinge zu kümmern. Das ist langweilig und unter meiner Würde.«

Cole brannte die Frage auf der Zunge, welche Würde sie denn meinte, doch er zog es vor, diese Frage nicht zu stellen. Das war bestimmt auch besser für ihn.

»Sie wird diesen Ramon heiraten. Was ist das überhaupt für ein Name? Erinnert mich eher an einen Hund als an einen Menschen. Aber ihr Menschen wart bei Namensgebungen noch nie besonders kreativ.«

Cole schüttelte den Kopf und fragte sich, wieso sie ihn nicht einfach zu Deumus bringen konnte. Er wollte es hinter sich bringen und diesen Schmerz vergessen. Denn das würde er bestimmt, er ging davon aus, dass von seiner Seele nicht viel übrigblieb. Oder musste er vielleicht doch auch im Dämonenfeuer schmoren?

Er fragte nicht nach, denn sein Schicksal war ihm egal geworden. Mit der Gewissheit, dass Helen nicht die war, die er geglaubt hatte zu kennen, und dass das Kind nicht seines sein konnte, hatte er jeglichen Lebenswillen verloren.

So wandte er sich von Alayla ab, drehte ihr den Rücken zu und schloss die Augen.

»Was tust du da?«

»Warten, bis es vorbei ist.«

»Du bist reichlich melancholisch. Es gibt Menschen, die hat es schlimmer erwischt als dich und die haben vor ihrem Tod nicht so erbärmlich ausgesehen.«

Jetzt war er also bereits erbärmlich für sie. Doch das überraschte ihn nicht, die Dämonin war ihm ein Rätsel. Teilweise hatte er das Gefühl, als wäre sie ein Buch, das ihm jede Seite offenbarte und gleichzeitig hüllte sie sich in Schweigen und Widersprüche. Als wüsste sie selbst nicht, wer sie war.

Doch Cole konnte ihr das nicht übelnehmen und vielleicht sollte er auch gar nicht erst versuchen, eine Dämonin zu verstehen.

»Das ist egal. Andere haben vielleicht schwerere Lasten zu tragen, aber für mich ist das bereits das Schlimmste, was ich mir vorstellen konnte.«

Er musste Alayla nicht ansehen, um zu wissen, dass sie jetzt über seine Worte die Augen rollte. Sie hüllte sich in Schweigen und auch Cole sagte nichts mehr. Sein Leben war bereits verwirkt, was hätte er noch tun sollen?

Cole richtete den Blick in den Himmel und beobachtete, wie die Sonne langsam tiefer und tiefer sank. War der Tag so schnell vergangen? Er wusste nicht, wie viel Zeit er mit Alayla verbracht hatte und wie lange er schon auf diesem Ast saß.

Er vernahm eine Bewegung neben sich und blickte hoch. Alayla saß neben ihm, hatte wieder die Gestalt einer jungen, wunderschönen Frau angenommen. Auch sie hatte den Blick in den Himmel gerichtet und beobachtete die Sonne dabei, wie sie langsam hinter dem Berg versank. Langsam wurde um sie herum alles dunkler, während die ersten Sterne zu sehen waren und auch der Mond auftauchte.

»Es wird Zeit, deine letzte Stunde auf dieser Erde ist vorbei. Ich muss dich jetzt in die Unterwelt bringen, bevor es Mitternacht wird.«

Kapitel

Alaylas Worte drangen kaum zu ihm hindurch, Helens Verrat und Betrug lastete zu schwer auf seiner gepeinigten Seele. Was die Worte der Dämonin genau bedeuteten, das realisierte er nicht. Realisierte nicht, dass sie sein Ende vorhersahen und sein Schicksal besiegelten. Langsam nickte er und wandte sich Alayla zu. Konnte er Traurigkeit in ihrem Blick erkennen?

»Bist du bereit? Du kannst ruhig antworten, die Verbindung zwischen uns ist geblieben. Ich höre dich auch in dieser Gestalt sprechen.«

Er schnaubte auf. Kurz sah er hinab und seufzte. Ein paar seiner Federn flogen langsam zu Boden und bildeten einen kleinen Haufen unter dem Baum. Für einen kurzen Moment erinnerten sie ihn an ein Grab und er seufzte laut auf. Alayla neben ihm runzelte die Stirn.

»Kann man dafür je bereit sein?«

Ein Lächeln umspielte sanft die vollen Lippen der Dämonin, die im Licht der untergehenden Sonne noch roter als sonst gewirkt hatten. Auch ihre Haare wirkten, als stünden sie in Flammen. Das Rot war intensiv, spiegelte unzählige Lichtnuancen wider. Beinahe fasziniert musterte

Cole sie, und wurde erst aus der Starre gerissen, als sie vor seinem Gesicht mit den Fingern schnippte.

»Sieh mich nicht so an. Eigentlich ist es egal, ob du bereit bist. Es führt kein Weg daran vorbei.«

Cole warf einen letzten sehnsuchtsvollen Blick hinab in den Garten und wünschte sich fast, er könnte Helen doch noch einmal sehen. Doch dieser Wunsch ging nicht in Erfüllung und dafür wäre es ohnehin schon zu dunkel, denn die Nacht hatte sich über sie gelegt. Ein Wind kam auf, der die Federn seiner Rabengestalt hochhoben und davontrugen. Wehmut griff nach seinem Herzen, als er sich Alayla zuwandte. Doch er schwieg.

»Hast du Angst?«

Konnte er Belustigung in Alaylas Stimme wahrnehmen? Machte sie sich über ihn lustig? In diesem Moment, sein letzter auf Erden? Er runzelte die Stirn und das Lächeln starb auf ihren Lippen.

»An deiner Stelle hätte ich Angst. Ich werde bei dir bleiben, bis zum Schluss.«

Ein leises geflüstertes Versprechen. Er spürte ihre Hand und schluckte. Schwacher Nebel kam auf und umwehte sie beide. Er wurde immer dichter, nahm Cole die Sicht auf sein ehemaliges Zuhause. Einen Wimpernschlag später saß er nicht mehr auf dem Baum, sondern stand mit beiden Beinen auf hartem Stein. Er war wieder ein Mensch. Dunkelheit lag um sie und er hielt Alaylas Hand.

Nun war er es, der die Dämonenhand fester drückte und nicht mehr loslassen wollte. War ihm eben auf der Erde noch alles gleichgültig gewesen, so streckte nun Angst ihre Finger nach ihm aus. Sie umfasste sein Herz, das schneller zu schlagen begann. Noch immer war nichts zu erkennen und auch Alayla blieb neben ihm stumm.

Oder hatte sie ihn verlassen?

Doch wenn sie fort war, an wessen Hand klammerte er sich dann in diesem Moment? Eine Gänsehaut jagte über seinen Körper, als er sich räusperte.

Ein leises Lachen erklang. Offensichtlich befanden sie sich in einer Höhle. Augenblicklich entzündeten sich ein paar Fackeln und schenkten Cole die Sicht auf seine Umgebung.

Ein Frösteln überkam ihn, während seine Augen über die hohen Wände huschten, die eine Mischung aus Erde und Stein waren. Doch wenn er nach oben sah, konnte er keine Decke erkennen. Als wären die Wände unendlich hoch. Die Fackeln verrieten ihm nicht viel von seiner Umgebung. Es war nur Stein zu sehen. Stein und Erde.

»Ist das die Unterwelt?«

Alayla neben ihm gluckste leise, ehe sie in schallendes Gelächter ausbrach. Erst jetzt wandte sich Cole an sie. Ihre Haare erinnerten ihn nun im Schein der Fackeln an Blut. Augenblicklich ließ er ihre Hand los.

»Na im Himmel wird Deumus nicht auf dich warten. Komm, wir sind spät dran und es wäre nicht gut für uns, ihn warten zu lassen.«

Unbeeindruckt griff Alayla wieder nach seiner Hand und zog ihn mit sich, da sich nicht von der Stelle bewegte. Er schwieg und blickte stets hin und her, wusste nicht, wohin dieser Pfad sie führen würde. Würde sie ihn direkt zu Deumus bringen, oder würde sie ihn vorher durch die Unterwelt schleppen?

»Hier gibt es verschiedene Ebenen. Ihr Menschen nennt sie Hölle, aber ich mag den Begriff nicht. Er klingt so... negativ. So böse.«

Cole hob eine Augenbraue.

»Ich wusste nicht, dass Dämonen friedliebend sind.«

»Sind wir auch nicht. Aber auch wir gehören zum Gleichgewicht der Welt und irgendwo müssen die Seelen hin, die nicht für den Himmel bestimmt sind. Nicht jeder hat Glück und ist auf der Erde geboren und kann sein Schicksal selbst in die Hand nehmen.«

Cole schwieg, während sie ihn weiter mit sich zog. Er hatte keine Probleme, mit ihr mitzuhalten und hatte sich nach einigen Schritten doch an diesen Pfad gewöhnt.

Der Weg gabelte sich vor ihnen, doch Alayla wählte den die linke Seite, ohne großartig nachzudenken.

»Du weißt, wohin wir gehen?«, hakte Cole nach, was ihm einen entrüsteten Blick der Dämonin einbrachte.

»Natürlich! Jeder Dämon kennt den Weg durch das Labyrinth. Wir wissen, wie wir die Monster, die hier leben, umgehen können. Manchmal besuche ich sie ganz gern, aber nicht heute. Wie gesagt, wir sind spät dran.«

»Wieso ein Labyrinth? Und welche Monster?«, wollte Cole wissen.

»Menschliche Seelen müssen hier ebenfalls durchgehen. Aber sie brauchen für gewöhnlich sehr lang, bis sie es durchquert haben. Frag mich nicht Dinge, die du nicht hören willst.«

Alaylas Stimme verriet ihm, dass sie ihm nicht mehr darüber erzählen würde, und so schwieg er. Doch plötzlich schlug Alayla einen Haken und ging zielstrebig auf eine Wand zu. Cole weitete die Augen.

»Was tust du?«

Doch sie ignorierte ihn, zog ihn mit und noch bevor er weiter darüber protestieren konnte, oder sich über einen möglichen Schmerz beschweren konnte, fand er sich hinter der Mauer wieder. Er blickte auf den Boden, nun war die Umgebung deutlich sichtbar. Sie befanden sich auf einer Brücke. Das Unbehagen in seiner Brust wuchs und wuchs, doch Alayla gab ihm keine Pause und keine Chance, sich an alles zu gewöhnen. Sie zog ihn unbarmherzig weiter.

Cole lugte über den Brückenrand und erkannte Feuer, das lichterloh unter ihnen brannte. Ein paar Seelen standen inmitten der Flammen und schrien, doch ihre Schreie waren stumm oder so weit von ihnen entfernt, dass er sie nicht hören konnte. Erneut zog ein Schauer über seinen Rücken.

»Diese Brücke führt uns zu jedem Kreis der Unterwelt. Unter dir kannst du die verschiedenen Ebenen sehen, auf denen wir leben. Schön, nicht?«

Schön würde Cole diesen Anblick nicht beschreiben. Er wandte sich ab, als eine der Seelen ihn entdeckt hatte und die Hand in seine Richtung ausstreckte. Alayla kicherte.

»Das ist George. Zumindest nenne ich ihn so. Ab und zu tue ich so, als würde ich ihm helfen wollen. Dann freut er sich für einen Augenblick, ehe er wieder daran erinnert wird, dass es hier unten keine Gnade und kein Mitleid gibt.«

Cole runzelte angewidert die Stirn.

»Du quälst die Leute gern?«

»Natürlich. Ich bin ein Dämon, das liegt in meiner Natur. Soll ich die Seelen mit Blumenblättern bewerfen? Langweilig!«

Er wurde weitergezogen und versuchte, das Geschehen zu seinen Füßen zu ignorieren. Dieser Ort war grauenvoll! Doch etwas in ihm musste zugeben, dass er von der Hölle nichts anderes erwartet hatte. Er warf Alayla einen kurzen Seitenblick zu. Auch von ihr hatte er insgeheim nichts anderes erwartet.

Doch plötzlich stoppte sie und schenkte ihm ein breites Grinsen. Er wich zurück, denn er konnte sich bereits denken, dass diese Mimik für ihn nichts Gutes bereithielt. Doch weit kam er nicht, denn noch immer hielt sie seine Hand fest umklammert und so sehr er auch an seiner Hand zog, sie gab ihn nicht frei. Im Gegenteil.

Der Griff blieb fest und wurde mit jeder seiner Bemühungen, sich zu befreien, härter.

»Jetzt springen wir.«

Cole weitete die Augen. Noch bevor er etwas zu ihr sagen konnte, hatte sie sich bereits dem Brückenrand zugedreht und sprang, wobei sie ihn mit sich in die Tiefe riss.

Er schrie, während er in die Tiefe gezogen wurde und wartete, bis er hart am Boden ankommen würde. Doch der Sturz dauerte lange und der Schmerz, auf den er sich während des Falls vorbereitete, blieb aus. Stattdessen landete er geschmeidig auf den Beinen, so wie Alayla, die ihn mit einem breiten Grinsen musterte.

»Das war toll. Wir können nochmal springen. Das können wir so oft wiederholen, wie wir wollen.«

Cole schüttelte entschieden den Kopf.

Diese Dämonen hatten doch alle ihren Verstand verloren!

»Nein!«

Alayla seufzte laut auf und zuckte mit den Schultern.

»Schade. Aber du hast recht. Wir sollten gehen, Deumus erwartet uns schon.«

Erst jetzt begann Cole, seine Umgebung zu mustern. Sie befanden sich in einem Wald, wobei aus jeder Richtung seltsame Geräusche zu ihnen drangen. Es klang unnatürlich und so sehr dieser Wald auch an die Wälder der Erde erinnerte, tat er es sogleich auch nicht.

Alles hier wirkte unnatürlich. Cole blickte nach oben, doch die Brücke, auf der sie eben noch gestanden waren, war kaum noch zu sehen. Er wollte gar nicht wissen, wie viele Meter sie in die Tiefe gefallen waren. Wieder überkam ihn ein Frösteln und er wandte sich an Alayla. Das Grinsen in ihrem Gesicht war verschwunden und sie deutete mit einer Kopfbewegung nach hinten.

»Wir müssen los. Deumus erwartet uns dort hinten.«

Cole glaubte Wehmut in ihrer Stimme zu hören, doch noch bevor er sie fragen konnte, hatte sie sich abgewandt und ging in die Richtung, in die sie eben noch gedeutet hatte. Es wäre einfach gewesen, jetzt fortzulaufen. Doch wohin?

Cole konnte sich denken, dass er hier nicht weit kommen würde, und bestimmt waren Alayla und Deumus nicht die einzigen Dämonen, die hier ihr Unwesen trieben.

Zudem fühlte er sich noch unsicherer, jetzt, da Alayla hinter einem Baum verschwand.

Er könnte fliehen.

Doch er tat es nicht. Stattdessen folgte er Alayla, schob Äste zur Seite und heftete sich eifrig an ihre Fersen. Dabei beeilte er sich, mit ihr Schritt zu halten und ehe er sich versah, stolperte er durch einen Dornenbusch auf eine Lichtung, in dessen Mitte eine Art Thron zu sehen war, gebildet aus Knochen. Menschenknochen. Cole wollte diesen Stuhl nicht weiter mustern, aber bevor er den Blick abwenden konnte, hatte er bereits den Mann erkannt, der ihm ausdruckslos entgegenblickte. Ein freudloses Lächeln umspielte seine Lippen.

»Ich habe euch erwartet. Alayla, du kommst spät. Du weißt doch, dass ich meine Seelen am liebsten zur Mittagszeit zu mir nehme.«

 Kapitel

Alayla

Ihr Blick glitt zwischen Deumus und Cole hin und her, wobei letzterer betreten den Kopf gesenkt hatte. Es schien fast so, als hätte er mit seinem Leben abgeschlossen. Um sie herum wurde es zunehmend dunkler, etwas, das Alayla bereits kannte. Ein kleiner Trick von Deumus, um Cole zu zeigen, dass das hier sein Ende sein würde. Cole hatte den Blick auf den Boden gerichtet, während Alayla Deumus' eindrucksvolle Gestalt musterte. Er sah aus wie immer, seine hohen Wangenknochen betonten das männliche Gesicht, aus dem rote Augen funkelten, die den Mann neben ihr fixierten. Er war in feinste Stoffe gekleidet und erinnerte Alayla an einen Mann, den sie auch in der Menschenwelt hätte treffen können. Deumus sah unscheinbar aus, zumindest in dieser Gestalt. Wie so viele andere Dämonen, die einen höheren Stand hatten als sie, konnten sie ihr äußeres Erscheinungsbild ändern und sich von einem attraktiven Wesen in ein Ungeheuer verwandeln. Vor allem Deumus war für seine Wandlungen bekannt, denn als Seelenverschlinger nahm er gerne die

Gestalten derer an, die er zu sich nahm. Ein seltsames Andenken für verschlungene Seelen und doch schauderte Alayla bei dem Gedanken daran, dass vielleicht in wenigen Wochen Deumus in Coles Gestalt vor ihr sitzen würde und über die sterblichen Seelen richtete.

Doch die Fähigkeit, sich mühelos zu verwandeln, stand auch seinen Dienern wie Alayla während ihrer Leibeigenschaft zur Verfügung. Auch sie konnte ihren gesamten Körper oder einzelne Körperteile anders aussehen lassen. Leibeigene... sie waren nichts anderes für Deumus. Die Gestalt, die er heute gewählt hatte, hatte er von einer verschlungenen Seele angenommen, die Gregory ihm hatte zukommen lassen. Ob er wirklich auch Coles Gestalt annehmen würde?

Das konnte und wollte sie sich nicht vorstellen, weshalb auch sie den Blick von dem Mann abwandte, der sich mit einer geschmeidigen Bewegung nach vorne lehnte und dabei wie ein Tier wirkte, das kurz vor seinem Angriff stand.

»Ihr seid ja beide so still, gerade von dir, Alayla, hätte ich das nicht erwartet.«

Deumus zog sie auf und doch wollte Alayla nicht darauf eingehen. Ihr Blick huschte zu Cole, der noch immer ganz neben sich zu sein schien. Als würde er nicht mitbekommen, dass seinem Leben jeden Moment ein Ende gesetzt wurde. Oder ging er anders damit um als die meisten Menschen? Alayla erinnerte sich nicht an jeden, den sie hierherbrachte und doch bettelten die meisten um ihr Leben oder weinten. Nur wenige waren so still wie Cole und schienen ihr Schicksal einfach so hinzunehmen.

Alayla konnte sich nicht vorstellen, wie es war, zu wissen, dass das Ende gekommen war. Wie so oft fragte sie sich, ob es schmerzte, von Deumus verschlungen zu werden. Sie war selten dabei, wenn dieser Prozess stattfand. Alayla war ein Dämon und blutrünstiges Verhalten lag in ihrer Natur, das Grausame und das Brutale ebenso, doch diesem Vorgang hatte sie nicht oft beigewohnt.

»Wie auch immer. Du kannst nun gehen, Alayla. Ari wird dir in den nächsten Tagen mitteilen, wen du mir als Nächstes zu bringen hast.«

Alayla verzog das Gesicht, als Aris Name fiel. Sie hatte eine Abneigung gegen die brünette Dämonin, die Deumus als seine Geliebte hielt und die seine Termine – oder eher, sein Fressen – verwaltete und koordinierte, welcher Dämon welche Seele zu holen hatte.

»Na schön.«

Erneut blickte Alayla zu Cole, der sich noch immer nicht rührte und sie war in Versuchung, ihn zu berühren und sich zu vergewissern, dass er noch immer lebte und dass nicht nur eine leere Hülle vor ihnen stand. Doch die Brust bewegte sich, er atmete.

Noch.

Wie lange er noch auf dieser Welt verweilte? Ein paar Minuten oder womöglich ein paar Stunden? Alayla wusste, dass Deumus seine Seelen gerne ein wenig quälte oder mit ihnen spielte, wie er es nannte. Ein seltsamer Schauer jagte über ihren Körper und sie versuchte, die Gedanken an einen gefolterten Cole abzuschütteln, konnte jedoch nicht verhindern, dass sich eine Übelkeit in ihr breit machte, die sie so nicht kannte.

»Es sind in Zukunft noch viele Seelen zu holen, oder?«, richtete sie ihre Worte nun an Deumus, der sie überrascht ansah. Seine roten Augen blickten direkt in ihre, abermals überzog eine Gänsehaut ihren Körper. Seine Augen strahlten eine Kälte aus, die nach Tod geradezu schrien.

»Das werden wir immer haben, denn Menschen sind habgierig und verschenken sich selbst für die lächerlichsten Dinge. Wie zum Beispiel für Frauen, die sich nie im Traum nach ihnen umgedreht hätten.«

Ein Seitenhieb auf Cole, der in diesem Moment zusammenzuckte. Es steckte also doch noch Leben in ihm. Gut so.

»Aber sind es nicht bald zu viele für uns? Ich bin mir sicher, dass wir besser für dich arbeiten können, wenn wir mehr Dämonen wären, die die Seelen eintreiben.«

»Worauf willst du hinaus?«, fragte Deumus Alayla direkt. Sie trat einen Schritt auf ihn zu und schluckte hart.

»Er würde einen guten Dämon abgeben. Ich habe etwas Zeit mit ihm verbracht und er hat genau das, was ein Dämon braucht.«

Deumus wirkte nicht überzeugt, er kicherte leise und konnte ein Lachen nur schwer unterdrücken.

»Ach? Und das wäre?«

Alayla musste einen Augenblick nachdenken, denn die Antwort auf diese Frage fiel ihr nicht gerade leicht. Immerhin hatte sie über diese Dinge nicht nachgedacht, wusste lediglich, dass etwas in ihr nicht wollte, dass er dem Seelenverschlinger zum Fraß vorgeworfen wurde.

»Er ist verbissen und er ist treu. Treue Diener kannst du immer gebrauchen. Vor allem, nachdem Jordan uns erst neulich verlassen hatte.«

Jordan war nicht gestorben, er hatte seinen Dienst bei Deumus verrichtet. Denn niemand von seinen Anhängern war frei. Auch Alayla war es nicht. Sie waren erschaffen worden aus den Rippen des ihnen zugehörigen Dämons und mussten eine bestimmte Anzahl an Seelen zu ihm bringen, um sich selbst freikaufen zu können. Alayla selbst fehlten nur noch 89 Seelen und sie würde frei sein. Ein freies Dämonenleben, sie wusste gar nicht, was sie damit anstellen sollte, doch sie würde sich entfalten und auch wie die anderen Unheil über die Welt bringen.

Denn das lag ihnen im Blut. Ihnen allen.

»Da hast du recht. Aber ich kann mehrere Dämonen erschaffen. Dazu brauche ich ihn nicht.«

»Wozu sich die Mühe machen und jemanden erschaffen, wenn man einem Menschen Dämonenkräfte geben kann? Du könntest so viele Stufen überspringen!«

Deumus hob eine Augenbraue. Überzeugt sah er wirklich nicht aus und auch Cole, der neben Alayla stand und sie ungläubig musterte, schien nicht zu verstehen, was gerade ausgehandelt wurde. Sie wollte sein Leben retten, seine Seele schonen und doch wirkte er nicht so, als würde er das auch mitbekommen.

»Verleih ihm doch einfach Kräfte und du wirst sehen. Ich bin mir sicher, dass er als verbitterter Dämon jede Menge neuen Schwung in unsere Gruppe bringen kann.«

Deumus runzelte die Stirn. Er erhob sich langsam von seinem Thron, schwerfällig waren seine Bewegungen und doch wusste Alayla, dass es eine Täuschung wäre. Er war flink wie ein Tiger und genauso tödlich wie die giftigste Schlange auf dieser Welt. Er war nicht zu unterschätzen. Obwohl alles in Alayla sie dazu drängte, einen Schritt zurückzumachen, blieb sie stehen und starrte Deumus eisern entgegen.

»Dir scheint wirklich etwas an dem Mann zu liegen.«

Eine Feststellung, keine Frage und doch hatte Alayla das Bedürfnis, zu antworten. Noch bevor sie ihre Stimme erheben konnte, schüttelte er den Kopf, ging auf Cole zu und umrundete ihn, wie ein Raubtier, das sich seine Beute ganz genau ansah, bevor es die Fänge in sie schlug.

»Aber du hast mich neugierig gemacht und zu verlieren haben wir nichts. Du, Mensch – möchtest du ein Dämon werden und deine Seele dem Teufel verschreiben?«

Es war das erste Mal, dass Cole direkt angesprochen wurde, und er zuckte zusammen. Es dauerte einen Moment, bis er die Sprache wiederfand und antworten konnte.

»Ich weiß es nicht.«

»Eine dumme Antwort, die kann nur von einem dummen Menschen kommen!«

Deumus war offensichtlich über Coles Worte verärgert und er zeigte immer, wenn er wütend wurde. Alayla räusperte sich.

»Natürlich will er ein Dämon werden. Es ist eine Ehre, was denn sonst!«

Sie warf Cole einen langen Blick zu, endlich schien er zu verstehen. Sein Blick wurde klarer, heller, als er langsam nickte.

»Das wäre es wohl wirklich.«

»Wirklich?«, hakte Deumus sofort nach und hörte nicht auf, ihn zu umrunden. Eine tödliche Aura ging von ihm aus und Alayla selbst bemerkte, dass auch in ihre Knochen langsam Angst kroch. Wie sich wohl Cole fühlen musste? Sie wusste es nicht und konnte es nicht mal erahnen.

Cole nickte und das schien für Deumus genug zu sein. Er trat zurück zu seinem Thron, ließ sich darauf nieder und blickte Alayla direkt an.

»Gut. Eine Woche.«

Sie verstand nicht.

»Ihr habt eine Woche Zeit, bis zum nächsten Vollmond. Bringt mir fünfzig Seelen, die statt ihm von mir verschlungen werden. Nur so kauft ihr in frei und er bleibt ein Dämon. Schafft ihr es nicht, dann stirbt er.«

Ein Leben für fünfzig Seelen, eine Woche Zeit. Eine unmögliche Aufgabe und doch nickte Alayla.

»Alayla, auch du wirst mir mehr Seelen bringen müssen, als abgesprochen. Deine Freiheit kostet dich nicht mehr 89 Seelen, sondern 300.«

Alayla wurde bleich, als ihre Freiheit in weite Ferne rückte.

»Du bist dreist, das muss ich bestrafen. Und wenn ihr die 50 Seelen für den Menschen nicht eintreiben könnt, werden aus deinen 300 Seelen 500, die du mir zu bringen hast, ehe ich dich in die Freiheit entlasse. Also. Stimmt ihr dem zu?«

In Alaylas Kopf drehte sich alles und doch nickte sie, bemerkte im Augenwinkel, wie auch Cole nickte und diesem Deal zustimmte. Er hatte nichts zu verlieren, würden sie scheitern, dann würde Deumus ihn verschlingen. Es war Alayla, die einen hohen Preis für Coles Leben zahlte.

Und doch wusste ein Teil von ihr, dass es das wert war.

Kapitel

Cole

Die Geschehnisse und der Deal, den Alayla für ihn ausgehandelt hatte, waren fast gänzlich an ihm vorübergegangen. Nur vage bekam er es mit, dass Alayla nach seiner Hand griff und diese drückte. Eine Berührung, die ihn aus seiner Schockstarre riss. Mit weit aufgerissenen Augen betrachtete er den Dämonenfürsten vor sich, er musterte ihn bedrohlich und in seinem Blick lag nichts als Tod. Er, ein Dämon? Wie konnte er ein Dämon werden oder gar einer sein? Allein die Vorstellung an ein Leben wie Alayla es wohl zu leben pflegte, verursachte ihm Übelkeit. Doch er versuchte, sich nichts anmerken zu lassen.

»Gut.«

Alaylas Stimme hallte zwischen den Bäumen wider und er nickte, doch noch immer war er nicht Herr seiner Sinne.

Eine Stille legte sich über sie, doch sie machte Cole mehr Angst als die Unterhaltung, die noch zuvor geherrscht hatte. Eine Gänsehaut überkam ihn.

Deumus lehnte sich fast schon gelangweilt zurück, griff zur Seite und zwischen zwei Knochen seines Thrones. Cole wusste nicht, wem diese Knochen gehört hatten, oder wie lange sie schon hier waren, und er wollte auch gar nicht wissen, welche Körperteile sie einst gewesen waren. Deumus zog zwischen zwei Knochen seines Thrones ein langes Messer hervor. Seine scharfe Kante schimmerte im sanften Licht, das sich über sie gelegt hatte. Die Angst schnürte Cole die Kehle zu.

War das Messer für ihn?

Unweigerlich trat er einen Schritt zurück, sein ganzer Körper riet ihm zur Flucht und es war Alayla, die diese Impulse mit einem erneuten Drücken ihrer Hände verhinderte. Sie hatte Coles Hand die ganze Zeit über nicht losgelassen.

»Nicht.«

Ihre Stimme war nicht mehr als ein Flüstern, doch sie verfehlten ihre Wirkung nicht. Coles Körper erstarrte, doch er war jederzeit bereit, erneut die Flucht zu ergreifen. Deumus schenkte ihm ein Grinsen, das sein Herz schneller schlagen und sein Blut gefrieren ließ.

»Jämmerlich. Er denkt, das wäre für ihn.«

Erleichterung machte sich in Cole breit und er atmete aus. Doch noch im nächsten Wimpernschlag wurde das Messer in einen Körper gestoßen. Aber nicht in irgendeinen. Deumus rammte es sich selbst in den Oberkörper, zwischen seine Rippen. Schwarzes Blut sickerte aus der Wunde und tropfte zu Boden, der Dämonenfürst beachtete es nicht. Gelangweilt führte er das Messer nach oben, das durch seinen Körper wie durch Butter hindurch glitt. Er verzog keine Miene, als er es mit einem Ruck drehte und ein unnatürliches Knacken zu hören war. Cole drehte sich der Magen um.

Er konnte sich nicht mehr beherrschen, sein Körper gab auf, rebellierte vollends. Sein schmächtiger Körper sackte nach vorne und er übergab sich lautstark auf die Wiese, die unter seinen Füßen lag.

Er wagte es nicht, aufzusehen. Die Stille legte sich erneut bedrohlich um seine Schultern, als erneut das Lachen des Dämonenfürsten diese durchbrach.

»Sieh ihn dir an, den mickrigen Menschen! Den möchtest du zum Dämon machen? Lächerlich! Aber mir soll es recht sein. So wie ich es sehe, wird es unterhaltsam sein, ihm beim Versagen zuzusehen.«

Alayla zischte etwas in einer Sprache, die Cole nicht verstand und doch wusste er instinktiv, dass ihre Worte nicht der netten Natur gewesen sein mussten. Sie zog ihn unwirsch nach oben, wobei sich ihre langen Fingernägel tief in sein Fleisch bohrten.

»Wie sehr willst du mich eigentlich noch blamieren? Reiß dich endlich zusammen!«

Er hatte sie noch nie so verärgert miterlebt. Gut, er kannte sie erst wenige Stunden, doch in diesen hatte sie die zornige Maske nicht gezeigt. Ob es das war, was Dämonen wirklich zu verbergen versuchten, wenn sie die Welt der Menschen betraten? Cole hob eine Augenbraue, als er Alayla stur und herausfordernd entgegenblickte.

»Sag mir nicht, was ich zu tun habe!«

Wieder lachte Deumus. Cole wusste nicht weshalb, aber seine ausgelassene Stimmung schien Alayla mit jeder

Sekunde mehr und mehr zu verstimmen. Sie presste die Lippen fest aufeinander, während Deumus erneut ernst wurde und sich schließlich erhob. Mittlerweile hatte er das Messer wieder aus seinem Körper gezogen. Cole vermutete, dass er das getan hatte, während er sich hatte übergeben müssen. Doch anstatt erneut das Messer in seinen Händen liegen zu haben, war es etwas anderes, das zwischen seinen Fingern schwarz glänzte. Auch dieses Etwas tropfte und erneut spürte Cole einen Schwall von Übelkeit, die sich ihren Weg nach oben bahnte.

Denn er erkannte direkt, was der Höllenfürst in seinen Händen barg.

Eine Rippe. Aber nicht nur irgendeine...es war seine eigene, die er sich eigenhändig aus dem Körper geschnitten haben musste. Ein widerliches Loch klaffte in dem nackten Oberkörper des Dämonenfürsten, der sich auf Cole zubewegte. Das Lachen war verschwunden und die Miene des Dämons war ernst.

»Es gibt kein Zurück mehr.«

Cole runzelte erneut die Stirn, jedoch wagte er nicht, zu fragen, was passierte. Deumus hob die Hand, in der die Rippe lag, und plötzlich spürte Cole einen Schmerz, der sich mit einer Heftigkeit durch seinen Körper zog, die er in dieser Form noch nie erlebt hatte. Ein stummer Schrei bildete sich auf seinen Lippen, wollte in seiner Kehle mit seiner Stimme gefüllt werden, doch dazu war er nicht in der Lage.

Cole sackte in sich zusammen, blickte hinab und erkannte, dass Deumus ihm die Rippe zwischen seine Eigenen gerammt hatte. Wie von selbst bahnte sie sich einen Weg in seinen Körper, verschwand Zentimeter für Zentimeter in ihm. Blut strömte aus der Wunde, während er auf die Knie fiel und sich nach vorne beugte.

»Jetzt wäre der passende Zeitpunkt, dich zu übergeben.«

Deumus zog ihn auf, selbst jetzt in dieser Situation, die alles andere als witzig war. Cole krümmte sich vor Schmerzen und spürte doch eine andere Berührung auf seiner Schulter. Alayla hatte sich zu ihm gekniet und strich über seinen Rücken. Fast schon aufmunternd und einen Moment vergaß Cole, dass auch sie ein Dämon war. Wahrscheinlich war sie genauso blutrünstig und brutal wie Deumus. In diesem Moment hätte ihn das nicht überrascht.

»Es ist gleich vorbei. Sie wird ein Teil von dir sein und dich zu einem Dämon machen. Sie gibt dir die Kräfte, die dir jetzt noch fehlen.«

Doch davon wollte Cole in diesem Moment nichts wissen, er schluckte hart und krümmte sich auf dem Boden zusammen. Noch immer konnte er die Hand der Dämonin auf seinen Rücken spüren, auch das war kein Trost.

Der Schmerz pochte tief in seinen Venen, zog sich durch seinen ganzen Körper.

»Eine Woche, Alayla. Enttäusche mich nicht.«

 **Kapitel**

S tetig war sein Körper von Schmerzen geplagt, als
Alayla ihn schließlich durch den Wald schob. Jeder
Schritt brachte ihn weiter von Deumus fort, doch das war
ihm einerlei. In diesem Moment des Schmerzes war ihm
selbst die Gegenwart des Dämonenfürsten egal.

»Alayla«, murmelte er, als sie ihn weiter mit sich zog.
Cole hatte nicht darauf geachtet, wohin sie gingen, doch
mittlerweile hatten sie wohl das Ende des Waldes erreicht.
Die Bäume und Sträucher lichteten sich, warfen dunkle
Schatten auf den Weg, wodurch hohe Wurzeln und Steine,
über die man stolpern konnte, nicht mehr sichtbar waren.

Die rothaarige Dämonin stoppte, drehte sich zu ihm
um. Ihr rotes Haar schimmerte im Licht, das hinter den
Pflanzen schien und erinnerten Cole erneut an Feuer.

»Wieso hast du das getan?«

Einen Moment betrachtete sie ihn mit ihren grünen
Augen, musterte ihn und er konnte spüren, wie ihr Blick
über jeden Zentimeter seines Körpers glitt. Es war kein
angenehmes Gefühl und Cole widerstand dem Drang,
einen Schritt zurückzumachen. Alayla zuckte mit den
Schultern, offenbar fand sie keine Antwort auf seine Frage.

»Wenn ich das weiß, sage ich es dir.«

Also wusste selbst sie nicht, weshalb er eine zweite Chance erhalten hatte. Oder sie wollte es ihm nicht sagen. Cole runzelte die Stirn.

»Aber es muss doch einen Grund geben, weshalb du mich retten wolltest.«

Wieder zuckte sie mit den Schultern, sie hatte ihm erneut den Rücken zugedreht und drückte seine Hand, an der sie ihn hinter sich herzog. Wie ein Tier, das störrisch war und sich nicht vom Fleck bewegen wollte. So agierte auch Cole, der sich gegen das Ziehen stemmte, doch Alayla war stärker, als sie aussah. Mit einem Ruck brachte sie ihn dazu, sich erneut in Bewegung zu setzen, und er folgte ihr.

»Ich weiß es nicht. Ich hatte das Gefühl, dass du einen guten Dämon abgeben könntest.«

Eine Erklärung, aber keine sonderlich gute. Und keine, die Cole zufriedenstellte. Doch als sie sich erneut zu ihm umdrehte und ihm einen langen Blick zuwarf, nickte er. So wie sie ihn ansah, wusste er, dass er keine Antworten mehr bekommen würde. Zumindest nicht jetzt.

Das Ende des Waldes war gänzlich erreicht und verwirrt stolperte Cole zwischen den Büschen hervor, blickte sich langsam um und bemerkte, dass sie sich wohl in einer Stadt befanden.

Ob hier auch die anderen Dämonen lebten? Er wagte es nicht, zu fragen, denn er wollte sich nicht lächerlich machen.

»Hier leben wir, willkommen in Dis«, erklärte Alayla ihm und beantwortete so, was er nicht ausgesprochen hatte. Cole nickte ihr zu und folgte ihr schließlich. Kaum betraten sie die Straßen der Stadt, schien Leben in sie zu kommen.

In der Ferne konnte er zwei weitere Dämonen erkennen, die langsam auf sie zu schlenderten. Auch von weiter weg erkannte Cole, dass sie in einem Gespräch vertieft waren. Ein Schauer lief über Coles Rücken hinab und Angst kam hoch. Doch sogleich versuchte er, sie abzuschütteln. Weshalb fürchtete er sich? Er war doch nun einer von ihnen. Die Schmerzen, die nur langsam verebbten und noch immer wie ein Echo in seinem Körper nachhallten, zeugten davon. Erst jetzt bemerkte er, dass alle Häuser hier gleich aussahen.

Zeitgleich keimten neue Fragen in Cole auf, die er nur zu gern an Alayla gestellt hätte, doch sie zog ihn erneut durch die Straßen. Die Häuser hier, bemerkte Cole währenddessen, wirkten klein und erinnerten an eine alte Stadt. Dunkle Steine bildeten die Hausmauern, die einander glichen wie ein Ei dem anderen. Selbst die Fenster waren stets an derselben Stelle platziert worden. Doch so alt die Stadt auch aussah, sie verströmte eine eigene Atmosphäre, die Cole jedoch als nicht angenehm empfand. Er rieb sich über den Arm, während er erneut die dunklen Hauswände musterte. Alles hier wirkte trostlos, kalt und tot.

Die Stadt, oder eher das Dorf, in dem er gelebt hatte, war schöner und luxuriöser gewesen. Alayla betrat ein Haus und Cole folgte ihr. Doch kaum betrat er das Innere des Hauses, weiteten sich seine Augen.

Das Haus war deutlich größer, als es den Anschein erweckte, und zwei riesige Kamine thronten in Sälen, die Cole an Tanzsäle erinnerten. Langsam ging er über den Boden, den er als Marmor deutete, und blickte sich um.

Dabei schweifte sein Blick über Möbel, die die teuren Designerstücke seines Hauses in den Schatten stellten. Cole mochte die Einrichtung, die sogleich elegant als auch alt wirkte. Eine seltsame Mischung, die ihm früher nie gefallen hatte. Doch seltsamerweise fand er, dass sie gut zu Alayla passte.

Alayla hatte ihn mittlerweile losgelassen, durchschritt den Saal und blieb bei einer kleinen Theke stehen, auf der sich eine Flasche und einige Gläser befanden. Wein, wie Cole vermutete. Er folgte ihr und beobachtete, wie sie zwei Gläser füllte. Er hob eine Augenbraue, denn sie füllte sie beinahe randvoll und er hatte Mühe, die Flüssigkeit nicht zu verschütten, als sie ihm eines der Gläser in die Hand drückte. Das andere hob sie und führte es an die Lippen, leerte den Inhalt mit einem Zug. Anschließend fuhr sie sich mit der Zunge über die Lippen und beobachtete ihn. Er selbst wollte sein Glas nicht so schnell leeren, zumal er auch nicht wusste, was der Inhalt war. Skeptisch betrachtete er das Glas, dessen Inhalt blutrot war.

»Es wird dich nicht umbringen«, durchbrach Alayla die Stille und zuckte mit den Schultern. Sie ging an ihm vorbei und ließ sich auf einem weißen Futon nieder, der beinahe in der Mitte des Raumes stand. Neben ihr, auf einem kleinen Tisch, stand eine Kristallkugel, in der immer wieder verschiedene Gesichter auftauchten. Doch sie wischte rasch über die Oberfläche und ließ diese Bilder verschwinden.

»Nur ein kleines Souvenir einer Hexe, die sich mit mir anlegen wollte. Die Kugel zeigt Erinnerungen, die besonders prägend waren«, murmelte sie. Cole neigte den Kopf.

»Nur deine?«, fragte er, doch sie verneinte, indem sie den Kopf schüttelte. »Nein. Von jedem, der hier im Haus zu Gast ist und von der sie der Meinung ist, dass die Erinnerung wichtig genug ist, gezeigt zu werden.«

Cole nippte an dem Getränk und stellte fest, dass es etwas süßlich schmeckte, wie Wein, nur nicht so bitter. Er mochte den Geschmack und erlaubte sich einen weiteren großen Schluck, ehe er wieder zu Alayla blickte.

Erst jetzt bemerkte er, dass seine Schmerzen fast gänzlich verschwunden waren. Ob das am Wein gelegen hatte?

»Also... fünfzig Seelen. Ich hätte nicht damit gerechnet, dass du Deumus so viel wert bist«, murmelte Alayla und überkreuzte die Beine. Fasziniert beobachtete Cole sie dabei und blickte in ihr Gesicht, als sie sich belustigt räusperte.

»Ähm, ja. Ich auch nicht«, nuschelte er und fühlte sich ertappt, wobei auch immer. Eine Röte schoss ihm in die Wangen, die er auf den Wein schob. Ein kleiner Holztisch erschien vor ihnen und Cole stellte das Glas ab.

»Wir haben keine Zeit zu verlieren. Das meiste wirst du lernen müssen, während wir die Seelen beschaffen.«

Wieder nickte Cole, lehnte sich etwas zurück. Der Futon war weich und bequem, das musste er zugeben.

»Wie soll ich die Seelen einsammeln?«, fragte er sie und schien endlich seine Stimme wiedergefunden zu haben.

Ein kleines Grinsen erschien auf Alaylas Lippen. »Das ist einfach. Wir überreden die Menschen, einen Pakt zu unterschreiben, wie du ihn unterschrieben hattest. Auf diese Art können wir die Seelen beschaffen, die in einigen Jahren von Deumus verschlungen werden.«

Es klang so einfach, wie sie es beschrieb und doch konnte Cole nicht glauben, dass sie auf diese Art wirklich viel bewirken konnten. Weshalb sollten Menschen ihre Seele hergeben? Nicht jeder war wie Cole, viele hatten ein Leben, das sie nicht ändern wollten. Er konnte sich kaum vorstellen, dass dieses Unterfangen von Erfolg gekrönt war.

»Besonders verdorbene Seelen, die sich vor dem Fegefeuer fürchten oder vor dem Leibhaftigen selbst, sind besonders anfällig. Sie sterben lieber durch Deumus als ewige Qualen zu durchleiden. Auch sie können wir auf diese Weise einsammeln. Ich werde dir morgen zeigen, wie wir das bewerkstelligen können.«

Cole nickte etwas und wusste nicht so recht, was er darauf sagen sollte, doch Alayla schien das egal zu sein. Sie fuhr fort mit ihrer Rede.

»Ich halte mich gerne als Katze bei Menschen auf, beobachte sie und finde heraus, was sie sich wünschen. Das verspreche ich ihnen anschließend und muss sie nicht mehr großartig überzeugen. Jeder Dämon kann sich in Tiere verwandeln. Meine Lieblingsform ist die rote Katze, die du kennengelernt hast. Sie ist mir in Leib und Seele übergegangen. Andere Tiere gelingen mir nicht so gut. Auch du wirst eine Tierform wählen müssen, denn das macht alles in Zukunft einfacher«, sprach sie weiter, wieder nickte Cole. Das alles schien ihn zu überrollen und er wusste nicht so recht, welche Reaktion sie von ihm erhoffte.

Abwartend sah sie ihn an, doch er schwieg. Ein genervtes Seufzen rollte über Alaylas Lippen.

»Welche Tiergestalt möchtest du?«, fragte sie ihn, wobei Cole nicht gewusst hatte, dass es diese Entscheidung war, die sie von ihm hatte hören wollen. Etwas überfordert blinzelte er sie an, ehe sie schnaubte. Geduld war nicht ihre Stärke, das musste er feststellen.

»Den Raben.«

Das war das erste Tier, das ihm in den Sinn gekommen war, und erst jetzt bemerkte er, dass es eben jenes Tier war, das sie für ihn bei dieser Hexe gewählt hatte. Ein Grinsen erschien auf ihren vollen Lippen, sie klatschte in die Hände.

»Wusste ich es doch! Vögel passen zu dir!«

Ob das jetzt ein Kompliment war oder nicht wusste Cole nicht. Er zuckte mit den Schultern.

»Dämonenkräfte unterliegen oftmals Elementar-kräften. Wir beherrschen die Elemente und können so mit den Sinnen der Menschen spielen«, erklärte Alayla, ehe sie plötzlich in Flammen stand.

Cole zuckte zurück, schrie auf und sah sich panisch nach Wasser um, doch so schnell das Feuer gekommen war, genauso schnell war es wieder verschwunden. Sie kicherte belustigt, doch Cole fand es nicht so witzig.

»Was sollte das?«, herrschte er sie an, doch noch immer lachte Alayla.

»Feuer, das ist mein liebstes Element. Ich bringe dir bei, damit zu spielen. Denn das ist es, was Menschen am meisten Angst einjagt. Und irgendetwas sagt mir, dass dir wohl auch liegen wird. Aber das wird sich alles noch zeigen.«

Kapitel

» **I**ch muss es lernen?«, fragte Cole sie und Alayla nickte ihm zu.

»Ja.«

»Wann?«, wollte Cole von ihr wissen, doch erneut umspielte ein Grinsen ihre Lippen.

»Hier und jetzt. Na los. Ich will sehen, dass Deumus auch die richtigen Kräfte in dir eingepflanzt hat. Nicht, dass er irgendetwas anderes erschaffen hat.«

Cole hob fragend eine Augenbraue und beobachtete, wie sie näher zu ihm rutschte. Ein Glänzen lag in ihren Augen, als sie ihn musterte.

»Wir versuchen es mit Feuer. Stell dir vor, wie etwas in Flammen aufgeht. Versuche, die Hitze zu spüren. Stell dir vor, wie Flammen emporschießen und alles verschlingen«, raunte sie ihm zu und sämtliche Härchen stellten sich auf Coles Unterarmen auf.

»Du kannst ganz schön unheimlich sein«, murmelte er, doch sie zuckte mit den Schultern.

»Ich bin ein Dämon, was erwartest du? Also los. Wir sind nicht zum Spaß hier«, trieb sie ihn an. Cole nickte, schloss die Augen und versuchte, sich eine Flamme vorzustellen, die erst klein war und schließlich immer größer und größer wurde. Erwartungsvoll öffnete er die Augen und sah... nichts.

Nichts war geschehen und auch Alayla sah dementsprechend enttäuscht aus. Sie rollte mit den Augen und stupste ihn mit ihren langen, scharfen Fingernägeln an. »Na los. Das kannst du besser, wenn dir das nicht gelingt, müssen wir andere Methoden versuchen.« So wie sie das Wort »Methoden« aussprach, war sich Cole sicher, dass er diese nicht kennenlernen wollte.

Erneut schloss er die Augen, dachte an die Flamme einer Kerze. Eine seltsame Energie durchströmte seinen Körper, pulsierte in seinem Blut. Ein Kribbeln zog durch ihn, ließ ihn erschaudern. Vor seinen inneren Augen war eine Flamme zu sehen, die langsam an Gestalt zunahm, wuchs und eine angenehme Wärme schenkte. Wieder öffnete er die Augen.

Auf seiner Handfläche, die er wie von selbst auf seinem Schoß nach oben gelegt hatte, hatte sich eine kleine Flamme gebildet. Sie tanzte über seine Haut, doch sie verbrannte ihn nicht. Fasziniert hob Cole die Hand, betrachtete, was er geschaffen hatte und lächelte.

Alayla schnaubte.

»Darauf bist du stolz? Sie sollte größer sein!«, schimpfte sie mit ihm. Nie hätte er gedacht, dass er so etwas erschaffen konnte und dass es ihm tatsächlich so leichtfiel, Feuer zu erschaffen.

Er presste die Lippen zusammen, die Flamme nahm an Gestalt zu und schoss langsam in die Höhe. Sie war knapp einen halben Meter hoch. Cole streckte automatisch die freie Hand nach der Flamme aus, drückte sie damit nach unten.

Wieder spürte er keinen Schmerz, verbrannte sich nicht. Stattdessen bildete er aus der Flamme einen Ball, der eine beachtliche Hitze absonderte. Nun sah er zu Alayla, die ihn musterte. Auch sie schien überrascht.

»Ich wusste, dass du einen guten Dämon abgeben würdest. Du bist ein Naturtalent!«

Ein Schauer durchzog Coles Körper, noch immer hatte er den Ball in seiner Hand. Er fragte nicht, was er damit tun sollte, sondern stellte sich vor, wie er kleiner und kleiner wurde, bis er schließlich verschwand. Und tatsächlich, erneut durchströmte diese neue Energie seinen Körper, während er dabei zusah, wie der Ball kleiner wurde. So klein, bis er verschwand.

»Faszinierend. Wenn dir das so leicht von der Hand geht, können wir früher aufbrechen, als ich dachte«, mischte sich Alayla ein. Sie stand auf, griff nach Coles Hand und zog ihn ebenfalls auf die Beine. Fast schon überfordert blickte Cole zu ihr.

»Was? Wie lange dachtest du, dass wir hier sitzen?«, wollte er von ihr wissen und sie zuckte mit den Schultern.

»Deutlich länger, um ehrlich zu sein. Du überraschst mich.«

Ein Schauer durchzog Coles Körper und er war sich sicher, dass das jenes Echo der Magie war, die in seinem Körper pulsierte. Für ihn war es seltsam, dass es sich für ihn nicht neu anfühlte. Es fühlte sich eher so an, als wäre diese Kraft schon immer in ihm gewesen.

»Du kennst nicht zufällig jemanden, dessen Seele wir einfach beschaffen können?«, fragte Alayla ihn gelangweilt, während sie ihre Hand über seinen Körper hielt. Erst jetzt bemerkte Cole, dass sich seine Kleidung veränderte. Sie wurde dunkel, fast schon schwarz und schmiegte sich eng an seinen Körper. Er war es gewöhnt, edle Sachen zu tragen, doch solch feine Stoffe hatte er noch nie auf seiner Haut gespürt.

»Was...?«

»Wenn du schon ein Dämon bist, dann musst du dich auch wie einer kleiden. Alles an dir schrie geradezu nach Mensch!«, rechtfertigte Alayla sich grinsend bei ihm.

»Ich will zurück in die Stadt, in der ich gelebt habe«, verlangte Cole von ihr und das Grinsen auf ihren Lippen erstarb augenblicklich.

»Sag mir nicht, dass du zu diesem Weib zurückmöchtest! Dafür habe ich dir nicht das Leben gerettet!«, fuhr sie ihn direkt an und Cole war sich sicher, Eifersucht in ihrer Stimme zu hören. Unmöglich. Als ob ein Dämon eifersüchtig sein konnte! Noch bevor sie sich weiter aufregen konnte, und Cole war sich sicher, dass sie das würde, würde er sie weitersprechen lassen, schüttelte er den Kopf.

»Nicht dafür. Ich möchte mir dort jemanden aussuchen«, sagte er, doch seine Worte stellten Alayla nicht gänzlich zufrieden. Sie schnaubte auf und verschränkte die Arme vor der Brust.

»Wenn du auch nur einen falschen Blick in ihre Richtung wirfst, dann wirst du noch dein blaues Wunder erleben!«

Cole war überrascht und blinzelte sie verwirrt an.
»Das ist mein Ernst. Aber gut, gehen wir in deine langweilige Stadt... als ob es dort viel zu holen gäbe! Ich werde dir schon zeigen, dass wir dort nichts mehr zu suchen haben!«

Nebel legte sich um ihre Körper und augenblicklich lösten sie sich auf. Im nächsten Moment, als Cole die Augen wieder öffnete, die er zuvor automatisch geschlossen hatte, befand er sich auf einen Baum. Doch nicht als Mensch, Alayla hatte es geschafft, ihn in die Rabengestalt zu drängen, die er sich ausgesucht hatte. Sie selbst saß als rote Katze neben ihm und drehte ihm beleidigt den Rücken zu.

Sie schien wirklich darüber zu schmollen, dass er hierher zurückwollte und er überlegte, wie er sie wieder besänftigen konnte. Doch das Läuten von Glocken veranlasste ihn dazu, sich genauer umzusehen. Alayla hatte ihn und sich direkt auf den Baum eines Friedhofes gebracht.

Wie makaber.

»Wieso?«, fragte er sie, doch sie antwortete nicht. Cole seufzte auf und blickte hinab auf den Boden, wo er eine Trauergemeinde erkannte. Viele Menschen hatten sich versammelt, alle waren in schwarz gekleidet. Doch niemand von ihnen weinte oder trauerte gar richtig, denn sie unterhielten sich und selbst die Angehörigen – es mussten die Angehörigen sein, die dem Sarg am nächsten standen – sahen nicht aus, als hätte der Tod sie schwer getroffen. Cole neigte den Kopf, als sich die Menschen in Bewegung setzten, und erneut wurde der Friedhof vom Läuten der

Kapelle ausgefüllt. Langsam folgten die Menschen den Sargträgern, die so wirkten, als wäre der Sarg leicht wie eine Feder. Fast so, als wäre er leer. Erst jetzt erkannte er die Frau, die als Erste hinter dem Sarg herging, der ein einfaches Braun aufwies.

Helen.

Ein Stich fuhr durch sein Herz und er widerstand dem Drang, sich erneut in sich zurückzuziehen und von ihr nichts mehr mitzubekommen. Das letzte Mal, als er sie gesehen hatte, war alles in ihm gestorben. Doch mit den neuen Kräften fühlte er sich wie neugeboren und er wollte ihr nicht die Macht geben, ihm auch in diesem Leben zuzusetzen.

Es erforderte viel Kraft, ihr dabei zuzusehen, wie sie hinter dem Sarg herging, nur um anschließend eine Blume in das Grab zu werfen. Sie ging, ohne die Beileidsbekundungen der Gäste zu erwarten. Das war untypisch für sie, denn sie liebte es, wenn man ihr Aufmerksamkeit schenkte. Den schwarzen Schleier strich sie sich aus dem Gesicht, als sie den Friedhof verließ und auch die üblichen Gäste folgten ihr rasch.

»Du warst ihr nicht eine Träne wert«, hatte Alayla wieder die Stimme gefunden. Sie hatte sich zu ihm gedreht, putzte ihre Pfoten und er konnte Hohn in ihren Augen erkennen.

»Das ist meine Beerdigung? Wieviel Zeit ist vergangen?«, fragte er sie und die rote Katze rollte mit den Augen.

»Ja. Siehst du nicht, was dort auf dem Kreuz steht? Cole Campbell. Dein Name. Na, wie fühlt man sich, wenn man auf seiner eigenen Beerdigung war? Das können nicht viele von sich behaupten. Und zu deiner Frage... ja, die Zeit verläuft in der Unterwelt deutlich langsamer als auf der Erde. Hier sind schon mehrere Tage, vielleicht auch Wochen vergangen. So genau weiß man das nie«, plapperte Alayla weiter und Cole merkte, wie sich ihm der Magen umdrehte. Der Wein, den er noch in Alaylas Haus zu sich genommen hatte, wollte seinen Körper wieder verlassen, doch es gelang ihm, den Brechreiz zurückzuhalten.

Alayla musterte ihn belustigt, doch schwieg. Cole war dankbar für die Stille, die sich in dem Moment über sie legte. Viele Gedanken rauschten durch seinen Kopf, doch immer wieder hallte ein Name in seinem Kopf wider.

»Ich weiß jetzt, wen ich als erstes Opfer möchte. Ramon. Den neuen Verlobten meiner ... ehemaligen Frau.«

Nur schwer kamen ihm die Wörter ‚ehemalige Frau‘ über die Lippen, doch das war es, was sie für ihn war. Sie gehörte zur Vergangenheit und Alayla, die neben ihm belustigt zu Schnurren begann.

# Kapitel

Abwartend blickte Cole zu der roten Katze neben ihm, die sich gemächlich aufsetzte und sich erneut mit der rauen Zunge durch das Fell fuhr. Es schien fast so, als wäre sie in Gedanken, doch Cole konnte und wollte ihr dafür keine Zeit geben. Immerhin hatte er sich soeben für sein erstes Opfer entschieden. Doch noch immer ließ sich Alayla nicht anmerken, dass sie sich beeilen sollten.

Im Gegenteil.

»So. Du willst also Rache.«

Keine Frage, eine Feststellung. Cole nickte grimmig und dabei entwich ihm ein Laut, der an ein Krächzen erinnerte. Er flatterte aufgeregt mit den Flügeln.

»Ja.«

Alayla streckte sich neben ihm und gähnte. Wenn sie sich so verhielt, fiel es Cole schwer, nicht zu vergessen, dass sie keine richtige Katze war. Sie verhielt sich gänzlich wie ein Tier, etwas, das Cole wohl noch nicht so gelang, wie es wohl sollte.

»Das gefällt mir.«

Und das überraschte Cole nicht. Es war keine sonderliche Überraschung, dass die Dämonin neben ihm etwas für Racheaktionen übrighatte. Andere hätten ihm womöglich ins Gewissen geredet und versucht, es ihm auszureden, doch nicht Alayla. Sie sah ihn belustigt an und Cole erkannte das Glänzen in ihren Augen, das davon zeugte, wie sehr sie sich auf seinen Racheakt freute.

»Gut. Wie bekommen wir ihn dazu, uns seine Seele zu geben?«, fragte Cole sie direkt. Noch immer war sein Herz von Wut ergriffen und der Drang, Helens Leben ebenfalls zu zerstören, wie seines zerstört worden war, wurde immer größer. Die schmerzlichen Stiche, wenn er an sie dachte, waren beinahe verblasst. Der Hass tobte in ihm, wo einst Liebe gewesen war. War es normal, dass diese Gefühle so schnell wechselten? Cole wusste es nicht und doch konnte er nicht verhindern, wie er sich fühlte.

Alayla tatzte nach ihm und fauchte.

»Hast du mir nicht zugehört? Wir überreden ihn. Versprechen ihm notfalls Sachen, die nicht eintreten und bieten ihm das an, was er sich am meisten wünscht.«

Cole krächzte erneut und schüttelte den Kopf.

»Woher soll ich wissen, was er sich am meisten wünscht?«

»Deumus hat dir deine Dämonenkräfte geschenkt und damit auch die Gaben, die du brauchst, um für ihn Seelen zu sammeln.«

Nun war Cole gänzlich verwirrt.

»Also hätte ich eine andere Gabe bekommen, wenn mich ein anderer Dämon zu einem von euch gemacht hätte?«, hakte er nach und Alayla zuckte als Antwort mit den Schultern.

»Teilweise, ja. Im Grunde unterscheiden sich Dämonen in ihren Kräften, wie sie Menschen manipulieren können, nicht von anderen Dämonen. Sobald du allerdings deine Schuld bei Deumus abgezahlt hast – und dabei spreche ich nicht von den fünfzig Seelen, die wir brauchen, damit du überhaupt leben darfst – wirst du weitere Seelen für ihn eintreiben müssen. Hast du erfüllt, was er dir auferlegt und bist frei, schwinden die Kräfte, die du als Seelensammler brauchst.«

Cole runzelte die Stirn.

Er hatte sich das alles leichter vorgestellt. Der Wind hob sich, fuhr durch die Blätter und erzeugte ein leises Rascheln, das auf dem Friedhof jedoch gut hörbar war.

Cole schauderte.

»Kompliziert«, warf er ein und Alayla schüttelte den Kopf.

»Absolut nicht. Vielleicht für dich ungewohnt, aber du wirst dich noch an alles gewöhnen. Da bin ich mir sicher«, erwiderte Alayla ihm und erhob sich gänzlich. Cole blinzelte und krächzte erneut laut auf, als er ihre Zähne in seinem Nacken spürte. Sie bohrten sich in sein Fleisch, obwohl er merkte, dass sie vorsichtig war und darauf aus war, ihn nicht zu verletzen. Würde sie das wollen, sähe er wohl bereits anders aus.

Elegant sprang Alayla von Ast zu Ast, immer weiter abwärts und schließlich landeten sie am Fuß des Baumes. Cole kam sich vor wie eine Beute, die erlegt worden war, und war sich auch sicher, dass er mit Alayla zusammen ein solches Bild bieten würde. Doch sie schien sich darum nicht zu kümmern, und sollte ein Mensch sie bemerken, wären sie für ihn nichts weiter als eine Katze, die sich einen Vogel erjagt hatte.

Ganz toll.

Die Rolle als Beute gefiel ihm nicht und ihre Zähne waren alles andere als angenehm, weshalb er etwas zu zappeln begann. Mit einem angeekelten Geräusch spukte Alayla ihn wieder aus und würgte leicht.

»Du schmeckst so widerlich«, beklagte sie sich und streckte die Zunge demonstrativ hinaus. Doch das war eine Sache, für die Cole sich nicht entschuldigen wollte. Irgendwie beruhigte es ihn, dass er für die Katze ungenießbar war.

»Ich habe nicht darum gebeten, dass du mich runterträgst.«

»Wärst du geflogen – was du im Übrigen noch nicht kannst – hättest du dir nur den Hals gebrochen. Ich habe keine Lust, dass wir warten müssen, bis dein Körper verheilt ist, nur weil du meinst, dass du allein vom Baum kommen kannst«, blaffte sie ihn an und Cole schnaubte.

Ein leichter roter Schimmer legte sich um Alaylas Körper, der sich vor seinen Augen veränderte. Das Fell verblasste, die Gestalt änderte sich und ein paar Wimpernschläge später stand sie als Frau vor ihm. Grinsend musterte sie ihn.

»Jetzt du. Heute helfe ich dir nicht mehr, mit Deumus Kräften kannst du dich allein zurückverwandeln«, erklärte sie ihm und Cole nickte.

Er schloss die Augen und stellte sich vor, wie seine Federn sich in seinem Körper zurückzogen und seine Gestalt nicht mehr die eines Tieres, sondern menschlich wurde. Es dauerte einen Moment, ehe er begann, die Veränderung in seinem Körper zu spüren. Es schmerzte nicht wie bei der ersten Verwandlung und er war überrascht, als er dann doch als Mann neben Alayla stand, die ihn belustigt ansah.

»Jetzt verändern wir dein Aussehen«, sagte sie zu ihm und er runzelte die Stirn.

»So wie du jetzt aussiehst, kannst du diesem Ramon nicht entgegentreten. Er würde dich erkennen und dass du hier für alle gestorben bist, kann nur gut für uns sein. So kannst du dein menschliches Leben hinter dir lassen.«

Cole nickte nur, doch darauf erwidern konnte er nichts.

»Und wie?«, fragte er stattdessen, doch Alayla grinste.

»Auch das gehört zu dem Repertoire eines Seelensammlers. Deumus' Anhänger können alle ihre Form verändern und ihre Gestalt. Nicht nur in Tiere.«

Cole hob skeptisch eine Augenbraue.

»Also könntest du gar nicht so aussehen, wie du es jetzt gerade tust?«, hakte er nach und Alayla nickte.

»Ja, genau. Doch das hier ist meine wahre Erscheinung, ich habe es nicht nötig, mich zu verändern. Zumindest nicht für dich, denn du warst eine leichte Beute.«

Cole schnaubte und schüttelte den Kopf. Davon wollte er nichts mehr hören.

»Jetzt stell dir vor, wie sich dein Körper verwandelt. Stell dir vor, wie deine Haare eine andere Farbe annehmen, dein Körper wächst oder schrumpft, deine Nase anders wird...«, begann Alayla aufzuzählen.

Cole schloss erneut die Augen und versuchte es. Statt seiner rabenschwarzen Haare stellte er sich einen aschblonden Haarschopf vor, wobei die Haare nicht kurzgehalten waren, wie er sie trug, sondern etwas länger waren. Seine Augenfarbe änderte er in ein Grau, während er seinen Körper etwas wachsen ließ und sich breiter gebaut präsentieren wollte. Auch seine Gesichtsform änderte er, ebenso wie die Stellung seiner Augen, seiner Nasenform und die Fülle seiner Lippen.

Als er die Augen öffnete, klatschte Alayla in die Hände.

»Perfekt. Deumus' Kräfte sind dir in Leib und Seele über gegangen. Sehr gut. Du siehst gar nicht mehr aus wie du.«

Cole neigte den Kopf und verfluchte die Umstände, dass hier keine Spiegel waren. Doch damit musste er wohl leben.

»So siehst du eigentlich sogar fast noch besser aus.«

Diese Worte kränkten ihn jedoch beinahe und er warf ihr einen scharfen Blick zu.

»Dich könnte man auch noch optimieren«, murrte er ihr entgegen und duckte sich, als sie zum Schlag ausholte und ihm gegen den Arm boxte.

»Ich bin die beste Version von mir, die du je finden wirst. Aber egal. Wir haben wohl Glück, wir müssen nicht zu Ramon gehen. Heute kommt unsere Beute wohl zu uns.«

Überrascht drehte sich Cole zur Seite und trat aus dem Schatten des Baumes. Erst jetzt bemerkte er, dass sie doch weiter von seinem Grab entfernt waren, als er dachte. Der Friedhof lag still vor ihnen und es niemand hier. Bis auf ihn und Alayla.

Und Ramon, der durch die Gänge schritt und die Grabsteine passierte, auf denen die Namen der Verstorbenen eingraviert waren.

»Na los. Zeig mir, dass du den Kräften würdig bist, die wir dir geschenkt haben«, raunte Alayla ihm zu und erneut konnte er ein Glitzern und Glänzen in ihren Augen ausmachen. Die Aussicht auf eine Seele schien sie in Wallung zu versetzen.

»Und wenn er zusagt?«

»Dann komme ich und kümmere mich mit dir zusammen um alles weitere. Aber erst musst du ihn überhaupt dazu bringen, dass er den Pakt mit dir eingehen möchte. Na los. Das hier ist deine Feuerprobe, Cole. Enttäusche mich nicht.«

Sie gab ihm einen kleinen Schubs, er geriet ins Stolpern und zischte einen leisen Fluch aus. Doch er drehte sich nicht um, denn er konnte sich denken, dass die Bitte, ihm zu helfen, ausgeschlagen werden würde. Diesen Schritt schien er wohl oder übel allein gehen zu müssen.

Und Cole war bereit, seine erste Seele zu sammeln.

 Kapitel

Mit wild schlagendem Herzen schritt Cole über den Friedhof, dabei wusste er genau, in welche Richtung er gehen musste. Ramon war nicht weit von ihm weg, er konnte sehen, wie er sich ebenfalls durch die Gräber bewegte. Doch dann stoppte er und Cole konnte sich denken, wo er stehen blieb.

Dort, wo er begraben war, oder eben auch nicht. Wer war eigentlich in diesem Sarg beerdigt worden? Das musste er dringend herausfinden. So schritt er weiter, huschte vorbei an den Grabstätten der anderen Verstorbenen und erhaschte dabei immer wieder einen Blick auf die Namen der Toten.

Susan Careman, Holly McDonald... Namen, die ihm nichts sagten und doch eine kleine Wehmut in ihm auslösten. Denn eigentlich sollte er einer von ihnen sein und für die Menschen des Dorfes, in dem er gewohnt hatte, war er es auch.

»Eine Verschwendung, nicht?«, fragte Cole Ramon, als er neben ihm trat. Dieser blickte gedankenversunken auf den dunklen Grabstein, auf dem Coles eigener Name stand. Ein seltsamer Schauer jagte über seinen Rücken, es fühlte sich für ihn seltsam an, vor seinem eigenen Grab zu stehen und seinen Grabstein betrachten zu können. Das Gefühl war nicht angenehm und so sah er schnell wieder weg.

Dass sich seine Stimme anders anhörte als sonst, das war ein positiver Nebeneffekt seiner Veränderung.

Ramon zuckte zusammen und blickte ihn überrascht an.

»Ich habe Sie nicht bei der Beisetzung gesehen«, entgegnete Ramon ihm und Cole seufzte auf.

»Diese Menschenmengen sind nichts für mich und ich kannte den Mann, der hier beerdigt wurde, nicht. Aber Sie wohl schon. War es einer Ihrer Angehörigen?«, fragte er nach und alles in ihm sträubte sich dagegen, diese Frage überhaupt aussprechen zu müssen. Nie im Leben wollte er mit diesem Ekelpaket verwandt sein, der Helen geschwängert hatte, obwohl sie noch mit ihm verheiratet gewesen war.

»Nein, aber meine Verlobte war seine Ehefrau. Sie ist schwanger und ich werde sie heiraten. So muss sie nicht in Schande leben.«

Er klang so, als würde er sich aufopfern und doch merkte Cole, wie sich sein Magen beinahe umdrehte. Ramon war es gewesen, der überhaupt schuld war, dass irgendjemand in Schande leben musste oder zu leben hatte – er und Helen.

»Sehr löblich von Ihnen, nicht jeder würde eine schwangere Witwe heiraten.«

Ramon nickte und wandte sich von ihm ab. Cole schluckte und spürte, dass Ramon eigentlich nicht weiter mit ihm sprechen wollte. Doch er musste es tun, denn immerhin hatte sich Cole in den Kopf gesetzt, dass Ramon die erste Seele sein sollte, die er für den Dämonenfürsten auf die Liste setzen konnte.

»Wie ist er denn gestorben?«, fragte er und riss Ramon sichtlich aus den Gedanken, denn dieser blickte ihn überrascht an. Fast so, als hätte er vergessen, dass Cole schon die ganze Zeit hier gestanden hatte.

»Er ist verschwunden, die Wölfe, Sie wissen schon... die Wälder hier sind gefährlich. Wir haben nur noch einzelne Körperteile gefunden. Also, nicht Helen und ich, sondern die Bediensteten. Sie waren bestürzt, dass ihr Herr verschwunden war und haben nicht aufgegeben, zu suchen.«

Cole wollte nicht wissen, wen seine treuen Diener wirklich im Wald gefunden hatten, und erneut jagte ein Schauer über seinen Rücken. Erst jetzt bemerkte er im Augenwinkel, wie sich eine weitere Gestalt über den Friedhof schob. Seine Kräfte erkannten sie, Alayla. Sie hielt sich in seiner Nähe auf und war offensichtlich Zeuge, dass er dabei war, zu versagen.

»Schrecklich.«

»Das ist es wirklich«, stimmte Ramon ihm zu und schob die Hände in die schwarzen Jackentaschen. Er wandte sich ab und nickte ihm zu. Ein Zeichen des Abschiedes und das Gefühl, zu versagen, breitete sich in Cole aus.

»Wenn Sie verzeihen, ich muss zurück zu meiner Verlobten. Sie ist sehr in ihrer Trauer vertieft und ich möchte sie nicht zu lange allein lassen.«

»Weshalb waren Sie denn dann überhaupt hier?«, erklang Alaylas schnurrende Stimme hinter Cole, sie trat neben ihn und Cole spürte, wie sie sich bei ihm unterhakte. Fast so als wären sie ein Paar. Cole sah zu Alayla und blinzelte überrascht. Auch sie hatte ihr Aussehen angepasst. Üppige, braune Locken fielen ihr locker über den Rücken und ihre braunen Rehaugen musterten Ramon neugierig.

»Meine Frau, Rachel. Sie verzeihen, sie ist immer recht neugierig. Darling, der Herr wollte gerade zu seiner Verlobten zurück«, murmelte Cole zu Alayla, die langsam nickte und die Hand nach Ramon ausstreckte. Sie berührte seine Hand, drückte diese sanft und schenkte ihm ein gütiges Lächeln.

»Sie haben ein gutes Herz, das kann ich sehen. Löblich, sich hier von dem Verstorbenen zu verabschieden. Sie sollten gut auf Ihre Verlobte aufpassen, nicht?«

Überrascht runzelte Ramon die Stirn und Cole erkannte, dass er sich unwohl in dieser Situation fühlte. Er konnte es ihm nicht verübeln, auch er würde sich in dieser Situation alles andere als wohl fühlen.

»Wie meinen Sie das?«, hakte er nach und runzelte die Stirn. Alayla kicherte damenhaft und zuckte mit den Schultern.

»Der Wind hat eure Unterhaltung über den Friedhof getragen. Sie ist von einem anderen Mann schwanger, nicht? Das wird Gerede geben. Und nicht jeder wird damit einverstanden sein... Sie müssen der Mann sein, über den so getratscht wird. Helen, so heißt Ihre Verlobte, nicht?«, fragte Alayla heiter und Ramon kam nicht dazu, etwas zu sagen. Betroffen nickte er und Cole konnte in seinen Augen sehen, dass ihn das alles hier gänzlich überforderte.

»Sie ist viel reicher als Sie es sind. Also lassen Sie sich von der Frau aushalten, so hat man es sich vorhin erzählt. Naja, Sie werden über dem Tratsch stehen«, plauderte Alayla und hauchte Cole einen sanften Kuss auf die Wange, als Aufforderung, dass sie gehen sollten.

»Wir sollten ihn nicht weiter belästigen, Darling. Er sieht so schrecklich traurig und niedergeschlagen aus.«

Cole nickte und auch er bemerkte nicht, was hier vor sich ging. Unbemerkt zwinkerte Alayla ihm zu und augenblicklich verstand Cole. Seine Kräfte streckten unsichtbare Fühler nach Ramon aus und er nahm sämtliche Gefühle wahr. Zweifel, Liebe, Trauer aber auch die Angst, zu versagen. Die Angst wuchs an und auch Alayla schien zu spüren, was Ramon auf der Seele lastete.

»Sie wünschen sich nichts sehnlicher, als ein Mann zu sein, der seiner Frau etwas bieten kann, habe ich nicht recht? Sie wünschen sich Macht und Einfluss«, murmelte Alayla und fasziniert nickte Ramon.

»Woher wissen Sie das? Und was wagen Sie zu behaupten?«, herrschte er sie an. Alayla löste sich von Coles Hand und ein unnatürlicher Schimmer breitete sich in ihren Augen aus. Ihre Pupillen wurden zu Schlitzen, wie in ihrer Katzengestalt, in der sie sich so wohl fühlte.

»Es gibt einen Ausweg dafür. Sieben Jahre für alles, was Sie sich erträumen«, murmelte sie. Nebel stieg auf und hüllte den Friedhof ein. Er wirkte unnatürlich und Cole musste sich zusammenreißen, nicht zusammenzuzucken, als Alayla um Ramon herumschritt. Dabei strich sie mit den Fingern über die muskulösen Oberarme des Mannes, die unter der schwarzen Jacke verborgen lagen.

»Ihre Seele für das, was Sie sich wünschen. Ist das nicht ein gutes Angebot?«, fragte sie ihn leise. Ramon schwieg und Cole konnte in seinen Augen den Kampf sehen, den er mit sich selbst austrug. Er fühlte sich an sich erinnert, an damals, als er es war, der darüber nachdachte, einen Dämon zu rufen. Er war nicht umgarnt worden, wie Ramon hier und doch wäre er an seiner Stelle schwach geworden.

»Ja«, murmelte Ramon und bekräftigte, dass auch er schwach war. So wie Cole es war und genau deshalb war er in diese Misere gelangt. Hätte er gewusst, welches Leben er geschenkt bekommen würde und wie die Frau ihm zugetan war, die er sich erwählte, hätte er diesen Pakt niemals geschlossen.

Sein Blick huschte zu Alayla, ein Stück Papier erschien in ihren Händen, ebenso wie eine Feder, deren Ende spitz zulief. Doch dann hätte er sie nicht getroffen, sie, die so anders war als alle anderen Frauen, die ihm jemals begegnet waren. Sie war keine normale Frau, kein Mensch und doch war es das, was ihn an ihr faszinierte.

»Unterschreib mit Blut und erhalte, was du wir wünschst. Macht, Ruhm, alles...«, schnurrte Alayla und drückte die Feder in Ramons Hand. Er zögerte und doch setzte er die Feder auf das Papier. Wie von selbst schrieb er seinen Namen, der in blutroter Schrift erschien. Er zuckte zusammen, während ein unnatürliches Kichern Alaylas Kehle verließ.

»Blut. Du hast mit deinem Blut unterschrieben. Die nächsten sieben Jahre wirst du so leben, wie du es dir wünscht… und dann werden wir dich holen.«

Der Nebel wurde dichter und einen Wimpernschlag später fand sich Cole mit Alayla auf einer Lichtung wieder. Sie hatte sie beide in den Wald gebracht, fort von Ramon, den sie mit seinem Schicksal zurückgelassen hatten.

»Ich hoffe, du hast gelernt. Das nächste Mal wirst du die Unterschrift allein eintreiben können«, murmelte sie ihm zu und Cole lächelte.

»Wieso hat er nur sieben Jahre bekommen? Deumus hatte mir zehn geschenkt. Und wir sollten Deumus doch Seelen beschaffen!«

Alayla zuckte mit den Schultern und blickte direkt in seine Augen.

»Weil wir beide keine Fürsten sind. Pakte, die man mit Dämonenfürsten direkt abschließt, umfassen zehn Jahre. Dafür ist es weitaus gefährlicher, sie überhaupt zu rufen. Hätte Deumus damals keine Lust auf dich gehabt, dann hätte er dich direkt und auf der Stelle getötet. Das passiert öfters, als man denkt. Pakte mit normalen Dämonen wie mit uns dauern sieben Jahre. Und eine Seele kann man nicht ohne einen Gegenpreis in die Unterwelt verdammen.«

Cole nickte. Er hatte gedacht, dass er sich anders fühlte, wenn Ramon seine Seele verschenkte, doch das tat er nicht. Er fühlte sich so wie immer... nur ein kleines bisschen schuldiger.

So schwieg er, während seine Gestalt sich abermals veränderte und er wieder so aussah, wie er wirklich war.

Alayla tat es ihm gleich, sie trat neben ihn und griff nach seiner Hand. Vorsichtig drückte sie diese und Cole sah sie überrascht an.

»Sei dankbar für dein Gewissen, solange du es noch hast... denn irgendwann wirst du nichts mehr fühlen. Nur noch Leere«, murmelte sie leise und ein kalter Schauer jagte über Coles Rücken.

Kapitel

$\mathcal{E}$ ine Weile standen sie auf diese Art und Weise da, er war in seinen Gedanken versunken. Hatte er mit dem Deal, den er Ramon auf den Hals gejagt hatte, eine Grenze überschritten und den letzten Rest an Menschlichkeit verloren? Sein Blick huschte zu Alayla und er betrachtete ihr Profil. Auch sie hatte den Blick in die Ferne gerichtet und schien nicht zu bemerken, dass er sie unverhohlen anstarrte. Oder sie ignorierte es. Wenn er sie so betrachtete, die feinen Gesichtszüge, die sie so viel unschuldiger wirken ließen, als sie wirklich war, würde er nie auf die Idee kommen, dass ihre Nähe absolut tödlich war.

Der Wind hob sich und er konnte spüren, wie dieser ihm durch die Haare fuhr. Instinktiv fuhr er sich mit den Fingern über den Oberarm.

»Wohin gehen wir als Nächstes? Hier können wir nicht bleiben, oder?«, hakte er leise nach und vernahm im Augenwinkel Alaylas Nicken.

»Das werden wir auch nicht. Im Vergleich mit den anderen Städten der Welt ist dein Dorf wirklich langweilig. Im Schloss Fontainebleau findet heute Abend ein Ball statt... dort kannst du mir zeigen, ob du gute Manieren hast oder nicht«, sagte sie zu ihm und schenkte ihm ein breites Grinsen. Cole runzelte die Stirn.

» Fontainebleau? Ich habe Schottland noch nie verlassen«, gab er leise zu, doch sie schnaubte. »Das zeigt nur wieder wie langweilig Menschen sind. Oder wie beschränkt ihr mit euren Fähigkeiten und in euren Leben wirklich seid. Als Dämon wirst du die Welt zu sehen bekommen, ob du willst oder nicht.«

Cole sah ihr aufmerksam in die Augen.

»Ich werde um die ganze Welt reisen können?«

Alayla grinste und nickte als Antwort. Ein seltsames Gefühl stieg in Coles Magengrube auf. Er hatte sich nie nach fernen Reisen gesehnt, denn das Unbekannte hatte ihm stets Angst eingejagt. Doch hier, wenn er neben ihr stand, hatte er das Gefühl, als könnte ihm nichts etwas anhaben. Es gäbe es nichts auf dieser weiten Welt, das ihm gefährlich werden konnte. Sein Unterbewusstsein blendete dabei Deumus und die anderen Dämonen in der Unterwelt unter ihnen aus.

»Ich kann dir versichern, dass du viele Orte sehen wirst, von denen du niemals dachtest, dass sie existieren«, prophezeite Alayla ihm mit leiser Stimme. Damit weckte sie seine Neugier. Er wartete ab, was sie weiter von der weiten Welt erzählen würde, doch sie schwieg. Wieder richtete sie ihren Blick in die Ferne und griff nach seiner Hand. Instinktiv schob er seine Finger in ihre, drückte ihre Finger sanft. Sie waren dünn, fast zierlich. Doch Cole war sich sicher, dass das nur täuschte.

»Erst fangen wir mit Fontainebleau an.«

Cole blinzelte ihr verwirrt entgegen, sie sagte nichts mehr dazu. Stattdessen legte sich wieder ein schwacher Nebel um sie und hüllte sie ein. Cole konnte das Flirren auf seiner Haut spüren, als sie sich auflösten und nach wenigen Herzschlägen der Stille in einem großen Saal wieder auftauchte. Zumindest vermutete Cole, dass es sich um einen Saal handelte.

Er ließ langsam ihre Hand los und sah sich langsam im Raum um. Er war groß und an der Decke befanden sich ein paar Malereien, die er in dieser Form noch nie gesehen hatte. Die Möbel sahen ein wenig anders als, als er es von seinem Zuhause gewohnt war. Alles wirkte mächtig auf ihn, mächtig und riesig.

»Wo sind wir?«, fragte er sie mit leiser Stimme, während sie direkt zu den Regalen gegangen war und sich ein Glas mit roter Flüssigkeit einschenkte. Cole vermutete, dass es sich hierbei wieder um Wein handelte, doch er fragte nicht nach. Fast schon geduldig wartete er, bis sie einen Schluck zu sich genommen hatte, ehe sie sich an ihn wandte und den Kopf neigte.

»Wir sind in einem Vorort des Schlosses. In einer Wohnung.«

Cole runzelte die Stirn.

»Fallen wir hier nicht auf? Hier werden doch Menschen wohnen. Sie werden nicht begeistert sein, wenn wir uns hier herumtreiben«, murmelte er, doch wieder entlockte er Alayla ein heiteres Lachen wie so oft, wenn er mit ihr sprach.

»Keine Sorge, die Leute hier sind weg. Ich habe ihre Seelen geholt, kurz bevor ich zu dir gekommen bin.

Manches Mal bleiben Menschen länger verschwunden und nach manchen Menschen wird auch nicht gesucht. Vor allem nicht in einer solch großen Stadt«, erklärte Alayla ihm sachlich und ließ sich auf einen Stuhl nieder, der nicht weit vom Regal weg stand. Langsam ging er zu ihr und setzte sich ihr gegenüber.

Mit einem Funkeln in den Augen beobachtete sie ihn und er schluckte, als ein Schauer durch seinen Körper jagte.

»Wie fühlst du dich jetzt, nachdem du deine Rache gehabt hast?«, fragte sie ihn und nippte erneut an dem roten Getränk in ihrer Hand. Cole musterte das Glas, es sah edel aus und hochwertig. Der Stiel war fein verarbeitet und ein paar Verzierungen waren daran zu sehen. Sie erinnerten ihn an das Muster der Spitzen, die die feinen Damen trugen.

Alaylas letzte Opfer waren wohl auch ebenfalls wohlhabend gewesen. Wieso überraschte ihn das nicht? Als Alayla sich räusperte, sah Cole fast schon ertappt in ihre Augen.

»Hm? Nun ja… ich weiß nicht«, gab er ehrlich zu, denn wie er sich jetzt gerade fühlte, das wusste er wirklich nicht. So viele Gefühle jagten durch seinen Körper, so viele neue Eindrücke... er wusste nicht, wie er sie ordnen sollte. Außerdem wusste er nicht, ob er noch immer als Beute für sie zählte oder nicht. Fragen wollte er das aber nicht, denn er konnte sich denken, dass sie über diese Frage nicht begeistert wäre.

»Rache ist ein gutes Gefühl. Für manche. Manche Menschen zerbrechen aber auch daran. Doch nicht du, leg dein menschliches Leben ab. Das wäre deutlich besser für dich. Glaube mir, mit jedem weiteren Schritt, mit jeder weiteren Seele für Deumus, wirst du immer mehr wie wir.« Irrte er sich, oder lag Bedauern in ihrer Stimme? Er runzelte die Stirn über ihre Worte und seufzte laut auf.

»Das kann sein... doch ich denke nicht darüber nach. Ich möchte ehrlich gesagt nicht mehr zurücksehen.«

Damit schien er Alaylas Aufmerksamkeit voll und ganz auf sich zu ziehen, denn sie stellte das Glas ab und blickte ihm tief in die Augen.

»Warum?«, fragte sie ihn prüfend. Cole schluckte.

»Weil es nie gut ist, in der Vergangenheit zu leben. Nachdem ich den Pakt mit Deumus geschlossen hatte und bekommen habe, was ich wollte, habe ich auch nicht mehr daran gedacht, wer ich wirklich war. Das war ein anderer Lebensabschnitt. Das mit Helen ebenfalls... ich möchte nicht mehr zurücksehen. Denn ich glaube nicht, dass das gut für mich wäre.«

Alayla runzelte erneut die Stirn, sodass diese tiefe Falten legte. Cole hob eine Augenbraue. Sie schwieg, doch Cole hatte sie in der dieser kurzen Zeit schon gut genug kennenlernen können, um zu wissen, dass sie selten schwieg.

»Sag schon, was du zu sagen hast!«

»Das klingt zu selbstreflektiert. So schnell kann niemand mit seiner Vergangenheit abschließen«, stellte sie fest und schüttelte den Kopf. Cole seufzte laut auf.

Wieso überraschte es ihn nicht, dass sie ihm nicht glaubte? Doch er war anpassungsfähig, hatte schon immer mit neuen Situationen umgehen müssen, in denen er sich zunächst unterlegen fühlte.

»Ich kann es nicht ändern, egal, wie ich es sehe. Ist es nicht besser, der Vergangenheit nicht nachzutrauern?«, fragte Cole sie direkt, doch Alayla zuckte mit den Schultern.

»Solange du dich nicht direkt in den nächsten Schlamassel begibst, sollte es gut sein. Außerdem ist es dein Leben. Du kannst machen, was du willst.«

Nun klang sie seltsam distanziert und Cole wurde aus ihr nicht wirklich schlau. Sie war wie ein Buch mit sieben Siegeln für ihn und Cole war sich fast sicher, dass sie gerade irgendetwas hinter einer Mauer versteckte, die sie nicht für ihn einreißen wollte.

Alayla klatschte in die Hände und schien wohl genug von diesem Thema zu haben, denn so entschlossen, wie sie ihm in die Augen sah, konnte er sich denken, dass sie nun anderes vorhatte.

»Wie dem auch sei... wir haben Besseres zu tun. Komm, wir machen uns jetzt für den Ball fertig. Und dann gehen wir los.«

»Jetzt schon?«, fragte Cole verwirrt. Sie waren doch eben erst angekommen! Er verstand nicht so recht, weshalb sie direkt wieder aufbrechen sollten.

Er war gerade dabei, sich hier in dieser Wohnung wohlzufühlen.

»Die Feste hier beginnen früh, Cole. Und wir sollten mehr als eine Seele heute einsammeln. Bälle eigenen sich dafür fast so gut wie Kampffelder. Auf ein solches werden wir auch bald gehen«, sagte sie voraus und er hob eine Augenbraue.

»Auf ein Kampffeld?«

Alayla nickte.

»Ja. Sterbende Menschen hängen an ihrem Leben und viele tun alles dafür, um ein paar Jahre länger auf dieser Welt leben zu können. Gefundenes Fressen. Genauso wie diese Ballgesellschaften. Verschmähte Frauen und Männer sind ebenso leichte Beute. Denn auch Bälle sind Kämpfe, nur werden sie nicht mit Schwertern ausgetragen.«

Cole seufzte auf und wusste nicht so recht, was er darauf erwidern sollte. Doch sie schien keine Antwort mehr zu erwarten, denn Alayla erhob sich und trat zu einem großen Wandspiegel. Er beobachtete sie dabei, wie sie ihr Kleid veränderte. Wie sie die Farben durchprobierte, ebenso Schnitte. Ihr Kleid wurde vor seinen Augen länger, kürzer, heller und dunkler. Ebenso änderte sich ihre Frisur, genauso wie ihre Haarfarbe.

Fasziniert beobachtete Cole sie dabei, bemerkte, wie ihr Kleid einen dunkelgrünen Farbton annahm. Es hatte einen ausladenden Rock, während das Oberteil sich eng an ihre Kurven schmiegte. Das Kleid schmeichelte ihr. Langsam trat er hinter sie, während ihre Haare sich noch immer in sämtliche Farben veränderten.

»Lass es rot«, raunte er ihr leise zu und sie drehte sich ihm überrascht zu.

»Wie?«

»So wie es immer aussieht. Lass es so. So ist es perfekt«, murmelte er ihr leise zu und sie schenkte ihm ein sanftes Lächeln. Ihre Locken färbten sich wieder rot, während sich auch langsam Schmuck auf ihrer Haut abzeichneten. Sie streckte die Hand nach ihm aus, berührte seine Wange und Cole konnte spüren, wie sich auch seine Kleidung auf seinem Körper veränderte.

»Du siehst wunderschön aus«, stellte Cole leise fest und entlockte ihr ein heiteres Lachen.

»Danke! Lass uns gehen... der Ball wartet auf uns. Und die Seelen.«

Die Seelen – er hätte sie beinahe vergessen. Weshalb er dabei war, die Welt zu vergessen, wenn er Alayla anblickte, das wusste er nicht.

Kapitel

Helen

Die Beerdigung war noch nicht lange her, doch Helen fühlte sich nicht wie eine Witwe. Sie trug die Kleidung, die sie tragen musste, um sie als solche zu kennzeichnen, aber sie hatte das Gefühl, als würde sie zum ersten Mal seit langsam wirklich leben.

»Ihr müsst ihn schrecklich vermissen, das tut mir leid für Euch«, sagte Mariah leise, die ihr das braune Haar glattkämmte und Helen dabei wehmütig durch den Spiegel hindurch ansah. Helen versteifte sich.

Sie selbst hatte den Schmerz und den Verlust besser verkraftet als die Dienerschaft, die sie hier unterhalten hatten. Es war ein Schock für sie gewesen, als er in jener Nacht einfach verschwunden und nicht mehr aufzufinden war. Erst war ihr Vater noch dafür gewesen, zu warten, bis er wiederkäme und hatte ihr offenbart, dass sie in dieser Zeit als verlassene Ehefrau weiterleben musste. Dass ihre Katze verschwunden war, war für Helen fast schon schlimmer gewesen.

Doch als er erfahren hatte, dass sie schwanger war, war für ihren Vater eine Welt zusammengebrochen. Er hatte zwar stets den Wunsch nach einem Enkelkind gehegt, aber die Aussicht auf eine mögliche alleinerziehende Frau als Tochter hatte sein Gemüt stark getrübt.

Als Bürgermeister hatte er eine große Suchaktion starten lassen, wo sein engster vertrauter Knecht angeblich Coles Leiche in den Wäldern gefunden hatte. Niemand hatte hinterfragt, weshalb er dort gewesen war, und Helen hatte niemanden sonst erzählt, dass er mitten in der Nacht verschwunden war.

Für die Dorfbewohner war er während des Tages im Wald verwundet worden und verstorben. Der Sarg war stets verschlossen geblieben, Helens Vater hatte als Grund angegeben, dass Helen den Anblick nicht ertragen hätte und Ramon, ihr geliebter Ramon, war als ritterlicher neuer Schwiegersohn aufgetreten, der so gütig war und eine schwangere Frau ehelichte.

Für das Dorf war Cole ein großer Verlust, Helen eine arme Witwe und Ramon der Held, der Helen davor bewahrte, irgendwann in ein Kloster eintreten zu müssen. Obwohl sie ein solches niemals hätte bewohnen wollen.

»Ich möchte nicht darüber sprechen«, murmelte Helen leise und Mariah nickte sanft. Sie widmete sich weiter dem Haar Helens, die in ihre Gedanken versunken war.

»Es ist sehr edelmütig von Ramon, dass er Euch heiraten möchte.«

Nun drehte sich Helen empört herum, woraufhin Mariah erschrocken die Bürste fallen ließ.

»Wieso? Weil ich jemand bin, den niemand gerne heiraten würde? Ist es das, was du mir sagen willst?«, zischte Helen sie an und Mariah wurde bleich.

Seit Cole nicht mehr im Haus war, konnte Helen allein entscheiden, welche Bediensteten hier arbeiteten und wen sie hinauswerfen ließ. Ein paar Frauen in der Küche hatte sie bereits entlassen und auch das eine oder andere Dienstmädchen hatte ihre Koffer packen müssen.

Helen kniff die Augen zusammen und Mariah, die wohl Angst hatte, die nächste Entlassene zu sein, wich ängstlich zurück.

»Es tut mir leid, so habe ich es nicht gemeint. Ich wollte nur ausdrücken, dass er ein großes Herz hat. Euch und das Ungeborene in seine Familie aufzunehmen«, stammelte Mariah, doch noch immer schwieg Helen. Sie presste die Lippen fest zusammen und fixierte Mariah mit ihrem Blick.

»Aber er muss auch dankbar sein, dass Ihr ihn als Kandidaten in Frage zieht«, murmelte sie und Helen nickte.

»Das muss er. Mich zu heiraten ist eine Ehre. Das ist es immer gewesen und wird auch immer so sein«, erklärte sie und deutete mit einer Handbewegung, dass Mariah gehen sollte.

Diese hatte es eilig, aus dem Zimmer zu kommen und schloss die Tür rasch hinter sich. Helen seufzte, erhob sich und begann, durch das Gemach zu schreiten. Mit langsamen Schritten ging sie von einer Seite zur anderen und dachte dabei lange nach.

Dabei schüttelte sie den Kopf und versuchte, fröhlicher zu sein.

»Das ist das, was ich mir so lange gewünscht habe«, murmelte sie zu sich selbst.

So lange hatte sie sich ein Leben mit Ramon erträumt, als sie noch mit Cole zusammen gewesen war. Aber dennoch plagte das schlechte Gewissen sie. Sie kam sich vor wie eine Verräterin, die zu schnell einen neuen Nachnamen annehmen würde. Sie trat erneut zum Spiegel, neigte den Kopf und blendete die Ehe mit Cole, die Schwangerschaft und dessen Verschwinden aus.

Er war verschwunden und sollte es auch bleiben, denn Helens größte Angst war, dass er zurückkommen und alles zerstören würde, was sie sich aufgebaut hatte.

Sanft legte sie die Hand auf ihren Bauch, der sich langsam unter ihren Fingern wölbte.

»Egal was passiert, ich werde meine neue Familie beschützen«, schwor sie sich.

Sie sah sich selbst entschlossen in die Augen, nickte sich zu und setzte ein siegessicheres Lächeln auf.

Helen hatte bekommen, was sie wollte. Das Leben war gut zu ihr. So lange hatte sie ein Leben gelebt, das sie nicht leben wollte, und nun hatte sie die Chance, wirklich glücklich zu werden.

Und diese Chance würde sie ergreifen.

# Kapitel

Cole

» **W**ir werden, wie alle anderen Gäste, mit einer Kutsche anreisen«, erklärte Alayla Cole, als sie zusammen mit ihm langsam aus der kleinen Wohnung trat. Er blickte sich langsam um und nickte dann etwas.

»Wie lange werden wir reisen müssen?«, fragte er sie. Alayla blickte zu ihm und lächelte.

»Nicht lange, lass dich überraschen. Du musst nicht alles direkt wissen, oder?«, fragte sie ihn mit einem spitzbübischen Grinsen. Sie hakte sich bei seinem Arm unter und schritt beinahe hoheitsvoll neben ihm her. Langsam musterte er sie und führte sie weiter. Tatsächlich wartete bereits eine Kutsche unten bei dem Fuß der Treppen auf sie. Oder war sie für andere Leute bestimmt? Doch so zielsicher, wie Alayla sie ansteuerte, war sich Cole sicher, dass sie für sie bestimmt war.

»Zum Schloss«, sagte Alayla zu dem Pagen, der ihnen die Tür aufhielt. Er half Alayla beim Einsteigen und stieg direkt nach ihr ein. Der Kutscher schloss die Tür hinter ihnen und Cole blickte aus dem Fenster. Jetzt konnte er zum ersten Mal das Flair der Stadt einfangen. Es war so anders als in seinem alten Zuhause. Es wirkte moderner, jünger und am Puls der Zeit. In seinem Dorf schien alles stillzustehen und niemand veränderte sich. Er konnte sich nicht daran erinnern, dass die alten Frauen sich sehr von den jungen Damen der heutigen Zeit unterschied. Die Mode, die Frisuren... nichts veränderte sich. Doch hier war alles anders.

Auch als er an sich selbst herabblickte, musste er feststellen, dass er solch eine Kleidung noch nie erblickt hatte. Wieso trug er überhaupt etwas anderes? Alayla kicherte leise und als er aufsah, bemerkte er, dass sie ihn beobachtet hatte.

»Anders als in deinem langweiligen Dorf, oder?«, fragte sie ihn grinsend und er verdrehte die Augen. Die Blöße, nachzufragen, was er hier zum Teufel überhaupt trug, wollte er sich nicht leisten. Doch sie schien diese Frage in seinen Augen erkennen zu können. Denn sie räusperte sich und griff nach seiner knielangen Hose.

»Das hier nennt man Rhingrave. Besonders modern derzeit. Dein Hemd, wie du es wohl nennen würdest, ist hier ein offenes Wams.« Cole nickte, doch verstand kaum, was sie ihn damit offenbaren wollte. Er fuhr sich über die Manschetten und seufzte auf. Die seltsamen Bänder, die an seinen Ärmeln genäht worden waren, missfielen ihm, doch das wollte er ihr lieber nicht sagen. Er war froh, dass er einen weiten Umhang trug, der diese Bänder ein wenig verdeckte.

»Ich trage lange Strümpfe«, stellte er missbilligend fest, als er zu seinen Füßen hinabsah. Jetzt war er umso froher, dass er seiner Aufmachung vorhin beim Spiegel keine Beachtung geschenkt hatte, denn gewiss hätte er die Wohnung so nicht verlassen. Und jetzt wusste er auch, wieso sich seine Beine so furchtbar anfühlten.

Wieder lachte Alayla.

»Ja. Seidenstrümpfe.«

Cole rümpfte die Nase und schüttelte den Kopf über diese Lächerlichkeit. Die Mode der Damen gefiel ihm, doch was er hier tragen musste, empfand er als Folter.

»Ich komme mir wie eine Witzfigur vor«, murmelte er und wieder lachte Alayla, fast so als würde sie ihn nicht ernst nehmen. Oder als ob sie ihn auslachen würde, für Cole war beides gleichermaßen schlimm.

»Sei lieber froh, dass ich dich nicht in Justaucorps gesteckt habe. Auch wenn dir das stehen würde.«

Cole sah sie an, als hätte sie ihn beleidigt.

»Worin?«

»Justaucorps. Das ist ein knielanger, meist in der Taille enganliegender, kragenloser Rock. Dazu breite Ärmelaufschläge und Spitzenmanschetten... du hättest toll ausgesehen«, schwärmte sie, doch Cole schüttelte den Kopf.

»Das wird ja immer schlimmer!«

Alayla lachte leise und schüttelte den Kopf.

»Unsinn. So ist das eben heutzutage«, sagte sie lächelnd, doch Cole seufzte laut auf.

»Lass uns nicht darüber sprechen«, murmelte er und wollte auch nicht darüber nachdenken, dass er hier wie ein Clown verkleidet war. Alayla schwieg und auch sie blickte aus dem Fenster, während ihre Gedanken für ihn nicht mehr in ihren Augen zu lesen waren.

Cole blickte ebenfalls aus dem Fenster und bemerkte, dass sie die Stadt hinter sich ließen. Oder war es ein Dorf? Auf alle Fälle war es größer als das Dorf, in dem er aufgewachsen war und in dem er gelebt hatte. Sie fuhren über Felder und Cole beobachtete die Arbeiter, die die Ernte bestellten. Sie waren in ihren Tätigkeiten so vertieft, dass sie der vorbeifahrenden Kutsche keine Beachtung schenkten. Oder war der Anblick einer Kutsche für sie alltäglich? Auch das wollte er Alayla lieber nicht fragen.

»Wir sind da«, sagte sie schließlich nach einer kleinen Ewigkeit, als sie ein großes Tor passiert hatten. Die Kutsche stoppte langsam, das Wiehern der Pferde war zu hören. Die Tür öffnete sich und Cole trat als Erster heraus, ehe er Alayla die Hand hinhielt und ihr dabei half, die Kutsche ebenfalls zu verlassen. Kurz sah er sich um und wurde von der Größe des Schlosses beinahe erschlagen.

Immer hatte er gedacht, dass sein Anwesen riesig war und eigentlich viel zu viele Räume hatte, doch dieses Schloss – oder war es ein Palast? – schlug sein altes Zuhause um Welten. Es war so groß, dass er sich mit dem ganzen Körper drehen musste, um die Reichweite zu erfassen. Cole bemerkte, dass mehrere Menschen durch die verschiedenen Wege des Gartens schlenderten. Als er hoch in den Himmel blickte, bemerkte er, dass die Sonne schon weit gewandert war. Bestimmt war es weit nach Mittag und er vermutete, dass es bald Abend werden würde.

»Schön, nicht? Da kann deine Hütte nicht mithalten«, kicherte Alayla belustigt und hakte sich erneut bei ihm unter. Sie führte ihn in die Richtung des Schlosses, auch wenn es für Außenstehende so wirken musste, als würde er sie beide hineinführen. Doch der Schein trog, denn Cole hatte keine Ahnung, wie sie sich hier benehmen sollten. Er war gänzlich überfordert.

»Wen werden wir treffen?«, fragte er sie leise, doch Alayla zuckte mit den Schultern.

»Ich weiß nicht, wen der König noch eingeladen hatte.« Cole musste sich beherrschen, nicht stehen zu bleiben. Seine Augen weiteten sich.

»Der König?«, fragte er entsetzt. Nur selten in seinem Leben hatte er etwas mit einem König zu tun gehabt, ab und an hatte er einen Fürsten über die Felder reiten sehen und einmal hatte sich sogar eine Baronenfamilie in der Nähe ihres Dorfes niedergelassen.

»Du solltest uns also nicht blamieren. Aber keine Sorge. König Henri IV wird nachsichtig sein.«

Cole schüttelte den Kopf über ihre Worte und merkte, wie sein Atem schneller wurde.

»Wer glauben diese Leute, dass du bist?«, fragte er sie leise und wieder kicherte Alayla.

»Camille. Die Cousine eines bekannten Aristokraten, der sich allerdings nicht oft auf solchen Feierlichkeiten blicken lässt. Niemand fragt nach und selbst wenn ... wer würde ihm schon glauben, wenn er niemals in die Öffentlichkeit tritt? Außerdem hat er wirklich eine Cousine, die so heißt. Das ist also keine Lüge. Sie lebt im Süden Frankreichs und niemand weiß, wie sie aussieht. Und sie wird auch niemals hierherkommen, dafür habe ich gesorgt.«

Cole lief ein kalter Schauer über den Rücken. Er wollte lieber nicht wissen, wie Alayla es geschafft hatte, eine Adelige aus ihren eigenen Kreisen fernzuhalten.

»Und wer bin ich?«

»Mein Verlobter, der mich nicht allein herumreisen lässt. Denn als bald verheiratete Frau schickt es sich nicht, Bälle allein zu besuchen«, erklärte sie weiter. Mittlerweile hatten sie die lange Treppe, die zum Eingang des Schlosses hoch führte, hinter sich gelassen. Cole schüttelte ungläubig den Kopf, während er mit ihr weiterging. Seine Gedanken dröhnten gegen in seinem Kopf und sämtliche Befürchtungen machten sich in ihm breit. Er wollte lieber nicht wissen, was mit ihnen geschah, wenn man hinter Alaylas Lügen kam. Doch andererseits, was sollte ihnen passieren?

Sie waren Dämonen und niemand konnte ihnen Schaden zufügen. Daran musste er festhalten. Langsam beruhigte er sich wieder, wobei sie ein riesiges Tor passierten und in das Innere des Schlosses kamen. Cole blickte sich langsam um und war wie erschlagen von der Einrichtung. Alles hier wirkte edel und teuer, so viel Prunk hatte er noch nie auf einem Fleck gesehen. Staunend ging er weiter und ließ sich von Alayla weiterführen.

Sie begrüßte die verschiedenen Leute, doch das alles bekam Cole nur vage mit. Er achtete nicht auf die verschiedenen Namen, die ausgesprochen wurden und sofort fiel Cole etwas auf, das ihm vorher nicht in den Sinn gekommen war: er verstand die Sprache.

Nie zuvor hatte er auch nur einen ganzen Satz auf Französisch sprechen können und hier konnte er jedes einzelne Wort ohne Probleme verstehen. Fragend runzelte er die Stirn und blickte zu Alayla.

»Was ist denn los?«, fragte sie, während sie in den nächsten Saal traten, der sogar noch prunkvoller eingerichtet war. Cole konnte bereits Musik hören, die nicht mehr weit von ihnen weg war.

»Ich verstehe die Leute hier.«

Alayla nickte wissen und verstand seine unausgesprochene Frage offensichtlich.

»Du bist ein Dämon, wir verstehen jede Sprache der Welt und sprechen jede Sprache. Praktisch, nicht? Und jetzt setz dein bestes Lächeln auf... denn wir sind angekommen.«

Die große Flügeltür wurde vor ihnen geöffnet und die Musik, die zuvor noch gedämpft gewesen war, drang nun laut an seine Ohren. Sein Blut rauschte, während er langsam weiterging und das Gefühl hatte, als sähen ihm sämtliche Augenpaare hinterher, als er mit Alayla den Ballsaal erreicht hatte und diesen langsam durchquerte. Kurz sah er zu Alayla, die für die fragenden Blicke der Menschen nichts übrighatte.

»Willkommen im Schloss Fontainebleau.«

# Kapitel

Mit trockenem Mund blickte Cole sich im Saal um. Er versuchte, die Frauen nicht offenkundig anzustarren, die wie wilde Kunstwerke bemalt worden waren. Die Frisuren der Damen waren wahre Blickfänger und Cole hätte nie gedacht, dass man Haare in solch eine Form bringen konnte. Nur mühsam gelang es ihm, den Blick abzuwenden.

»Starr sie nicht so an, sie glauben, dass du mein Verlobter bist«, raunte Alayla ihm zu und er hob eine Augenbraue. Diese kleine Lüge sollte er später wohl nicht vergessen.

»Welchen Namen habe ich hier?«, fragte er sie leise, während sie weiter durch den Saal schritten.

»Wir nennen dich einfach Julien. Ich habe hier schon öfters Seelen eingesammelt, die so hießen. Das ist kein ungewöhnlicher Name.«

Cole nickte etwas und hoffte, dass niemand genauer nachfragen würde. Denn er wusste nicht, welche Familiengeschichte er ihnen auftischen sollte.

Alayla stupste ihn in die Seite und deutete mit einem Kopfnicken auf einen der Tische.

»Dort sitzt der König mit seiner Frau.«

Alles in Cole begann zu kribbeln, er merkte, wie Nervosität in ihm aufstieg. Einen solch hochgeborenen Herren hatte er noch nie zu Gesicht bekommen.

»König Heinrich, oder König Henri, wie man ihn hier in Frankreich nennt, der Vierte. Seine Frau, Margarete von Valois, sagt dir etwas, oder? Blamier uns hier nicht«, murmelte sie ihm zu und deutete eine Verbeugung in die Richtung des Königspaares an. Cole tat es ihr gleich und zog sie rasch mit sich. Er hatte keine große Lust, auf den König zu treffen und war sich sicher, dass er eine Unterhaltung mit diesem nicht überstehen würde.

Das würden seine Nerven nicht mitmachen. Die Musik spielte langsam weiter, während er rasch mit Alayla das Weite suchte, die leise lachte.

»Der König ist nicht grausam. Du musst keine Angst vor ihm haben, wir sind seine Gäste«, tadelte sie ihn belustigt, doch er schüttelte daraufhin den Kopf.

»Das sind wir nicht. Ich habe keine Einladung erhalten. Weder als Cole noch als Julien«, brummte er leise und griff ungeschickt nach einem der Gläser, die von einem Diener durch die Reihen auf einem Tablett getragen wurde. Alayla tat es ihm gleich und nippte an ihrem Glas, während Cole seines auf einen Zug leerte.

»Du benimmst dich wie ein Bauer!«, rügte sie ihn leise, wobei ihre Stimme an das Zischen einer Schlange erinnerte. Cole zuckte mit den Schultern.

»Einen Adeligen hast du aber nicht aus mir gemacht, oder?«, fragte er nach und Alayla schob das Kinn nach vorne.

»Na hör mal... Camille Dupont würde niemals einen Niemand ehelichen. Du hast also schon etwas vorzuweisen, wenn man dich fragt«, erklärte sie und er schüttelte langsam den Kopf über sie.

Doch so nervenaufreibend das alles hier auch sein mochte, so genoss er doch die Nähe der Dämonin. Sie tat ihm gut, sie war wie Balsam für seine Seele, die wahrlich genug in ihrem Leben mitgemacht hatte. Das Lied verstummte und die Musikanten, die am Rande der Tanzfläche saßen, stimmten ein neues Lied an.

Es war ein wenig langsamer und dennoch kamen ihm die Klänge bekannt vor. Dieses Lied hatte er bereits einmal gehört. Er blickte langsam zu Alayla, die mittlerweile auch ihr Glas geleert hatte und es abgestellt hatte.

»Möchtest du tanzen?«, fragte er sie leise und überrascht blickte Alayla zu ihm.

»Kannst du denn tanzen?«, erwiderte sie die Frage und Cole musste schnauben. Er schüttelte fast schon entrüstet über sie den Kopf und seufzte laut auf.

»Na hör mal! Ich habe die letzten Jahre als feiner Herr gelebt, ich kann durchaus tanzen!«, murmelte er fast schon entrüstet. Alaylas Augen glänzten belustigt und sie nickte ihm zu.

»Ich bezweifle zwar, dass man in deinem Dorf richtige Tänze kannte, aber gut. Ich glaube dir einfach, dass du tanzen kannst, aber ich möchte mich selbst davon überzeugen.«

Grazil hielt sie ihm ihre Hand hin, er nahm diese an, hauchte ihr einen Kuss auf den Handrücken. Dabei berührten die Lippen ihre Haut nicht und er verbeugte sich kurz vor ihr. Dann führte er sie, nachdem sie leicht geknickst hatte, auf die Tanzfläche. Sie waren nicht das einzige Paar, das sich zu einem Tanz hier eingefunden hatte. Auch andere Paare hatten sich von der Musik locken lassen und begaben sich in Tanzposition. Auch Cole nahm diese ein, legte langsam seine linke Hand auf ihre und stellte sich parallel zu ihr auf. Die Musik spielte weiter, während er mit ihr im Kreis ging, dabei stets die Augen auf sie gerichtet hatte. Auch neben ihnen drehten sich die Paare im Kreis, während sie sich langsam im Takt der Musik bewegten.

Alaylas Lächeln formten sich zu einem Grinsen, während sie sich ebenfalls allein drehte.

»Dämonen tanzen eigentlich nicht so«, flüsterte sie ihm zu, als sie sich aneinander vorbei drehten. Überrascht blickte er zu ihr.

»Wie dann?«, fragte er, drehte sich weiter und vermischte sich mit der Menge. Es brauchte ein paar Umdrehungen, ehe er wieder vor Alayla stand, die ihm höflich zu knickste und lächelte.

»Wir tanzen eng umschlungen. Beinahe wild. Also, zumindest wild für die Menschen hier. Sie sind so schrecklich langweilig«, flüsterte sie ihm zu und Cole war sich sicher, dass ihre Worte nur für ihn gedacht waren. Bestimmt waren die anderen hier auch nicht in der Lage, sie zu verstehen.

»Zeigst du es mir?«, fragte er sie herausfordernd und schaffte es, dass ein überraschter Ausdruck auf ihrem Gesicht Einzug fand.

Erneut drehte sie sich an seiner Handfläche und runzelte die Stirn.

»Hier? In Fontainebleau?«

Cole grinste und wusste, dass nun er das Ruder in der Hand hatte. Wo sie ihn doch stets aufgezogen hatte, schien er jetzt an der Reihe zu sein, das Sagen zu haben.

Das Gefühl gefiel ihm, ebenso wie jenes, das er spürte, wenn er ihre Hand berührte.

Ein sanftes Kribbeln, das ihm bekannt vorkam. Er hatte es bei Helen gespürt, als er sie kennengelernt hatte. Wenn er jetzt an Helen dachte, war da nichts als Verachtung und Hass, wo er doch so verliebt in sie gewesen war. Doch das alles hatte er schlagartig verloren, als er den Verrat erkannte, den sie an seiner Seele und an seinem Leben ausgeübt hatte. Sie hatte ihn in den Abgrund gestürzt oder hatte es zumindest vorgehabt, doch Alayla hatte ihn gerettet. Seine Dämonin, die ihm wie ein Engel erschienen war und sich schützend vor seine Seele stellte, als er alles verloren hätte.

»Ja. Hast du etwa Angst?«, fragte er sie zurück und bemerkte, wie sie unsicher den Blick durch den Raum schweifen ließ.

»Der König sieht uns zu.«

Auch das missfiel ihm und ein eisiger Schauer überzog seinen Rücken, doch er wollte keinen Rückzieher machen. Er konnte es nicht, denn er war zu weit gegangen.

»Haben Dämonen etwa Angst?«, fragte er sie leise. Nun verzog sich ihr Gesicht abermals und sie runzelte verärgert die Stirn über seine Worte. Die Empörung schoss ihr geradezu aus den Augen, während sie in der Menge verschwand und nach wenigen Umdrehungen wieder an seiner Seite war.

»Ich habe nie Angst. Merk dir das«, zischte sie ihm zu und noch ehe er sich versah, drehte sie sich schneller. Sie umfasste seinen Oberkörper mit ihren Armen, schlang diese um ihn und automatisch legte er die zweite Hand an ihre Hüfte, während die andere von ihrer umklammert wurde. Sie drehten sich zu Musik und es fiel Cole schwer, die richtigen Schritte zu finden. Ein Raunen ging durch die Menge, offensichtlich waren sie aufgefallen.

Cole wollte nicht wissen, was der König von ihnen dachte und wurde zugleich daran erinnert, dass es ihm egal sein konnte – der König hatte keine Macht über ihn, konnte ihm nichts befehlen. Er könnte ihn höchstens rauswerfen lassen, doch dann würde er in einer anderen Gestalt wieder kommen.

Sie drehten sich weiter und Cole bemerkte die Hitze ihres Körpers an seinem, die sich in jeder Pore seines Körpers ausbreitete. Er schluckte hart, während er ihr tief in die Augen sah. Ihre Wangen waren gerötet. Er neigte verwundert den Kopf und sah, wie sie diese mit der Zungenspitze befeuchtete. Davon also.

Er schluckte hart, drehte sie mit sich weiter und hatte nun endlich die richtigen Schritte und den richtigen Takt gefunden, mit dessen Hilfe er sich und sie durch den Saal wirbeln konnte.

»Du kannst also schon tanzen wie ein richtiger Dämon. Ich bin stolz auf dich«, sagte sie grinsend zu ihm und Cole schluckte etwas, doch darauf sagen konnte er nichts.

Stattdessen drehte er sich weiter mit ihr, lehnte sich langsam zu ihr hinab.

Sie zog ihn magisch an und er konnte sich ihrem Bann nicht länger entziehen. Nur noch wenige Zentimeter trennten ihre Lippen voneinander, wobei sich ihre zu einem leichten Lächeln verzogen.

Er konnte ihren Atem auf seinen Lippen spüren, ebenso wie ihren starken Herzschlag an seiner Brust, denn sie drückte sich eng an ihn. Ein angenehmes Gefühl, wovon er sich sicher gewesen war, es niemals wieder zu fühlen.

»Seelensammler«, murmelte sie leise, überwand die letzten Zentimeter und legte ihre Lippen auf seine. Ein Schauer schoss durch seinen ganzen Körper, schien ihn in Flammen zu setzen.

Vergessen war die Musik, der Tanz, die anderen Gäste und sogar der König.

Vergessen war die Welt, alles um ihn herum. Alayla war alles, an das er denken konnte. Vorsichtig erwiderte er den Druck auf ihren Lippen, küsste sie vorsichtig weiter. Es fühlte sich gut an, ihr nahe zu sein. Neu und doch gut.

Er fühlte sich so lebendig wie noch nie zuvor.

Kapitel

Alayla

Als sie den Kuss wieder löste, klopfte ihr Herz wie wild gegen ihre Brust. Nur vage bekam sie mit, was um sie herum geschah. Die Welt schien still zu stehen, genauso wie ihre Gedanken und ihre Gefühle.

Sie blinzelte und bemerkte erst jetzt, dass es im Saal totenstill geworden war. Man konnte fast eine Stecknadel fallen hören, so still war es hier. Alayla, die sonst nie aus der Ruhe gebracht werden konnte, löste sich nun gänzlich von Cole und räusperte sich. Sie wich seinem Blick aus und starrte zu Boden. Noch immer war es still um sie und sie fragte sich, wann der altbekannte Trubel wieder einsetzen und das Feiern fortgeführt werden würde. Langsam hob sie den Blick, ließ ihn über die anderen Gäste des Balles schweifen. Manche sahen ihr verwirrt entgegen, andere Blicke jedoch waren voller Abscheu. Besonders die älteren Damen tuschelten hinter vorgehaltenen Fächern und zeigten ganz offen, was sie von Alaylas und Coles Darbietung hielten.

Alayla sah weiter im Raum umher, sie wagte es nicht zum König zu sehen, doch es führte kein Weg dran vorbei. Langsam, fast schon vorsichtig, tastete sich ihr Blick voran und blieb schließlich am König haften. Aus seiner Miene wurde sie nicht schlau, seine Augen verrieten ihr nicht, was er dachte oder wie er dazu stand.

Neben ihr räusperte sich auch Cole, doch gerade konnte sie ihn nicht ansehen. Womöglich mussten sie den Ball gleich verlassen und vielleicht könnten sie in dieser Gestalt die Festlichkeiten in Fontainebleau nie mehr besuchen.

Doch dann erhob sich der König und Alayla machte sich darauf gefasst, dass er sie und ihren Begleiter hinauswerfen würde. Er sah ihr direkt in die Augen, auch wenn er mehrere Meter von ihr entfernt stand. Erneut schluckte sie und wartete ab. Seine Frau stand ebenfalls auf und dann, ganz plötzlich und ganz langsam, begann er zu klatschen. Erst war das Geräusch leise, fast schon schüchtern, ehe es lauter und dominanter wurde. Das Klatschen ging auf andere über, die Gäste fielen darin ein und manche bejubelten sie sogar.

Ihr Auftritt war wohl nicht so schrecklich geworden, wie sie es befürchtet hatte. Alayla spürte, wie ihr die Hitze in die Wangen schoss und verlegen blickte sie zu Boden, während der Applaus zunahm.

»Verneig dich«, raunte sie Cole leise zu und deutete eine Verbeugung an. Sie sah zu ihm und bemerkte, dass er verwirrt war. Sie konnte es ihm nicht verübeln, doch er musste mitspielen. Auch er deutete eine Verbeugung an, ehe sie zusammen von der Tanzfläche gingen. Der Applaus verebbte, nicht aber die anklagenden und tadelnden Blicke der alten Damen, die als Anstandsdamen für Adelige eingesetzt waren.

»Sie denken wohl, dass das eine Vorstellung von uns war«, erklärte Alayla, während sie mit beiden Händen nach den Gläsern griff, die einer der Diener auf Tabletts durch den Saal trug. Eines davon reichte sie an Cole, ehe sie ihres direkt an den Mund führte. Noch immer konnte sie den Geschmack seiner Lippen und das Gefühl, wie er die seinen auf ihre gelegt hatte, spüren.

»Eine Vorstellung?«, hakte Cole nach und Alayla nickte etwas.

»Ja, der König hat öfters Schausteller hier, oder Akrobaten, die kleine Stücke aufführen. Es ist nur gut, wenn er denkt, wir wären von diesen Leuten.«

»Ich dachte, der König kennt dich?«

Alayla hob eine Augenbraue und schüttelte den Kopf.

»Ja, aber nicht so gut. Er kennt meinen Namen, den ich mir hier gebe, mehr auch nicht.«

Eine kleine Erklärung, die nicht erlogen war und die doch reichen musste. Sie kippte den Rest des Getränkes in ihre Kehle und stellte das Glas ab. Dann sah sie auf und blickte zum ersten Mal seit dem Kuss direkt in die dunklen Augen des angehenden Dämons.

Ihre Gedanken überschlugen sich und einmal mehr trat Helen in den Vordergrund. Hatte er sie schon vergessen? Alayla wusste es nicht und war verwirrt. Auch wollte sie nicht nachfragen, denn die Schmach und die Scham, wenn er doch noch an ihr hing, wollte sie sich wahrlich nicht zumuten. Das bunte Treiben um sie herum hatte wieder seinen vollen Lauf genommen und langsam drehten sich die weiteren Paare auf der Tanzfläche.

Alayla wandte den Blick ab und richtete ihre Aufmerksamkeit an Cole.

»Gehört dein Herz noch Helen?«, fragte sie ihn unverblümt und nahm es in Kauf, dass Cole sich beinahe an seinem Wein verschluckte. Er hustete heftig und stellte das halbleere Glas zur Seite. Verwirrt sah er zu ihr und Alayla konnte in seinem Blick erkennen, dass er über diese Frage nicht glücklich war.

Doch es war ihr egal, sie musste die Wahrheit kennen.

»Sag mir die Wahrheit. Auch wenn sie mir vielleicht nicht gefällt.«

Nun blickte Cole sie noch verwirrter an und seufzte laut auf.

»Nein, es sollte ihr eigentlich noch gehören, aber das tut es nicht mehr. Sie hat mich mit Füßen getreten, ich habe mich von ihr freigesprochen.«

»Das ging aber reichlich schnell.«

Cole zuckte mit den Schultern.

»Ich musste früh lernen, schnell mit der Vergangenheit abzuschließen«, murmelte er und Alayla seufzte auf. Diese Ausrede war nicht die Beste, die sie jemals gehört hatte. Doch sie genügte.

»Wir sollten uns um die Seelen kümmern«, sagte sie leise. Sie hatte nicht bemerkt, dass er nach ihrer Hand gegriffen und ihre Finger mit seinen verschlossen hatte. Fast schon enttäuscht ließ er sie los und seufzte laut auf.

»Das ist wichtig, oder willst du als Abendessen enden?
Die Zeit läuft uns schneller durch die Finger, als du vielleicht ahnst.«

Cole schüttelte den Kopf und sie spürte seinen musternden Blick über ihren Körper. Ein Kribbeln breitete sich aus, wo seine Augen über sie strichen.

»Sollen wir uns aufteilen?«, fragte er sie leise und Alayla dachte kurz nach und nickte schließlich.

»Das wäre am besten. Halte dich an die besonders betrunkenen Leute, sie sind am einfachsten auszutricksen«, sagte sie und drückte seine Hand sanft. Augenblicklich erschien ein sanftes Lächeln auf seinen Lippen und er nickte ihr zu.

»Gut.«

»Wenn du Hilfe brauchst, dann weißt du ja, wo du mich findest«, raunte Alayla leise und schenkte ihm erneut ein sanftes Lächeln. Noch einmal drückte sie seine Hand, ehe sie sich löste und dann zwischen den Menschen verschwand.

Sie atmete tief durch, als sie sich durch die verschiedenen Gruppen schob und sich umblickte. Eine Frau erregte ihre Aufmerksamkeit, sie saß in der Ecke, war nur noch halb bei sich und wirkte todunglücklich.

Ein perfektes Opfer für Alayla, die direkt auf sie zusteuerte. Je näher sie kam, desto mehr konnte sie von ihr erkennen. Sie hatte schwarzes Haar und dunkle Augen, ihre Haut war ebenfalls ein wenig dunkler und Alayla merkte schnell, dass sie wohl keine Französin war. Vielleicht kam sie aus Spanien? Das würde sie auch nicht überraschen.

»Madame? Geht es Ihnen nicht gut?«, fragte Alayla sie und setzte sich langsam neben sie. Die Unbekannte hob den Blick und schien erst an ihr vorbeizusehen, ehe sie ihre Aufmerksamkeit direkt auf Alayla richtete.

»Nein. Sehen Sie sich meinen Mann an. Schon wieder betrügt er mich. Es ist eine Schande«, murmelte sie und in ihrer Stimme schwang eine Leere mit, die Alayla eine Gänsehaut über den Rücken jagte.

»Schon wieder?«

Die unbekannte Frau nickte.

»Ja. Dieses Flittchen ist dieses Jahr schon die vierte Frau, der er mehr Beachtung schenkt als mir.«

Tränen sammelten sich in ihren dunklen Augen und mitfühlend legte Alayla ihr eine Hand auf den Handrücken.

»Was würden Sie tun, wenn ich Ihnen sagen würde, dass ich Ihnen alles geben könnte, was Sie sich wünschen? Rache, Macht? Alles, was Sie wollen«, flüsterte Alayla leise, doch laut genug, dass die Frau es mitbekam. Überrascht sah sie zu ihr und lachte dann trocken auf.

»So etwas gibt es nicht.«

»Doch. Eine Unterschrift und alles, was Ihr Euch erträumt, Madame, ist Euer.«

»Mein Mann soll impotent werden, das wünsche ich mir. Und ich möchte genug Geld und Einfluss haben, um ihn zu verlassen«, murmelte sie und Alayla konnte hören, dass in ihrer Stimme nichts weiter als Hass mitschwang.

Sie verlor fast ihren Halt und Alayla stützte sie, damit sie nicht betrunken von ihrem Stuhl fiel.

Langsam erschien ein Stück Pergament vor ihnen, ebenso wie eine Feder.

»Hier, Euer Name. Alles, was Ihr Euch wünscht und in sieben Jahren zahlt Ihr den Preis«, hauchte Alayla leise und erneut wiederholte die Frau, was sie sich mehr als alles andere wünschte.

Alayla drückte ihr die Feder in die Hand und langsam setzte die Frau ihren Namen unter den Vertrag, den sie sich nicht einmal durchgelesen hatte. Doch daran verschwendete Alayla keine Gedanken. Sie war hier, um die Seelen einzutreiben, nicht, um sich ein Gewissen wachsen zu lassen.

Amelié Burgond.

Das war also der Name der Frau, die nur eine weitere Unterschrift auf ihrer Liste war. Sie zuckte zusammen, als sie spürte, dass sie mit Blut unterschrieben hatte und Alayla lächelte, während der Vertrag langsam verschwand.

Es war geschafft.

»Ihr werdet sehen, was Ihr Euch wünscht, wird wahr werden«, murmelte sie und blickte erneut auf den Ameliés Ehemann, der wohl bald eine schreckliche Überraschung erleben würde.

Kapitel

Cole

Beinahe ausdruckslos beobachtete Cole Jacques, einen Aristokraten, der seine Seele für ein riesiges Anwesen und Geld eintauschte, dabei wie er seine Unterschrift auf das Pergament setzte. Es war ein seltsames Gefühl, einen Pakt abzuschließen, der auch ihm das Leben gekostet hätte, wenn Alayla sich nicht für ihn eingesetzt hätte. Alayla. Als die Gedanken zu ihr abschweiften, dachte er an ihre Lippen zurück und schluckte. Sie zu küssen hatte sich richtig angefühlt und er bereute es nicht. Nur, dass sie nun etwas zurückhaltend war, das gefiel ihm nicht sonderlich. Doch er würde sie schon davon überzeugen, dass das zwischen ihnen echt sein konnte. So fühlte es sich zumindest für Cole an, der noch nie diese Intensität an Gefühlen für Helen gehegt hatte. Sein Herz entflammte schnell, genauso schnell, wie es vergessen konnte.

Das glaubte sie ihm vielleicht nicht, doch es entsprach der Wahrheit. Und davon würde er sie noch überzeugen.

Jacques musterte ihn skeptisch, doch Cole wandte sich ab. »Du wirst in den nächsten Tagen erhalten, was du dir erwünscht hast«, sagte er und ließ Jacques zurück. Er hatte ihn in den Tod geschickt, wusste, dass seine Seele von Deumus verschlungen werden würde – außer, dieser machte bei ihm auch eine Ausnahme, doch das bezweifelte er stark. Langsam schob er sich durch die Menschenmasse und suchte diese dabei nach Alayla ab. Er erkannte sie in einer hinteren Ecke, wie sie gerade die Unterschrift eines Mannes einfing.

Zielstrebig steuerte er auf sie zu und beobachtete, wie sie sich elegant erhob und ebenfalls auf ihn zuging.

»Wie viele hast du?«, fragte sie ihn, als sie vor ihm stehen geblieben war. Cole musterte sie und musste grinsen.

»Ich habe zwei Seelen geholt«, prahlte er, war stolz auf seine Leistung und sich sicher, dass sie ihn dafür loben würde. Doch auf ihren Lippen zeichnete sich nur ein spitzbubenartiges Lächeln ab.

»Niedlich. Ich habe fünf«, erklärte sie stolz und reckte das Kinn nach vorne. Cole schnaubte.

»Angeberin!«

Alayla lachte leise und hakte sich bei Cole unter.

»Ich mache das alles hier auch schon viel länger. Du wirst sehen, mit der Zeit siehst du, wer für Dämonenpakte anfällig ist, und wen man nicht überreden kann. Natürlich kann man sich aber auch dann noch immer täuschen, das passiert selbst mir noch. Besonders, wenn ich mich unter Dreck setze. Lass mich raten, ein paar Leute haben abgeblockt, oder?«, fragte sie, während sie mit ihm zusammen durch den Saal spazierte. Er ließ sich von ihr führen und bemerkte erst jetzt, dass sie ihn aus dem Saal hinausführte.

»Ja, das stimmt. Nicht jeder wollte seine Seele eintauschen. Diese Leute waren schlauer, als ich es damals war.«

»Und doch hättest du mich nie kennengelernt, wenn du diesen Pakt nicht geschlossen hättest«, stellte Alayla fest und Cole musste etwas grinsen.

»Stimmt. Das wäre unendlich schade gewesen.«

Alayla nickte zustimmend und wirkte völlig überzeugt von sich selbst. Mittlerweile hatten sie den Türbogen passiert und ließen den Tanzsaal hinter sich. Die Musik wurde leiser und mit jedem weiteren Schritt fiel eine seltsame Last von Coles Schultern.

»Natürlich. Dir wäre etwas entgangen«, erklärte sie und stoppte, als sie bemerkte, dass sie allein waren. Auch Cole blieb stehen und musterte sie fragend. Doch noch bevor er sie fragen konnte, weshalb sie stehengeblieben war, legte sich ein altbekannter Nebel um sie und verhüllte sie gänzlich.

»Wohin bringst du uns?«, fragte er sie, während der Nebel ihn auflöste und die Welt um ihn herum schwarz wurde. Er bemerkte, wie sich auch seine Kleidung veränderte. Skeptisch betrachtete er sich und bemerkte erst, als sie sich wieder materialisierten, dass er wie ein Divisionsarzt aussah, der dem Militär diente. Er hob eine Augenbraue und musterte Alayla, die wie eine Krankenschwester gekleidet war.

»Dorthin, wo die verzweifeltsten Seelen zu finden sind. Auf ein Schlachtfeld.«

Coles Haut begann zu kribbeln und er sah sich um, als seine Beine wieder den Boden berührten. Sie befanden sich am Rande eines Feldes, auf dem sich Menschen mit Schwertern bekämpften. Er wandte den Blick ab und wollte nicht zusehen, wie Menschen starben. Ein seltsames, beklemmendes Gefühl kam in ihm hoch.

»Ich möchte nicht hier sein«, murmelte er leise, doch bemerkte im Augenwinkel, wie Alayla den Kopf schüttelte.

»Mach dich nicht lächerlich. Hier sterben Menschen, na und? Menschen sterben jeden Tag! Doch hier haben wir genügend Chancen, noch die eine oder andere Seele im Gegenzug für ein Leben zu erhalten. Du glaubst gar nicht, wie leicht Sterbende Pakte abschließen, nur um ihr Dasein um ein paar Jahre zu verlängern.«

Cole bemerkte, wie ihm übel wurde. Er schluckte hart und versuchte, den Drang zu widerstehen, sich zu übergeben.

»Das ist widerlich.«

Alayla zuckte mit den Schultern und zog Cole mit einem strengen Blick mit sich.

»Das ist das, was Dämonen tun. Auch du wirst eines Tages so denken, wenn du dein menschliches Leben und Denken hinter dich gelassen hast«, stellte sie fest, doch das konnte sich Cole im besten Willen nicht vorstellen.

Dennoch folgte er ihr und mit jedem Schritt, den sie auf das Schlachtfeld und die Gräben, in denen Verletzte lagen, zugingen, wuchs der Kloß in seinem Hals. Er schluckte, doch konnte ihn nicht vertreiben. Kurz blickte er hoch in den Himmel, die Sonne wanderte bereits nach oben und erhellte alles. Sie hatten wohl die gesamte Nacht im Schloss verbracht und der nächste Tag war angebrochen.

Die Umgebung war gezeichnet von fallenden Körpern, Schwertern, die die Leiber ihrer Feinde durchbohrten und Kampfgebrüll. So lautes Brüllen, wie er es noch nie zuvor gehört hatte. Um ihm herum waren die Hiebe der Schwerter zu hören, genauso wie die verzweifelten Laute der Sterbenden. Sie röchelten und mache von ihnen sprachen ein Gebet.

Doch das würde ihnen nicht helfen, sie würden nicht auf Engel treffen, sondern auf zwei Dämonen. Cole wollte nicht darüber nachdenken und bemerkte erst, dass sie bei den Menschen angekommen waren, als er beinahe über einen Mann stolperte, der zu seinen Füßen lag.

Krächzend streckte er die Hand nach ihm aus. Cole wollte ihn nicht ansehen, doch auf Alaylas Räuspern hin, blickte er doch zu dem Mann. Jung war er, sein blondes Haar fiel in dichten Locken um seinen Kopf. Er wirkte jugendhaft, als wäre er noch nicht erwachsen, auch seine Statur deutete eher auf ein Kind hin. Selbst wenn er alt genug für den Krieg war, das Cole deutlich bezweifelte, so war er zu jung, um zu sterben.

»Sie sind hier, um mir zu helfen, oder?«, fragte er Mann mit heller Stimme und Coles Magen zog sich zusammen. Alayla, die neben ihm kniete, strich ihm sanft über die hellen Locken und lächelte ihm fürsorglich zu.

»Das sind wir... wie heißt du?«, fragte sie ihn leise, während nun auch Cole sich zu ihm beugte. Er wusste nicht, was er tun sollte. Er hatte keine Ahnung, wie man

Wunden verband oder Menschen anderweitig verarzten konnte. Damit hatte er noch nie etwas zu tun gehabt.

»Georg...Georg Haberman«, murmelte er leise. Kurz fielen ihm die Augen zu, doch sofort versuchte er sich wieder auf Alayla und Cole zu fokussieren.

»Was wünscht du dir?«, fragte Alayla ihn leise und Georg schluckte.

»Ich will nicht sterben«, murmelte er leise und Alayla schüttelte den Kopf.

»Das wirst du nicht... wir können dir das Leben schenken. Für eine Unterschrift... sieben weitere Jahre, die du erleben kannst, für deine Seele«, raunte sie leise und erneut flackerten die Augen des jungen Mannes.

Er schwieg und Cole hoffte insgeheim für ihn, dass er zu nahe am Tod war, um sich auf den Pakt einzulassen. Doch seine Hoffnung wurde zerschlagen, als er langsam nickte.

»Und dann, dann kann ich leben?«

»Für sieben Jahre. Wir schenken dir sieben Jahre... mehr steht uns nicht zu«, murmelte Alayla leise und strich ihm weiterhin fürsorglich über die dichten Locken.

Wieder brauchte es eine Weile, ehe er erneut nickte.

»... ja.«

Ein einziges Wort, das sein Schicksal besiegelte. Erneut erschien das Pergament vor ihnen, ebenso wie die Feder, die Alayla ihm in die Hand drückte.

»Hier... schreibe deinen Namen hierhin und du wirst leben.«

Sie setzte seine Hand auf das Pergament und Cole musste mitansehen, wie Georg mit krakeliger Handschrift seinen Namen auf das Papier setzte. Dann fiel er kraftlos zurück und keuchte laut und schmerzerfüllt auf.

»Keine Angst, du wirst jetzt schlafen und wenn du morgen aufwachst, werden alle Schmerzen und alle Verletzungen fort sein. Du wirst sieben weitere schöne Jahre leben, bevor deine Seele geholt wird«, raunte sie ihm leise zu und ein langsames Lächeln erschien auf den Lippen Georgs.

»Ihr seid Engel, oder?«

Alles in Cole sträubte sich. Alayla und er waren vieles, aber definitiv keine Engel. Ob diese Frage Alayla überraschte, konnte er ihr nicht ansehen, denn ihre Miene blieb unverändert, während sie mit ihren Fingernägeln über seine Wange fuhr.

»Schlaf jetzt... schlaf und freue dich auf dein neues Leben«, raunte sie leise. Erneut flimmerten die Augen des jungen Mannes, ehe sie zufielen und die Dämonin neben ihm sich erhob.

»Das ist grausam«, stellte er leise fest und wandte den Blick von Georg ab.

»Das ist das Leben. Er wäre gestorben, dank uns – oder eher dank mir, denn du hast kein Wort gesagt – kann er noch ein paar Jahre leben, ehe er stirbt.«

»Du meinst eher, ehe er verschlungen wird«, stellte er fest, doch Alayla zuckte mit den Schultern.

»Die meisten Seelen landen ohnehin in der Unterwelt, in der Hölle, wie ihr sie nennt. Ob er nun ewiges Leid erfahren würde, oder alles direkt hinter sich hätte, ist doch egal.«

Cole seufzte auf und sagte nichts mehr dazu, während Alayla ihre Augen weiterhin über das Schlachtfeld schweifen ließ.

»Wie auch immer... wir haben zu tun. Bis zum nächsten Vollmond dauert es nicht allzu lange und hier können wir viele Namen für unsere Liste sammeln. Oder eher für deine Liste, denn hier hängt nun dein Leben auf dem Spiel. Und ich möchte dich nicht verlieren.«

Sie wollte ihn nicht verlieren? Überrascht blickte er zu Alayla, die sich ein gequältes Lächeln abrang.

»Auch wenn du es grausam findest... ich möchte dich nicht an Deumus verlieren. Dafür würde ich alle Seelen der Welt eintreiben.«

 # Kapitel

Alayla

Alayla wusste nicht, was in sie gefahren war, als sie diese Worte an Cole gerichtet hatte. Nur langsam realisierte sie, welche Auswirkungen das Gesagte haben konnte. Sie seufzte laut auf und schüttelte den Kopf über sich und über das, was geschehen war. Noch immer befanden sie sich auf dem Kampffeld, das um sie herum tobte, und die Schreie der Verletzten und der Sterbenden hallten in ihren Ohren wider. Doch es schockierte sie nicht, das alles zu hören. Es war nicht schlimm für sie, denn sie kannte das alles bereits.

Kurz musterte sie Cole, der ein wenig bleich war und mit der Situation nicht recht umgehen konnte. Doch darauf konnte keine Rücksicht genommen werden. Instinktiv griff sie nach vorne, umfasste seinen Oberarm und schenkte ihm ein vorsichtiges Lächeln. Ein zaghaftes, das dennoch vom Herzen kam.

»Komm, wir müssen weitermachen. Wir haben zu tun.« Sie konnte und wollte darauf keine Rücksicht nehmen, denn es war seine Seele, die hier auf dem Spiel stand. Und warum auch immer – sie hing an ihm.

Nur mühsam nickte Cole ihr zu und begann sich schließlich zu bewegen. Gemeinsam mit ihr schob er sich durch die Sterbenden, während sie die verschmutzten und leidenden Gesichter musterte. Alayla hatte es im Blick, zu wissen, welche Seele bereit war, sich für ein paar wenige Jahre auf dieser Welt verschlingen zu lassen. Diese auserwählten Seelen hatten einen eigenen Glanz in ihren Augen, der verriet, dass sie nicht in den Tod gehen wollten. Noch nicht.

»Dieser hier?«, fragte Cole leise und deutete auf einen Mann, der sein Bein verloren hatte. Da wo einst ein rechter Fuß gewesen war, war nichts mehr als ein blutiger Stumpf geblieben, verbunden mit dreckigen Bändern, die die Blutung kaum stoppen konnten.

»Versuch es, aber ich glaube nicht, dass er auf diese Art und Weise weitermachen möchte.«

Cole musterte Alayla verwirrt.

»Aber wieso?«

»Sieh ihn dir an. Zwar könnte er von Deumus ein neues Bein bekommen, aber wie sollte er das erklären? Außerdem sind seine Augen stumpf und man kann gut erkennen, dass er mit dieser Welt bereits abgeschlossen hat.«

Im Augenwinkel beobachtete Alayla, wie Cole den Mann musterte und langsam nickte. Ob er verstand, was sie meinte, das wusste Alayla nicht und doch gingen sie weiter. Mit geduckten Bewegungen schoben sie sich an den Leichen vorbei, die der Kampf gefordert hatte.

»Dort.«

Zwischen drei toten Männern lag ein weiter Mann. Seine Augen waren panisch geöffnet, sein Brustkorb hob und senkte sich schneller als sonst. Cole hob eine Augenbraue, als er den Mann musterte. Er war voller Blut, das aus unzähligen Wunden lief. Cole wandte den Blick ab, als dieser auf die riesige, klaffende Wunde fiel, die ihm wohl das Leben kosten würde.

»Sicher?«, fragte er leise nach und Alayla nickte.

»Ja. Geh und versuche es. Du schaffst es. Du bist ein Dämon, vergiss das nicht. Alles, was wir hier tun, tun wir, um dich zu retten. Auch das solltest du nicht vergessen.« Cole nickte ihr abermals zu und trat mit langsamen Bewegungen an den Mann heran, kniete sich zu ihm und obwohl Alayla eigentlich weiter über das Schlachtfeld ziehen wollte und sehen wollte, ob sie noch weitere Seelen einsammeln konnte, konnte sie Cole nicht allein lassen.

So folgte sie ihm und kniete sich neben ihn.

»Ihr könnt helfen?«, fragte der Mann mit gebrochener Stimme und Cole nickte langsam.

»Ja. Du willst leben, oder?«, fragte er den fremden Mann, aus dessen Mundwinkel bereits einige Blutstropfen liefen. Auch er war noch recht jung, auch wenn er älter war als der vorherige Krieger. Seine Haare waren dunkel, auch wenn Alayla vermutete, dass der Dreck hier auf diesem Kampffeld sie dunkler erscheinen ließen, als sie sonst wären. Er röchelte etwas und hustete schwer, wobei weitere Tropfen seines Blutes über die Erde verstreut wurden. Sie benetzten sein Hemd, das zerrissen war. Eine Klinge hatte ihn wohl recht schlimm erwischt.

»Ja.«

Eine schwache Antwort und doch nickte Alayla und stupste Cole in die Seite.

Sie konnte ihm ansehen, wie schwer ihm alles fiel und wie sehr er mit sich zu kämpfen hatte, doch sie rechnete es ihm hoch an, dass er sich Mühe gab. Auch wenn sie das insgeheim von ihm erwartete.

»Gut. Deine Seele gegen sieben weitere Jahre auf dieser Welt«, raunte Cole ihm leise zu und der Mann hob eine Augenbraue.

»Meine Seele?«, hakte er nach und Cole nickte.

»Ja. Wenn du den Vertrag unterschreibst, dann wirst du diesen Tag überleben und noch weitere sieben Jahre auf dieser Erde sein. Du kannst bekommen, was du dir wünscht.«

Der Mann riss entsetzt die Augen auf und versuchte, von Cole wegzurutschen.

»Teufel«, zischte er ihm zu und schüttelte den Kopf. Schneller als Alayla es ihm zugetraut hätte, schob er seine Hand in sein Hemd, zog einen Rosenkranz heraus und umklammerte das kleine hölzerne Kreuz. Er blinzelte nicht, als ob er es nicht wagte, und starrte sie an.

»Ihr kommt aus der Hölle. Der Teufel schickt euch. Doch meine Seele bekommt ihr nicht!«, sagte er laut, zu laut. Alayla sah sich alarmiert um und war froh, dass niemand von dieser Unterhaltung etwas mitbekam. Doch wie lange würde das so bleiben?

»Was soll ich jetzt machen?«, raunte Cole Alayla zu, die sich zu dem Mann lehnte. Erneut versuchte dieser mehr Abstand zwischen sie zu bringen, doch er konnte sich kaum bewegen, denn sein Körper war unter den anderen Leichen eingequetscht.

»Willst du denn gar nicht leben? Möchtest du deine Familie, die Menschen, die du liebst und die dich lieben, nicht wiedersehen?«, fragte Alayla ihn nun leise.

»Wenn Gott es möchte, dann sehe ich sie wieder. Doch dazu brauche ich nicht die Hilfe eines Dämons oder eines Teufels!«

Alayla schnaubte laut auf.

»Wir sind keine Teufel. Glaub mir, er hat es nicht nötig sich mit armseligen Seelen wie dir abzugeben.«

Cole musterte sie irritiert, doch Alayla schüttelte den Kopf. Diesen Mann konnten sie nicht für sich gewinnen.

Er war nutzlos.

»Und deinen Gott, den gibt es auch nicht. Wir sehen uns wieder, in der Unterwelt.«

Der Mann riss die Augen weit auf und stieß einen markerschütternden Schrei aus. Augenblicklich zog Alayla einen Dolch aus ihrem Umhang und ließ diesen auf die Brust des Kriegers niedersausen. Es fühlte sich an, als würde sie Butter durchstechen. Der Schrei wurde lauter, qualvoller und verstummte ebenso schnell, wie er erklungen war.

Als Alayla den Dolch aus seiner Brust zog, war der Mann tot. Kein Atemzug huschte mehr über seine Lippen und auch seine Brust bewegte sich nicht mehr. Nur seine Hände umklammerten das Kreuz, das ihm wohl so heilig gewesen war.

Im Augenwinkel bemerkte Alayla, wie geschockt Cole über ihre Taten war. Er saß neben ihr und bewegte sich nicht.

»Du hast ihn getötet.«

Keine Frage, es war eine Feststellung, auf die Alayla langsam nickte.

»Ja, das habe ich. Und weiter? Er wäre sowieso gestorben!«

»Aber nicht durch deine Hand!«

Coles Stimme war laut, zu laut. Auch die Schreie des Mannes hatte dazu geführt, dass manche Verletzte sie panisch oder misstrauisch ansahen.

»Lass uns lieber gehen«, murmelte Alayla und griff mit ihrer Hand nach Cole, doch dieser schüttelte ihre Berührung ab, als wäre sie ihm zuwider.

»Ich gehe nicht mit dir«, zischte er ihr zu, doch darauf konnte und wollte Alayla keine Rücksicht nehmen.

»Tut mir leid, aber da hast du nichts mitzureden«, entgegnete Alayla und umklammerte Coles Oberarm fester. Instinktiv ließ sie dunklen Nebel um sie herum entstehen, der sie augenblicklich verschlang.

Einen Wimpernschlag später ließ sie von Cole ab, der sich mit einer schnellen Bewegung von ihren Fingern befreite. Alayla hatte sie zu dem Ort gebracht, der ihr als Erster in den Sinn gekommen war: Ihr Zuhause in der Unterwelt. Hier waren sie sicher und hier konnte Cole zur Ruhe kommen. Alayla musterte Cole, der jedoch nicht so wirkte, als wollte er sich beruhigen.

Im Gegenteil.

»Was sollte das?«, schrie Cole ihr entgegen und Alayla schüttelte den Kopf über seine Bemerkung.

»Hättest du es besser gefunden, wenn er weiter so herumgeschrien hätte?«

»Das waren Menschen, was hätten sie schon großartig ausrichten können? Nichts!«, regte sich Cole weiter auf, doch Alayla schüttelte den Kopf.

»Nein. Er hätte uns weitere Unterschriften verdorben, aber das hast du übernommen. Mit deinem Gebrüll hast du sämtliche Aufmerksamkeit auf uns gezogen und so mussten wir gehen! Wir hätten noch so viele Seelen holen können!«

»Jetzt bin ich schuld? Du hast ihn umgebracht!«

Cole war völlig außer sich. So hatte Alayla ihn noch nie gesehen, er fuhr sich mit den Fingern durch das rabenschwarze Haar und in seinen Augen war pure Panik zu sehen. Panik und Angst.

Doch wovor fürchtete er sich?

Alayla machte ein paar Schritte auf Cole zu, doch er wich zurück und schüttelte den Kopf. Auch als sie die Hand nach ihm ausstreckte, schüttelte er den Kopf.

»Nein. Lass mich in Ruhe! Fass mich nicht an!«

Seine Stimme klang panisch und augenblicklich bemerkte Alayla, wovor Cole sich so fürchtete. Vor ihr.

War es, weil sie den Mann getötet hatte? Das war nicht ihr erster Mord gewesen und sie war sich sicher, dass er auch nicht ihr Letzter sein würde.

»Fürchtest du dich vor mir?«, fragte sie ihn, ihre Stimme war nun leiser und der Streit, der eben noch zwischen ihnen gelegen war, war von Alaylas Seite aus vergessen. Es schmerzte sie, dass er Angst hatte. Angst vor ihr, wo sie doch so viel für ihn tat!

»Lass mich einfach nur in Ruhe.«

Cole schüttelte den Kopf, fuhr sich erneut mit den Fingern verzweifelt durch die Haare und stürzte zur Eingangstür. Einen Augenblick später sprang er fast durch diese, hinaus auf die Straßen von Dis. Er flüchtete vor ihr, hatte ihr keine Antwort mehr auf ihre Frage gegeben.

Doch sein Schweigen war Antwort genug gewesen und so blieb Alayla zurück, während die Nacht Cole verschluckte.

Kapitel

Cole

Noch immer geblendet von dem Schmerz, der in seinem gesamten Körper widerhallte, hatte er die Straßen der Dämonenstadt Dis betreten. Er bekam die Bilder von Alayla nicht aus seinem Kopf, wie sie den Dolch in den Körper des Soldaten getrieben hatte. Das Geräusch, als die Klinge das weiche Fleisch durchschnitt, das Reißen von Sehnen und Muskeln und das letzte Röcheln des Mannes, ehe er von seinem irdischen Leben befreit wurde... all das konnte er nicht vergessen.

Doch noch schlimmer als die Geräusche des Mannes war Alaylas Gesichtsausdruck gewesen. Er war ausdruckslos gewesen, fremd und es hatte so auf Cole gewirkt, als hätte sie diese Handlung nicht das erste Mal begangen. Nicht zum ersten Mal? Cole musste auflachen, während er durch die steinerne Stadt stolperte und so manch ein Dämon warf ihm einen verwirrten Blick zu. Doch das ignorierte er.

»Nicht zum ersten Mal... natürlich«, murmelte er zu sich und schüttelte über seine eigene Dummheit den Kopf.

Sie war ein Dämon, Tod und Verderben mussten in ihrer Natur liegen. Und doch hatte er in den Stunden, die er mit ihr verbracht hatte, so viel mehr in ihr gesehen. Er dachte, dass sie anders war. Doch das war sie nicht, sie war das, was er sich immer von einem Dämon vorgestellt hatte – sie war der Tod und sie war der Schmerz.

Zwar schien sie für ihn eine Ausnahme von ihrem eigentlichen Dasein zu machen, doch die restlichen Menschen schienen ihre wahre Natur zu spüren zu bekommen.

Konnte er sich so sehr getäuscht haben? Noch immer ging er durch die Stadt der Dämonen, ohne zu wissen, wohin ihn seine Füße trugen. Er stolperte durch die Seitengassen, ging an anderen Dämonen vorbei, die ihn allerdings nicht beachteten. Er kannte sich hier nicht aus und wusste nicht, wohin er ging und doch stoppte er nicht. Jedes Haus schien dem anderen zu gleichen, es wirkte wie eine alte Stadt, die sich emporgehoben hatte und die niedrigsten und schaurigsten Wesen dieser Welt beherbergte. Doch tat sie das wirklich?

Die Fürsten der Dämonen, lebten auch sie hier? Cole wollte es nicht wissen und noch weniger wollte er diese Frage an einen der Passanten richten, die ihm stetig über den Weg liefen.

»Cole?«

Er erstarrte, als er angesprochen wurde und stoppte. Wie weit er gegangen war und wo sich Alaylas Haus befand, das wusste er gar nicht mehr. Sein Blick fand den einer Schwarzhaarigen, die einen etwas dunkleren Hautton hatte. Ihre blauen Augen leuchteten beinahe und wirkten unnatürlich hell. Sie war etwas kleiner als er und in schwarze Kleidung gehüllt, die jeder ihrer Kurven betonte.

»Wer bist du?«

Wobei die bessere Frage natürlich gewesen wäre, woher sie seinen Namen kannte und doch hatte er irgendwie Angst, sich dieser Frage zu stellen.

Die Angesprochene kicherte leise.

»Imara. Ich bin eine Freundin von Alayla.«

Cole schwieg, musterte sie schweigend. Sie lachte wieder heiter auf und eine Gänsehaut breitete sich auf seinen Unterarmen aus.

»Jeder hier hat von dem Dämon gehört, den Alayla ausbilden möchte und der von Deumus übernommen werden soll. Glaub mir, ein neues Gesicht fällt schnell auf. Außerdem riechst du nach Alayla.«

Nun runzelte er völlig verwirrt die Stirn.

»Ich rieche nach ihr?«

Die Angesprochene nickte und die schwarzen Locken wippten dabei auf und ab.

»Ja. Ich kann unglaublich gut riechen.«

Die Art, wie sie die Worte aussprach, jagte ihm einen Schauer über den Rücken und unweigerlich wich er vor ihr zurück. Nun wusste er, woran sie ihn erinnerte – an ein Raubtier und er musste die Beute sein.

»Du musst keine Angst vor mir haben.«

»Wer sagt, dass ich Angst habe?«, entgegnete Cole und versuchte, seine Stimme so fest und hart wie möglich klingen zu lassen. In seinen Ohren hörte sie sich genauso an und doch schüttelte Imara den Kopf.

»Auch das rieche ich.«

Cole grummelte und verschränkte die Arme vor der Brust und schwieg.

»Hast du dich verlaufen? Alaylas Haus liegt nicht in diesem Teil der Stadt. Hier halten sich für gewöhnlich Giftdämonen auf. Die Seelensammler leben in einem anderen Stadtteil«, erklärte sie ihm und wieder musterte Cole die junge Frau, die vor ihm stand. Zählte sie vielleicht zu diesen Giftdämonen? Er wollte lieber nicht wissen, wie diese Dämonen arbeiteten und doch konnte er sich sicher sein, dass ihre Arbeitsweise bestimmt nicht besser oder angenehmer war als die der Anhänger von Deumus.

Wieder schwieg Cole und gab der Dämonin vor sich keine Antwort. Aber das schien er nicht zu müssen.

»Oder bist du abgehauen? Wenn ja, wäre das nicht sonderlich klug von dir«, murmelte sie und Cole seufzte laut auf.

»Wieso kannst du mich nicht einfach in Ruhe lassen? Ich möchte gehen.«

»Und wohin?«

Eine gute Frage, auf die er mal wieder keine Antwort hatte. Fast schon wie ein stures Kind schüttelte er den Kopf und schnaubte laut auf.

»Das ist egal. Weg von ihr. Sie ist ein Monster!«

Imara hob eine Augenbraue.

»Sie ist ein Dämon, so wie alle hier. Wenn du hier nach einem Engel suchst, wirst du nicht fündig werden. Zumal auch niemand weiß, ob es sie überhaupt gibt oder nicht. Sie wurden schon seit vielen Jahrtausenden nicht mehr gesehen.«

»Das ist mir egal. Sie hat einen Menschen getötet.«

Imara blieb unbeeindruckt und Cole musste sich eingestehen, dass ihm das nicht sonderlich überraschte.

»Ich wiederhole: Sie ist ein Dämon. Das ist unsere Natur. Falls es dir entgangen ist, sie sammelt Seelen für Deumus. So wie du es auch tun solltest, wenn du nicht verschlungen werden möchtest. Scheinbar hast du darauf aber keine große Lust. Schade. Dann habe ich wohl falsch gewettet.«

»Gewettet?«, fragte Cole fast schon entsetzt und Imara nickte.

»Ja. Die meisten hier denken nicht, dass du es schaffen kannst, ein richtiger Dämon zu werden. Sie haben wohl recht und ich gehöre zu den Dummen, die geglaubt haben, dass Alayla deine Seele wirklich davor bewahren kann, verschlungen zu werden.«

Cole schüttelte den Kopf.

»Ihr Dämonen seid ein seltsames Volk. Und makaber!«

»Das auch. Und wir haben viel Zeit, das solltest du auch wissen. Aber egal. Wenn du die Seelen nicht innerhalb einer Woche mit einem Pakt eintreibst, wirst du sowieso sterben. Du kannst nicht entkommen, egal, wohin du auch gehst.«

»Das ist mir egal. Ich glaube nicht, dass ich ein Dämon sein möchte.«

»Und wieso nicht?«

Imara schien kein Mitleid mit Cole zu haben und doch zuckte dieser mit den Schultern.

»Du hast nicht den Ausdruck in ihren Augen gesehen, als sie den Mann getötet hat. Sie hat nicht seine Seele mit sich genommen, sie hat ihn getötet. Einfach so.«

Imara zuckte mit den Schultern.

»Auch dafür wird es einen Grund geben. Du glaubst zwar, dass wir das personifizierte Böse sind, und das sind wir bestimmt auch, aber auch wir haben Gründe für das, was wir tun. Genauso wie wir eine Vergangenheit haben, die uns so handeln lässt.«

»Du tust fast so, als hätten Dämonen ein Gewissen«, sagte Cole verachtend und Imara nickte.

»Das haben wir auch. Zwar kein besonders gutes oder ausgeprägtes, aber auch wir haben ein Gewissen. Und wir wissen, wann wir welche Dinge tun müssen. Wenn du erstmal einer von uns bist und lange genug gelebt hast, wirst du erkennen, warum wir was machen. Dämonen sind anders als Menschen, wir brauchen nicht zwingend Schlaf, oder Essen. Oder sonst etwas, du solltest am besten deine Vergangenheit vergessen.«

Cole schwieg und blickte sich erneut in der dunklen Gasse um.

»Denk dich zurück in die Situation und dann überlege, was du getan hättest. Ich war nicht dabei und kann nicht darüber urteilen, aber ich bin mir sicher, dass das, was getan werden musste, auch notwendig war.«

War es das? Cole wollte darüber nicht nachdenken und schnaubte laut auf. Doch Imara beachtete ihn nicht weiter, sondern ging ein paar Schritte an ihm vorbei. Als Cole sich umdrehte, erkannte er einen weiteren Mann, der auf sie zukam. Er hatte helles Haar und genauso helle Augen wie Imara. Ob er auch für einen Giftdämon arbeitete? Er wollte es lieber nicht wissen.

Doch als die beiden in einem innigen Kuss vertieft waren, wandte Cole peinlich berührt den Anblick ab. Konnten Dämonen wirklich in der Lage sein, Gefühle zu entwickeln? Liebten die beiden einander? Er wusste es nicht und wie so oft wollte er nicht nachfragen, denn was er mit der Antwort anfangen würde, das wusste er nicht.

Imaras heiteres Kichern ließ ihn aufsehen, und sich wieder zu ihnen umdrehen.

»Sieh mal, Beal, das ist der Möchtegerndämon, der mich zwanzig Seelen kosten wird, wenn er verliert.«

Der Angesprochene schnaubte auf und Cole spürte den musternden Blick auf sich.

»Ich habe dir doch gesagt, dass du verlieren wirst«, entgegnete er und Cole schüttelte mit dem Kopf.

»Ihr wisst schon, dass ich alles höre, was ihr hier beredet, oder?«, fragte er die beiden, doch sie schienen ihn nicht mehr zu beachten. Imara fuhr mit den langen dunklen Fingernägeln über die helle Haut ihres Freundes und strahlte ihn an.

»Vielleicht gewinne ich doch noch.«

Sie ignorierten ihn und Cole verdrehte darüber die Augen. Gerade als er nachdachte, weiterzugehen, wandte sich Beal direkt an ihn.

»Sollen wir dich zurück zu Alayla bringen? Sie macht sich bestimmt Sorgen um dich«, sagte er und Cole schüttelte den Kopf.

»Ich bin weder ein Hund noch ein Kind, das an der Hand geführt werden muss«, entgegnete er bissig und Beal verdrehte die Augen.

»Nein, aber du bist dumm, wenn du glaubst, hier allein herumlaufen zu können, ohne, dass dir etwas geschieht. Und Alayla reißt uns den Kopf ab, wenn du wirklich verloren gehst und sie herausfindet, dass du uns über den Weg gelaufen bist.«

Doch auch darauf schüttelte er nur den Kopf.

»Wenn ich zu ihr zurückgehen möchte, dann tue ich das, weil ich es will und nicht, weil ihr das für mich entscheidet.«

Imara kicherte und lehnte sich an Beal.

»Er ist stur. Genauso wie Alayla, vielleicht haben sie sich deshalb so in die Haare bekommen.«

Cole schüttelte den Kopf und seufzte laut auf. Sein Blick glitt in die Ferne und für einen kurzen Moment dachte er nach.

Wohin er genau gehen sollte, das wusste er nicht, genauso wenig wie er wusste, was hinter dieser Stadt lag. Er bemerkte, dass er sich langsam beruhigt hatte und dass der Schock über den Tod des Mannes langsam verflog. Was hätte er an Alaylas Stelle getan? Hätte der Mann sie wirklich verraten können?

Cole hatte das Gefühl, als wäre das alles zu groß für ihn und augenblicklich fühlte er sich klein und unbedeutend. Klein, unbedeutend und schwach. Sein Blick glitt zu Imara und Beal, die in ein Gespräch vertieft waren und mit gedämpften Stimmen miteinander sprachen. Er betrachtete sie genauer und erkannte die Zuneigung, die in den Augen der Dämonen für einander lag.

Zuneigung, die auch er hegte. Und wenn diese beiden Giftdämonen für solche Gefühle fähig waren, dann, und da war er sich sicher, war es Alayla ebenfalls.

Kapitel

»Ich habe mich entschieden, ich gehe zurück zu Alayla.«

Beal sah auf und musste leise lachen, während Imara erleichtert wirkte.

»Also geht das Hündchen zurück zu seinem Frauchen?«, zog er ihn auf und erntete dafür einen Schlag auf den Oberarm von Imara. Doch Cole ließ sich davon nicht beirren, sondern schwieg. Imara schlug wieder mit der Faust gegen Beals Oberarm, doch dieser zuckte mit den Schultern.

»Jetzt sei nicht so«, zischte sie ihren Begleiter an. Beals musternder Blick lag auf Cole, der sich jedoch abwandte und die Dunkelhaarige anblickte, die ihm deutete, ihnen zu folgen.

»Ich weiß nicht, was Alayla in dir sieht, aber ich hoffe, dass du ihre Mühen wert bist. Sie hat erst einmal versucht, eine Seele zu retten«, erzählte Imara, als sie ein kleines Stück gegangen waren. Cole horchte auf. Er war nicht der Erste? Das überraschte ihn, doch ließ ihn auch hellhörig werden. Es klang nicht so, als hätte Alayla damit Erfolg gehabt.

»Versuchte?«

Imara nickte, hakte sich bei Beal unter, der schweigend neben ihnen herging.

»Ja. Das war ein noch recht junges Mädchen. Sie war nicht mal vierzehn Winter alt. Sie hat ihre Seele gegen das Leben ihrer Mutter getauscht. Deumus hat ihr denselben Deal angeboten wie dir und Alayla hätte ihr helfen müssen. Sie haben es allerdings nicht geschafft, genügend Seelen aufzutreiben. Das Mädchen hat nicht viel geholfen und allein war es für Alayla unmöglich, alles zu erledigen.«

Cole schluckte und fühlte sich augenblicklich etwas schuldig. Hatte er denn schon viel zur Seelensuche beigetragen? Er konnte sich nicht erinnern, dass er viele Deals ohne ihre Hilfe abgeschlossen hatte. Aber dennoch beharrte ein Teil von ihm darauf, dass er anders war. Dass er nicht darum gebeten hatte, diese Chance zu erhalten.

Er bemerkte Imaras Blick auf sich und doch war er dankbar darüber, dass sie dieses Thema nicht weiter ausfasste. Schweigend folgte er den beiden Dämonen, die ihn zielsicher durch die Straßen der Dämonenstadt führten. Jeder Winkel sah für ihn gleich aus und er fragte sich, woran sie sich hier orientierten, dennoch schwieg er.

Vielleicht würde diese Orientierung irgendwann von selbst kommen, er wusste es nicht. Während er ging, schob er die Hände in seine Hosentaschen und stieß einen lauten Seufzer aus.

»Werde jetzt bloß nicht melancholisch. Darauf habe ich gar keine Lust«, brummte Beal unfreundlich und erntete dafür erneut einen Schlag von Imara, die ihn böse anblickte.

»Lass es einfach«, fauchte sie ihn an.

Cole verstand weder das Problem, das Beal mit ihm hatte, noch weshalb Imara auf seiner Seite war. Dennoch war er dankbar darüber, dass der Dämon schwieg und stattdessen stur geradeaus starrte.

»Ich hoffe wirklich, dass Alayla weiß, was sie hier tut. Das ist doch lächerlich.«

»Was ist lächerlich?«, mischte sich Cole ein und schloss zu ihnen auf. Beal funkelte ihn misstrauisch an und zuckte mit den breiten Schultern.

»Dass du jemals ein Dämon sein kannst. Das ist lächerlich. Sieh dich doch an, dir sieht man den Menschen von Weitem an und das ist alles andere als ein Vorteil. Wenn du jemals ein richtiger Dämon wirst, dann lache ich aber«, sagte er und Cole hob erneut eine Augenbraue.

Imara jedoch zischte laut und löste sich abrupt von Beal, blieb stehen und dieser tat es ihr gleich.

»Alayla wird wissen, was sie tut. Wenn sie in ihm einen Dämon sehen kann, dann wird das seine Gründe haben«, mischte sich die Schwarzhaarige erneut ein und Cole seufzte laut auf. Es gefiel ihm nicht, dass er Thema des Streites war und noch weniger gefiel es ihm, dass er alles auch noch mitbekam. Konnten sie das nicht ausdiskutieren, wenn er nicht mehr anwesend war?

»Das glaubst du doch selbst nicht. Sie läuft in ihr Verderben, das fühle ich! Und du weißt, dass mich mein Gefühl in dieser Hinsicht noch nie getäuscht hat!«

Imara schüttelte den Kopf und griff nach Coles Hand. Ehe er es sich versah, zog sie ihn mit sich mit und ließ Beal stehen.

»Hey...«, wollte Cole sich beschweren, doch ein Seitenblick von Imara ließ ihn verstummen, bevor er den Protest richtig ausgesprochen hatte. Sie schien es eilig zu haben, denn ihre Schritte waren schneller als zuvor und sie zog ihn, ohne auf ihn Rücksicht zu nehmen, mit sich.

»Imara! Jetzt warte doch!«, schrie Beal ihnen nach und Cole vermutete, dass er ihnen folgen würde. Doch als er einen Blick zurückwarf, bemerkte er, dass er sich irrte. Beal schien wie versteinert zu sein, er verharrte auf seinem Platz und stieß einen lauten Seufzer aus, folgte ihnen aber nicht.

»Lass ihn einfach. Er ist ein Idiot.«

Cole nickte und schaffte es, mit einem Ruck seine Hand aus der Umklammerung zu lösen.

»Aber er ist mein Idiot, das macht das alles nur noch schlimmer«, fügte Imara hinzu und deutete Cole, dass er ihr folgen sollte. Er huschte hinter ihr in eine Seitengasse, ehe sie eine Tür aufstieß und ohne anzuklopfen das Haus betrat. Cole tat es ihr gleich.

Als er in dem großen Saal stand, bemerkte er Alayla, die auf einem Stuhl saß und in ihrer Hand ein Rotweinglas hielt. Überrascht stand sie auf und trat ein paar Schritte auf sie zu.

Er konnte in ihrem Gesicht sehen, dass sie nicht wusste, wie sie reagieren sollte. Sie schien sich nicht sonderlich darüber zu freuen, dass er zurück war und augenblicklich bereute Cole seine Entscheidung und wünschte sich erneut in die Straßen zurück, die hoffentlich aus der Stadt führten.

Doch so wie sich Imara vor die Tür stellte, war eine Flucht wohl unmöglich.

»Ich habe dir jemanden mitgebracht. Er war im Stadtteil der Giftdämonen«, erklärte Imara Alayla, die ihr Glas mittlerweile abgestellt hatte und auf sie zutrat. Sie blieb vor Cole stehen, der in ihre grünen Augen blickte und noch ehe sie etwas zu ihm sagte, spürte er einen Schlag. Die Ohrfeige, die schneller gekommen war, als er blinzeln konnte, schmerzte und er zog scharf die Luft ein.

»Mach das nie wieder!«, brüllte Alayla ihm entgegen und er wich von ihr zurück.

»Bist du wahnsinnig? Mach du das eher nie wieder!«, benutzte er dieselben Worte wie sie und verengte die Augen. Alaylas Gesichtsausdruck wurde weicher und sie schüttelte den Kopf.

»Ich habe mir Sorgen um dich gemacht!«

Tatsächlich klang Sorge in ihrer Stimme mit und Cole fuhr sich mit einer schnellen Bewegung durch die Haare. Seine Wange schmerzte noch immer und doch wollte er sich nicht entschuldigen. Ein letzter Blick genügte und sie nickte kaum merklich. Er würde sich nicht entschuldigen und sie im Gegenzug dazu nicht nötigen, sich bei ihm für den Schlag zu entschuldigen.

In seinen Augen waren sie quitt, auch wenn er sein Handeln durchaus nachvollziehbar fand. Imara zog die Aufmerksamkeit auf sich, in dem sie sich laut räusperte und den Kopf schüttelte.

»Was ist denn passiert?«, fragte Alayla ihre Freundin, die offensichtlich in der Mimik der Schwarzhaarigen mehr lesen konnte als Cole.

»Beal. Er hat sich benommen wie ein Rüpel.«

Alayla nickte und zum ersten Mal konnte Cole so etwas wie Mitgefühl in ihrem Gesicht erkennen. Offensichtlich war diese Emotion nur für ihre Freunde bestimmt, auch wenn er fand, dass er schon bald dazu zählte.

»Das tut er oft. Sieh es ihm nach. Er meint es oft nicht so.«

Imara verdrehte die Augen und schüttelte erneut den Kopf, sodass ihre schwarzen Locken hin und her flogen.

»Ja. Aber sag mir nochmal, was ich an ihm finde«, forderte sie Alayla auf, die jedoch fragend die Schultern zuckte.

»Wenn du das nicht weißt, kann ich dir das auch nicht beantworten. Rede nochmal mit ihm, dann wirst du schon erkennen, was du in ihm siehst, was sonst niemand tut.«

Imara nickte und blickte zwischen Cole und Alayla hin und her, ehe sie diese etwas umarmte und sich gleich wieder löste.

»Ja, ich werde mich mit ihm aussprechen. Das solltest du übrigens auch tun.«

Daraufhin schwieg Alayla, verabschiedete ihre Freundin, die nach einer weiteren kurzen Umarmung das Haus wieder verließ und Cole mit ihr allein ließ.

Einen Moment lang biss sich Cole auf die Unterlippe, ehe er sie musterte und laut aufseufzte. Auch sie musterte ihn, ehe sie auf ihn zukam und vor ihm stehen blieb.

Sie waren einander nahe, er konnte fast ihren Atem auf seiner Haut spüren.

»Ich bitte nicht um vieles, aber dafür muss ich es wohl tun: Bitte, mach das nie wieder. Noch bist du kein richtiger

Dämon und da draußen sind viele, die nicht damit einverstanden sind, dass du einer von uns werden sollst.« Cole schluckte, als er erneut die Sorge in ihrer Stimme bemerkte.

»Was meinst du damit?«, fragte er leise nach und Alayla seufzte leise auf.

»Es gibt nicht viele Dämonen, die vorher Menschen waren und die meisten von uns sind auch der Meinung, dass das gut so ist. Sie möchten keine ehemals menschlichen Dämonen unter sich haben, denn sie sind in ihren Augen nicht vollwertig. Jetzt, in diesem Stadium, in dem du dich befindest, bist du ein leichtes Opfer für sie und sie können dich leicht töten. Auch wenn deine Seele Deumus gehört, können sie dir das Leben nehmen. Deine Seele würde automatisch zu Deumus übergehen und von ihm verschlungen werden.«

Cole schwieg, als sie ihm das erklärte und spürte, wie sich ihre Finger mit seinen verhakten.

»Mach das also nie wieder. Es ist nur zu deinem Besten. Ich möchte nicht, dass dir etwas geschieht, oder dass dir Schaden zugefügt wird.«

Langsam nickte Cole und seufzte laut auf.

»Wieso bist du mir dann nicht gefolgt?«

Alayla schnaubte laut auf.

»Um dich weiter anzustacheln? Um dich weiter in die Stadtmitte zu treiben, wo es noch gefährlicher ist? Nein, ich habe darauf vertraut, dass das Schicksal dich zu mir zurückbringt und ich wurde nicht enttäuscht.«

Erneut nickte Cole, ehe er sich langsam nach vorne lehnte. Er schwieg, sagte nichts darauf, sondern verschloss ihre Lippen mit einem sanften Kuss.

Es fühlte sich richtig an. Sie fühlte sich richtig an und er wusste nicht mehr, was ihn dazu veranlasst hatte, von ihr fortzugehen.

Sie hatte jemanden getötet, ja. Doch das hatte sie für ihn getan. Das erkannte er nun und war sich sicher, dass die Ewigkeit für sie beide bestimmt war.

 Kapitel

Alayla

L angsam bewegte er seine Lippen gegen ihre und sie spürte, wie tausend Schmetterlinge durch ihren Körper jagten. Lächelnd löste sie sich von ihm und war sich sicher, dass das, was sie getrennt hatte, sie nun wieder verband. Sie spürte, wie er langsam mit dem Daumen über ihre Wange strich und sie konnte dem Drang nicht widerstehen, ihre Wange an seine Hand zu schmiegen. Mit einem leichten Lächeln musterte sie ihn und führte ihn zu dem Sofa, auf dem sie sich niederließen.

»So wie es aussieht, hast du meine Freunde kennengelernt«, sagte Alayla, um die Stille zu durchbrechen, die sich zwischen sie gelegt hatte. Cole nickte und verhakte seine Finger abermals mit ihren.

»Das habe ich. Ich würde ja gern sagen, dass sie nett sind, aber so sicher bin ich mir da nicht. Besonders bei Beal.«

Alayla lachte leise und zuckte mit den Schultern.

»Er versteckt sich hinter seiner griesgrämigen Miene. Wenn du sein Leben gelebt hättest, wärst du wie er. Vor vielen tausend Jahren war einst ein Krieg zwischen den Dämonen und er war damals einer der wichtigsten Heerführer. Er hat ebenso viele Seelen hingerichtet und vernichtet, wie so manch ein Fürst und jeder Mord hat seine Spuren auf ihn hinterlassen. Nur Imara kann zu ihm durchdringen. Er hängt sehr an ihr. Sie ist eine der Wenigen, die ihn wirklich kennen.«

Cole nickte etwas.

»Und du.«

Nun nickte auch Alayla.

»Ja, ich habe ein Händchen für spezielle Leute, kann man so meinen«, witzelte sie und warf Cole ein breites Grinsen zu. Er verdrehte die Augen.

»Treib es nicht zu wild«, warnte er sie und sie verdrehte die Augen.

»Droh mir nicht, ich bin älter, weiser und viel stärker als du«, wies sie ihn direkt zurecht und nun verdrehte er die Augen.

»Imara ist anders als die meisten Dämonen. Sie tötet nicht so oft«, erklärte Alayla weiter.

»Also nicht so wie du«, stellte er fest und erntete dafür direkt einen Seitenhieb von ihr.

»Ich tue nur das, was notwendig ist. Eines Tages wirst du mir dafür dankbar sein.«

Cole schwieg und Alayla war froh darüber. Die Stimmung war erneut gekippt und sie fragte sich, weshalb er ihr diesen Mord so nachtrug. Der Mann wäre so oder so gestorben, manch einer hätte es als Akt der Gnade gesehen, dass sie ihn erlöst hätte. Doch nicht Cole. Wer hätte den

Soldaten retten sollen? Dämonen heilten nicht, sie töteten. Das lag in ihrer Natur, das und nichts anderes.

»Willst du mir von dem Mädchen erzählen, das du nicht zum Dämon machen konntest?«, fragte er leise und seine Stimme hatte wieder einen weichen Tonfall angenommen. Alayla zuckte zusammen und warf ihm einen entsetzten Blick zu.

»Woher weißt du davon?«, zischte sie leise und rückte von ihm weg. Doch Cole folgte ihr und legte seine Hand auf ihren Oberschenkel.

»Imara hat es mir erzählt.«

Alayla fluchte laut auf und stand auf. Cole blieb sitzen, während sie langsam hin und her ging.

»Dazu hatte sie kein Recht! Das ist Vergangenheit und das, was geschehen ist, das lässt sich nicht mehr ändern!«

Noch immer ging sie auf und ab und musste sich zurückhalten, nicht erneut zu fluchen. Weshalb Imara das Thema bei Cole angesprochen hatte, wusste sie nicht. Bestimmt hatte sie es gut gemeint und doch war Alayla nicht davon begeistert, dass Cole nun davon wusste.

Das, was geschehen war, war ihr Geheimnis gewesen. Das Mädchen hatte sie nicht retten können und ein Kind als Dämon wäre wohl auch nicht gut ausgegangen, aber dennoch war ihr Herz gebrochen worden.

»Du musst nicht darüber sprechen, wenn du es nicht möchtest«, murmelte Cole und war mittlerweile ebenfalls aufgestanden. Sie schüttelte den Kopf und stieß einen lauten Seufzer aus.

»Das möchte ich auch nicht. Sie hätte es dir nicht erzählen sollen. Jetzt siehst du mich mit anderen Augen«, sagte sie leise und drehte sich von ihm fort, als er ihr gegenüberstand. Doch noch ehe sie sich von ihm weggedreht hatte, fasste er nach ihrer Schulter und drehte sie wieder zu ihm.

Langsam hob sie den Blick und sah tief in seine dunklen Augen.

Alayla schluckte.

»Wie sehe ich dich denn jetzt deiner Meinung nach?«

»Menschlich. So, wie ich nicht sein sollte. Dämonen haben nichts Menschliches an sich«, sagte Alayla leise und Cole schüttelte den Kopf.

»Nein. Du hast ein Gewissen und bist nicht herzlos. Das sehe ich.«

Alayla senkte den Blick und schüttelte den Kopf.

»Die anderen hier sehen es anders. Sie waren nicht davon einverstanden, dass ich das Mädchen retten wollte. Aber sie hat mir leidgetan. Ich habe zu viel Zeit mit ihr verbracht. Wahrscheinlich habe ich bei dir denselben Fehler begangen«, murmelte sie und wieder war es Cole, der den Kopf schüttelte.

»Das war kein Fehler. Das denke ich nicht.«

Alayla seufzte laut auf und setzte sich langsam wieder, so wie Cole, der sich neben sie fallen ließ.

»Vielleicht erzähle ich dir eines Tages davon. Aber nicht jetzt.«

Cole nickte und Alayla war ihm dankbar dafür, dass er ihr Zeit gab.

»Andere Dinge sind wichtiger. Du solltest mehr über die Unterwelt lernen und sie verstehen. Denn sie wird deine

Heimat werden, wenn wir die Seelen zusammen haben. Aber eigentlich haben wir auch dafür keine Zeit.«

Cole seufzte auf.

»Da fehlen uns aber noch einige. Ich bezweifle langsam, dass wir die Aufgabe meistern können.«

Alayla schüttelte den Kopf.

»Sag das nicht! Das möchte ich nicht noch einmal von dir hören! Ich werde dir einen Ort zeigen, an dem es noch einfacher ist, Seelen einzutreiben. Ich bin nicht gerne dort, aber es ist der leichteste Weg«, murmelte sie und Cole seufzte laut auf.

»Willst du mir vorher nicht lieber etwas über die Unterwelt erzählen?«, fragte er sie und Alayla hatte das Gefühl, als würde er es aufschieben wollen, dass sie sich wieder an die Arbeit machten.

Dabei war es wichtig, denn so viel Zeit blieb ihnen leider nicht mehr. Deumus hatte ihnen eine Mammutaufgabe gestellt, die ihnen alles abverlangte und sie wusste insgeheim, dass sie keine Minute verschwenden sollten.

Sie hatten sich schon zu viel Zeit gelassen.

»Kurz. Stell mir eine Frage und ich beantworte sie, dann müssen wir wieder los.«

Cole seufzte.

»Du bist eine Sklaventreiberin«, stellte er fest, aber sie warf ihm einen unbeugsamen Blick zu. Damit würde er sie nicht weichklopfen können. Im Gegenteil.

»Deine Fragen«, erinnerte sie ihn und Cole nickte etwas.

»Die Stadtteile hier... wie sind sie unterteilt?«, fragte er sie und Alayla nickte.

»Das ist einfach zu beantworten. Es gibt viele verschiedene Dämonenfürsten, denen niedrige Dämonen unterstehen und jene, die die Arbeiten für sie übernehmen. Jeder Dämonenfürst hat seine Helfer in einem Stadtteil gesammelt, so wird verhindert, dass die unterschiedlichen Dämonen miteinander kämpfen. Wir sind nicht gerade friedliebend und viele haben ein zu großes Ego. Sie denken, dass sie wichtiger und besser sind als andere und so kommt es dazu, dass sie miteinander streiten. Manche Fürsten haben schon versucht, die Stadtteile aufzuheben und die Dämonen zu vermischen, aber bis jetzt hat das noch nicht funktioniert. Wir sind hier in Deumus' Stadtteil. Die freien Dämonen, zu denen man zählt, wenn man die Schuld an seinen Fürsten abbezahlt hat, leben in einem anderen Stadtteil. In der Nähe des Dämonenfeuers.«

Cole nickte und Alayla war sich sicher, dass er nicht alles verstanden hatte, was sie ihm eben erklärt hatte. Doch sie hatte seine Frage beantwortet.

»Wieso musst du für Deumus arbeiten?«

Alayla hob eine Augenbraue.

»Ich habe dir nur eine Frage erlaubt«, erinnerte sie ihn, doch er zuckte mit den Schultern. Sein Gesichtsausdruck war unnachgiebig und Alayla seufzte laut auf. Diese eine Frage konnte sie ihm auch noch erlauben.

»Jeder Dämon wird einem Fürsten zugeteilt, wenn er erschaffen wird. Dann leistet er seine Schuld ab, damit ist gemeint, dass er für seine Erschaffung bezahlt und wenn er sein Leben abgezahlt hat, ist er frei. Manch einer wird selbst zum Fürsten und unterstellt sich Dämonen, andere verfolgen andere Ziele. Wir sind unsterblich, wie du mitbekommen hast, schlafen wir auch nicht. Irgendwie müssen wir uns ja beschäftigen, wie, ist jedem selbst überlassen. Aber jetzt genug, komm, wir müssen gehen. Die Arbeit wartet!«

Cole war davon alles andere als begeistert, doch sie kannte keine Gnade. Immerhin hatte sie ihm eine Frage mehr beantwortet, als sie ihm versprochen hatte, und so wollte nun auch sie erhalten, was ihr zustand.

Nur widerwillig erhob sich auch Cole und griff nach ihrer Hand. Langsam drückte sie diese.

»Du fragst gar nicht, wohin wir gehen«, stellte Alayla grinsend fest und Cole schüttelte den Kopf.

»Ich weiß gar nicht, ob ich das wissen möchte«, murmelte er und Alayla lachte leise auf.

»Wird es schlimmer als das Schlachtfeld?«, fragte er nun doch, während sich ein leichter Nebel um sie legte. Alles um sie herum verdunkelte sich, während sie sich auflösten. Die Fähigkeit, auf diese Art zu reisen, würde sie ihm beibringen, wenn sie alle Seelen eingesammelt hatten, denn Alayla fürchtete, dass es zu viel Zeit in Anspruch nehmen würde. Selbst sie hatte mehrere Dämonentage gebraucht, um es zu erlernen.

Alayla neigte den Kopf und musterte ihn.

»Das kommt darauf an, was du unter schlimmer verstehst. Es wird einfacher werden, das kann ich dir versichern. Aber ich glaube nicht, dass es dir gefallen wird. Selbst mir gefällt es nicht und ich bin ein abgrundtief böses Wesen.«

Skepsis trat in seine Augen, während der Nebel sie gänzlich umhüllt hatte und sie die Unterwelt verließen. Vor einem großen Torbogen materialisierten sie sich und Alayla musterte das Gebäude, das sie erwartete.

Eine Psychiatrie und sie waren die lebendigen Albträume, die die Insassen besuchen würden.

# Kapitel

Cole

Cole blickte Alayla ausdruckslos an, als sie mit ihm zusammen vor dem großen Torbogen stand und das trostlose Gebäude musterte. Es war dunkel gehalten, versteckt zwischen hohen Bäumen. Kein Laut drang aus dem Gebäude und Cole musste sich zusammenreißen, um nicht direkt wieder umzudrehen. Die Sonne war nicht zu sehen, doch der Himmel verriet, dass sie bald aufgehen würde. Offensichtlich war erneut ein Tag vergangen. Oder mehrere? Er wusste nicht, wie viele Tage sie verloren hatten, als sie in der Unterwelt gewesen waren.

»Bist du dir sicher? Ich habe so etwas noch nie betreten«, gab Cole leise zu, doch Alayla zuckte lediglich mit den Schultern. Sie blickte zu ihm und seine dunklen Augen trafen ihre.

»Ja. Nirgendwo ist es leichter als hier, Deumus mag diese Seelen nicht so recht, weil sie für ihn nicht so genießbar sind wie gesunde, aber darauf können wir keine Rücksicht nehmen. Wir haben nicht genug Zeit dafür.«

Ihre Stimme war leise und gedämpft, in ihren Iriden konnte er erkennen, dass sie ebenfalls nicht von diesem Ort begeistert war. Doch wenn es keinen anderen Ausweg gab, was sollten sie auch tun? Cole stieß einen Seufzer aus, während er sich daran erinnerte, dass sie nur sein Bestes wollte. Zumindest glaubte er das und ihre Taten zeigten dies ebenfalls.

»Weil wir keine andere Wahl haben«, gab Cole leise nach, auch wenn er nicht sonderlich begeistert war. Das verbarg er auch nicht, sondern ließ seine schlechte Laune in seinem Gesicht geschrieben stehen. Doch Alayla ließ sich davon nicht beirren, nickte ihm zu und griff nach seiner Hand. Sie zog ihn direkt mit sich mit und so betrat er das Gelände der Anstalt. Schon immer hatte er von Gebäuden wie diesem großen Abstand gehalten, doch das schien nun vorbei zu sein. Misslaunig ging er neben ihr her und blickte sich um. Es wirkte im Inneren des Hofes noch trostloser als außen und Cole hatte das Gefühl, als wäre jegliches Glück auf dieser Welt verschwunden. Er drückte Alaylas Hand, die ihn daraufhin verwundert ansah.

»Wie gesagt, ich bin auch nicht gerne hier. Aber uns bleibt wirklich keine andere Wahl. Uns fehlen noch mehr als die Hälfte aller Seelen und die Frist verstreicht in zwei Tagen«, wiederholte sie sich leise.

Cole biss sich auf die Unterlippe und kam sich in diesem Moment dumm vor. Er hätte nicht fortlaufen sollen, oder sich mit ihr so vielen anderen Dingen widmen sollen. Sie hatten den Auftrag von Deumus vernachlässigt und nun mussten sie die Schulden bezahlen.

Langsam gingen sie immer näher auf das Gebäude zu, welches von Alayla geöffnet wurde. Kaum traten sie durch das schwere Tor, sah Cole an sich herab. Seine Kleidung hatte sich geändert und er musste nicht in den Spiegel sehen, um zu wissen, dass auch sein Aussehen anders war. Er konnte sich nicht damit anfreunden und nahm sich vor, diese Fähigkeit später nie einzusetzen, auch wenn Alayla darauf schwor.

Kurz musterte er sie. Alayla hatte ihr Erscheinungsbild ebenfalls angepasst. Sie erinnerte ihn an eine Ärztin, nicht an eine Dämonin, die hier war, um das Schlimmste zu tun. Im Augenwinkel bemerkte Cole, dass sie immer näher an eine Menschenmenge kamen, und wappnete sich innerlich schon darauf, dass man sie ansprach oder des Gebäudes verweisen wollte. Doch nichts geschah.

Im Gegenteil. Die kleine Gruppe, bestehend aus vier Ärzten, die alle in die Jahre gekommen waren, nickte ihnen anerkennend zu und Cole bemerkte, dass Alayla es ihnen gleichtat.

Zusammen gingen sie an der Gruppe vorbei und Alayla führte ihn in den nächsten Flur. Die Türen, die zu den Zimmern der Patienten führen mussten, waren dunkel und schwer. Ab und an glaubte Cole, ein Wimmern zu hören, doch sicher war er sich nicht. Fragend musterte er Alayla, die offenbar direkt wusste, was ihm auf der Seele lag.

»Wir haben das Aussehen zweier Ärzte angenommen. So können wir ungehindert die Patienten aufsuchen, ohne uns erklären zu müssen«, flüsterte sie ihm leise zu. Ein paar Pfleger kamen ihnen entgegen, nickten ihnen ebenfalls zu und gingen weiter. Nun begrüßte Cole diese ebenso wie Alayla, auch wenn er noch immer etwas verwirrt war.

»Du bist öfters hier«, stellte er leise fest. Wie sonst hätte sie wissen sollen, welche Ärzte hier ein und aus gingen und wie diese aussahen?

Alayla zuckte mit den Schultern.

»Manche dieser Irren unterhalten sich gerne mit Katzen. Und so mancher Arzt ebenso. Die Leute hier sind alle sonderbar, egal, auf welcher Seite der Tür sie sitzen«, murmelte sie und Cole bemerkte, dass sie seine Hand losließ. Kurz blickte er auf seine Finger, die bis eben noch mit ihren verschränkt gewesen waren, ehe er den Blick hob und direkt zu ihr sah.

»Wir trennen uns vorerst. Besuch ein paar Patienten und tue, was getan werden muss. Notfalls mach ihnen Angst«, wies sie ihn an und machte auf dem Absatz kehrt. Cole sah ihr verdutzt hinterher, als sie durch die Flure ging und ohne zu klopfen eine der schweren Türen öffnete. Ein hysterisches Kreischen drang auf dem Gang, doch die Tür fiel genauso schnell ins Schloss, wie sie geöffnet worden war, und der Schrei wurde gedämpft. Eine Gänsehaut zog sich über Coles Rücken, während er sich unbeholfen umsah.

Eigentlich war er davon ausgegangen, dass sie mit ihm gemeinsam durch die Zimmer ging und mit den Patienten sprach, doch das war wohl ein Irrglaube seinerseits gewesen.

»Ich werde schon mehr Seelen sammeln als du«, murmelte er zu sich selbst. Mit neugeschöpftem Mut und doch einem mulmigen Gefühl in der Magengegend öffnete er das erste Zimmer, das neben ihm am Flur lag. Innerlich wappnete er sich für das schlimmste Bild, das sich seine Fantasie ausmalen konnte. Doch als er sah, mit wem er es zu tun hatte, erstarrte er. Ein kleines Kind saß vor ihm, es war noch keine zehn Jahre alt und sah ihn aus verwirrten Augen an. Der kleine Junge wirkte dreckig und ausgemergelt, als hätte er lange Zeit nicht genügend Nahrung bekommen. Die dunklen Augen lagen in tiefen Höhlen, die von schwarzen Rändern untermalt waren. Er wich zurück, als er Cole erkannte.

Cole jedoch wusste nicht, für welche Methoden der Arzt bekannt war, als den er sich ausgab und wie dieser überhaupt hieß. Doch damit wollte er sich nicht aufhalten. Kurz räusperte er sich und ging auf den Jungen zu, der sich direkt in die Ecke drängte. Sofort schüttelte er den Kopf und ließ ihn nicht aus den Augen.

»Nein!«

Seine Stimme war schrill und hoch, fast zu hoch für einen Knaben seines Alters.

»Ich bin nicht hier, um dir wehzutun«, begann Cole sich zu erklären, doch der Junge schien davon nichts wissen zu wollen. Erneut schüttelte er den Kopf und verschränkte die Arme vor der Brust.

»Nein!«

Cole seufzte auf.

»Jetzt hör mir doch zu. Was würdest du dazu sagen, wenn ich dir einen Ausweg von hier anbiete? Du kannst gehen, frei sein und zurück zu deinen Eltern gehen. Du hast doch noch Eltern, oder?«, fragte er ihn und der Junge musterte ihn misstrauisch.

»Das letzte Mal, als ich gehen durfte, hast du mir wehgetan«, klagte er ihn an und erneut zog sich eine Gänsehaut über seinen Körper. Er wollte nicht wissen, was der Arzt mit dem Jungen gemacht hatte.

»Aber dieses Mal ist es anders. Das verspreche ich dir«, murmelte er und der Junge schüttelte den Kopf.

Cole hätte sich die Sache leichter vorgestellt.

»Sag mir, was wünscht du dir?«

Der Junge schluckte hart und schwieg einen Augenblick.

»Essen und meine Mutter. Ich will zu ihr zurück!«, verlangte er von Cole. Doch diesem gefiel der nächste Schritt noch weniger als das Öffnen der Tür in dieses Zimmer.

Konnte er Deumus die Seele eines Kindes bringen? Er musterte den Jungen, der ausgemergelt vor ihm stand. Cole konnte sich nicht vorstellen, dass dieser noch viel von seinem Leben hier in der Anstalt hätte. Er rang mit sich selbst, wusste nicht, ob der Pakt eine Befreiung oder Last für den Jungen wäre, und doch entschied er sich, dass er die Wahl nicht bei sich lassen konnte.

Der Junge sollte wählen, egal, wie alt er war. So konnte er sein Gewissen wenigstens mit der Ausrede betrügen, dass es nicht seine Entscheidung gewesen war.

»Ich kann dir sieben Jahre in Freiheit schenken, mit allem, was du dir wünscht und was du dir herbeisehnst. Doch in sieben Jahren wirst du geholt werden und deine Seele in die Unterwelt fahren.«

Dass diese dort verschlungen werden würde, das sagte er lieber nicht. Der Junge horchte misstrauisch auf, neigte den Kopf und schien nachzudenken. Überraschenderweise schockierte ihn die Aussicht auf die Unterwelt nicht.

»Gut!«

Das überraschte Cole noch mehr und am liebsten hätte er ihm entgegen geschrien, dass er sich alles erneut überlegen sollte und seine Seele nicht bereitwillig opfern sollte.

»Bist du dir sicher? Du kannst dann nicht mehr zurück. Du kommst buchstäblich in die Hölle. Für immer.«

Der Junge zuckte mit den Schultern und kam Cole augenblicklich deutlich älter vor als zu Beginn des Gesprächs.

»In der Hölle bin ich schon, es kann nicht schlimmer werden«, murmelte er und trat langsam auf Cole zu. In seiner Hand manifestierte sich der Vertrag. Es wirkte für ihn fast so, als wöge dieser tausend Kilogramm, doch nun gab es keinen Weg zurück. In seiner anderen Hand erschien die Feder, die er dem Jungen überreichte. Auch das Pergament hielt er ihm hin und deutete unter den geschriebenen Pakt.

»Hier. Hier musst du deinen Namen hinschreiben.«

Der Junge sah ihn verwirrt an.

»Ich kann nicht schreiben«, erklärte er ihm, doch Cole seufzte auf. Auch damit hatte er nicht gerechnet, auch wenn es ihn nicht überraschen sollte, dass der Junge nicht des Schreibens mächtig war.

»Versuch es. Die Feder wird dich leiten«, log er und hoffte, dass die Feder in diesem Fall wirklich helfen konnte. Und tatsächlich, kaum als die Spitze auf das helle Pergament geheftet wurde, setzte sie sich in Bewegung und schrieb den Namen ‚John Brown' unterhalb des Paktes, der seine Seele und sein Schicksal besiegelt hatte. Der Junge verzog keine Miene, auch nicht, als kleine Blutstropfen unter seinem Ärmel auf den dunklen Boden tropften.

»Und jetzt will ich gehen«, verlangte der Junge, doch Cole schüttelte den Kopf.

»Nicht jetzt. Morgen kannst du gehen. Ein anderer Pfleger oder Arzt wird kommen und dich entlassen. Warte darauf. Du wirst nicht enttäuscht werden«, murmelte er, während der Vertrag genauso verschwand, wie er aufgetaucht war. Noch ehe der Junge etwas erwidern konnte, verließ Cole das Zimmer und ließ die Tür schwer hinter sich zufallen.

Der Junge hatte sein Schicksal selbst besiegelt, doch er kam sich schäbig vor.

Kapitel

angsam schritt Cole weiter durch die dunklen Flure. Obwohl er wusste, dass er die Räume der Patienten betreten musste, um die Pakte zu schließen, wollte er sie nicht öffnen. Die Angst, erneut ein Kind vorzufinden, war zu groß und ein zweites Mal hatte er nicht vor, ein unschuldiges Kind in die Verdammnis zu schicken. »Marius? Was tust du hier? Du hast hier in diesem Stock doch sonst nichts zu tun«, sprach ihn ein junger Mann an. Er wirkte wacher als die Männer, die sie in der Eingangshalle passiert hatten und deutlich jünger. Cole fühlte sich ertappt und ärgerte sich über sich selbst, da er seine Umgebung ausgeblendet hatte. Doch der Mann schien davon nicht beeindruckt zu sein. Vielleicht war ein solches Verhalten schon öfters passiert. Er wusste es nicht.

»Für alles gibt es Ausnahmen«, murmelte er und der Mann nickte hektisch, während er neben ihm herging und sich so an seine Fersen heftete. Er war deutlich kleiner als er, wies eine untersetzte Figur auf und die braunen Haare hatten schon deutlich an Fülle verloren. Er schien unter Haarverlust zu leiden, seine Atmung ging schnapphaft, während er sich beeilte, um mit ihm schritthalten zu können. Erst jetzt bemerkte Cole, dass der Mann beim Gehen humpelte.

»Ich habe den Patienten Curt ruhiggestellt. Er hatte einen Anfall und konnte sich nicht mehr selbst beruhigen. Du wirst es nicht glauben, er hat Pflegerin Monica das rechte Ohr beinahe abgebissen!«

Cole verzog das Gesicht über diese Information, auf die er gut und gerne verzichtet hätte. Er verlangsamte seinen Schritt, als er bemerkte, dass er den Mann nicht abschütteln können. Er klebte wie Leim an ihm und Cole musste zugeben, dass er das äußerst lästig empfand.

»Dann soll sie sich ausruhen«, murmelte er und bemerkte im Augenwinkel, wie der Braunhaarige neben ihm hektisch nickte.

»Das habe ich ihr auch gesagt! Genauso!«

Cole hob eine Augenbraue und schlussfolgerte, dass er sich offensichtlich in der Hierarchie über dem Fremden befand und dass dieser es sich wohl zur Aufgabe gemacht hatte, sich bei ihm einschmeicheln zu wollen. Doch dafür hatte er keine Zeit.

»Kümmere dich lieber um den Patienten John Brown. Dort wirst du gebraucht, ich komme allein zurecht«, sagte Cole unfreundlich und warf dem anderen Arzt einen strengen Blick zu. Dieser erschrak darüber, blieb einen Moment stehen, nur um direkt wieder zu versuchen, zu ihm aufzuschließen.

»Wie gewünscht! Das werde ich sofort tun! Aber wenn du mich brauchst, helfe ich dir später gerne bei deinem Rundgang!« Cole winkte ab und deutete ihm, dass er gehen sollte. Überraschenderweise gehorchte der Mann und ging nun deutlich langsamer in die entgegengesetzte Richtung. Er seufzte laut auf, als er weitere Schritte vernahm. Innerlich fluchte er und wappnete sich für die nächste Auseinandersetzung, als Alayla ihm entgegenkam. Sie sah zufrieden aus, wie eine Katze, die eine Maus verspeist hatte.

Vielleicht hatte sie das auch und Cole wollte nicht an die Seelen denken, die sie in der Zwischenzeit gesammelt hatte. Sein Vorsatz, mehr als sie einzusammeln, war vergessen und dank der Unterbrechung mit dem Arzt auch nicht mehr umzusetzen.

»Wie viele hast du geschafft?«, fragte sie ihn, während auch sie neben ihm herging. Automatisch berührte er mit seiner Hand ihren Handrücken und entlockte ihr ein sanftes Lächeln.

»Nur eine. Ein Kind.«

Alayla sah ihn überrascht an, doch wirkte zufrieden.

»Das ist gut. Kinder zählen bei Deumus für fünf Seelen, weil sie noch so rein und unschuldig sind. Ich habe sechs Seelen gefunden«, erklärte sie ihm direkt und Cole riss die Augen auf.

»Sechs? Aber so viel Zeit war gar nicht!«

Alayla lachte leise und deutete auf das nächste Zimmer.

»Ich zeige dir, wie es hier leichter funktioniert. Während wir in Deumus Schuld stehen, können wir unser Aussehen beliebig verändern. Und das in jede Hinsicht. Wenn du dich den Menschen so zeigst, wie sie sich Dämonen wirklich vorstellen, hadern sie nicht lange.«

Sie stieß die Tür mit einem leichten Schwung auf und betrat das nächste Zimmer. Cole folgte ihr direkt, blieb jedoch stehen, als die schwere Tür ins Schloss fiel. Er blickte zu dem schweren Gehölz, als ein ohrenbetäubendes Kreischen erklang. Eine junge Frau drückte sich in die Ecke, Panik war in ihrem Gesicht geschrieben und sie hatte die trüben, braunen Augen weit aufgerissen.

»Was wünscht du dir?«, fragte Alayla die Frau direkt in einer Stimme, die er noch nie zuvor gehört hatte. Erneut jagte eine Gänsehaut über seinen Körper, als er näher an die Frau herantrat.

Sie hatte ihn mittlerweile entdeckt, doch als sie zu ihm hasten wollte, ertönte ein Knurren, das von Alayla stammen musste. Wieder kreischte sie schrill auf und drückte sich stattdessen erneut an die harte, kalte Mauer. Cole bemerkte, wie Alayla ihre Finger bewegte und erkannte, dass sich rund um sie herum ein Feuer bildete. Kleine Flammen, die an ihren Füßen emporkrochen und diese umspielten.

»Was willst du? Und Sie... helfen Sie mir doch!«

Cole hatte Mitleid mit der Frau, wollte etwas sagen, doch schloss den Mund wieder, ohne ein Wort gesprochen zu haben. Er wusste nicht, wie er ihr helfen sollte, oder wie er sie beruhigen sollte.

Erneut ertönte ein Knurren und Cole warf einen Blick auf Alayla. Die Frauengestalt, die sie angenommen hatte, war fort. Stattdessen waren zwei Hörner aus ihren Haaren gewachsen, die tiefschwarz waren und ihr ins Gesicht hingen. Ihre Augen waren blutunterlaufen, feuerrot und das Gesicht entstellt. Die Flammen tanzten in den Haaren und über ihre Gliedmaßen. Cole erschrak bei diesem Anblick selbst, musste sich jedoch daran erinnern, wer hinter dieser

Fratze steckte. Augenblicklich hatte er mehr Mitleid mit der Frau, die nun leise zu schluchzen begann.

»Unterschreibe und ich gehe wieder.«

Die Frau blickte panisch zu ihnen und sah hilfesuchend zu Cole, doch dieser fühlte sich in der Situation hilflos. Das Schluchzen wurde lauter.

»Was willst du von mir?«, fragte die Frau Alayla panisch, die zu lachen begann. Dieser Laut schmerzte in Coles Ohren, er trat zurück und blickte irritiert zwischen Alayla und der Frau hin und her. Langsam erschien Nebel unter ihnen, der die Frau einhüllte.

»Deine Seele. Du siehst mich nie wieder, wenn du unterschreibst. Du willst doch hier rauskommen, oder? Gott hat dich im Stich gelassen, deshalb bin ich hier.«

Die Frau, die noch immer sehr verwirrt wirkte, sah zwischen Cole und Alayla hin und her. Cole war sich nicht sicher, ob sie ihm diese Geschichte wirklich glaubte, doch sie nickte. Das Pergament erschien vor der Frau, die ohne nachzufragen ihren Namen daruntersetzte.

Alayla lachte abfällig.

»Sieben Jahre. Dann kommt deine Seele in den wahren Himmel.«

Damit wandte sie sich von der Frau ab und trat zur Tür, die sich vor ihr von selbst öffnete. Erneut blickte Cole kurz zur Frau, die ihn fragend musterte, doch sofort folgte er Alayla nach draußen.

»Ich kann nicht glauben, dass das funktioniert hat. Das ist absurd!«, zischte er ihr zu, während sie ihr ursprüngliches Aussehen wieder angenommen hatte.

»Du vergisst, wo wir sind. Hier ist nichts normal. Ab und zu erscheine ich ihnen auch als Engel, das macht fast noch mehr Spaß. Doch Deumus sieht es nicht gerne, wenn wir uns als Engel verkleiden. Deshalb lieber diese Gestalt. So werden sie eingeschüchtert und tun alles, was man ihnen sagt. Dank der Medizin hier sind sie so verwirrt, dass die meisten gar nicht erst nachfragen.«

Cole schüttelte den Kopf darüber. Er empfand es als grausam, auch wenn er nicht wieder mit ihr deshalb zu streiten beginnen wollte. Alayla stoppte und sah ihn lange an.

»Ich sehe es dir an, dass es dir nicht gefällt. Aber eines kannst du mir glauben, deine Menschlichkeit wirst du mit jeder Seele, die du für Deumus eintreibst, mehr und mehr verlieren. Bis du irgendwann so bist wie wir. Grausam und böse.«

Cole schüttelte den Kopf über ihre Worte.

»Ich finde nicht, dass du böse bist. Gut, zu den Menschen bist du nicht gerade nett... aber ich habe keine Angst vor dir. Für mich bist du kein Monster.«

Das war sie wirklich nicht, egal, was sie auch tat. Cole konnte nicht verhindern, dass die Zuneigung, die er tief in sich spürte, ihn daran hinderte, sie als bösartigen Dämon zu sehen.

»Du wolltest mich retten und hilfst mir. Das würde ein böses Wesen niemals tun. Deshalb bist du es auch nicht«, fügte er hinzu, noch ehe sie etwas darauf sagen konnte. Sie war überrascht, das konnte er in ihren Augen lesen und dann lächelte sie.

»Das zeigt nur, dass du langsam mehr zu dem wirst, was wir sind.«

Cole schüttelte den Kopf.

»Nein. Das zeigt, dass ich hinter die Fassade blicke, die du aufgebaut hast, um dich vor der Welt zu beschützen. Egal, wie sehr du dich auch verstellen willst oder mich dazu bringen möchtest, dich mit anderen Augen zu sehen... es funktioniert nicht. Für mich bist du etwas Besonderes.«

Alayla erstarrte vor ihm, blickte ihn mit offenem Mund an. Augenblicklich löste sich ihre Starre und sie lehnte sich zu ihm, gab ihm einen stürmischen Kuss und zog ihn eng an sich heran. Er konnte ihre Fingernägel spüren, die sich in sein Hemd gruben und ihn somit eng an ihren Körper presste. Er erwiderte den Kuss gierig.

Sie hatte sein Leben auf den Kopf gestellt und Cole konnte sich gar nicht mehr vorstellen, dass er einst an Helen gehangen war und dass er geglaubt hatte, sie zu lieben. Hatte er sie je geliebt? Er wusste es nicht, doch keiner ihrer Küsse hatte sich so richtig und ehrlich angefühlt, wie es Alaylas waren. Sein Herz schlug schneller, während er sie weiter küsste, dabei vergaß, wo er war und wer in den verschlossenen Zimmern neben ihnen hocken konnte.

 # Kapitel

Helen

M it einem breiten Lächeln betrachtete Helen Ramon, der neben ihr saß und ihre Hand hielt. Sie war glücklich, denn ihr Vater hatte der Hochzeit nächste Woche zugestimmt. Er wollte sie rasch verheiratet sehen, noch bevor jemand sehen konnte, dass sie ein Kind unter ihrem Herzen trug.

Doch so glücklich Helen auch strahlte, Ramon sah mit leerem Blick in die Ferne. Sanft berührte Helen Ramons Arm.

»Woran denkst du?«, fragte sie ihn leise, doch der Angesprochene zuckte mit den Schultern. Wind kam auf und fuhr ihr durch das braune Haar, das sich aus der lockeren Frisur gelöst hatte. Noch immer trug sie die Kleidung der Trauer, doch nicht mehr lange.

Sie würde dieses Leben hinter sich lassen.

»An die Zukunft.«

Helen lächelte ihn sanft an.

»Ich auch, aber wenn ich an die Zukunft denke, dann bin ich glücklich. Du siehst nicht so aus«, stellte sie mit leiser Stimme fest, doch Ramon zuckte mit den Schultern. Er schwieg und antwortete nicht, doch damit wollte Helen sich nicht zufriedengeben.

»Sprich doch mit mir«, murmelte sie leise und berührte erneut seinen Ellbogen. Nun wandte sich Ramon ihr zu und blickte ihr direkt in die Augen.

»Ich mache mir Sorgen.«

Helen runzelte die Stirn. Sie kannte es nicht, dass er so kurz angebunden war und dass er ihr nicht direkt erzählte, was ihn plagte. Ansonsten war er stets mit seinen Sorgen zu ihr gekommen und hatte diese mit ihr geteilt. Doch das schien sich geändert zu haben.

Erneut fuhr der Wind durch Helens Haar und sie hörte in der Ferne ein paar Vögel zwitschern, während sich die Sonne hinter dem verhangenen Himmel hindurchkämpfte und die Umgebung in ein sanftes Licht hüllte.

»Worüber? Sprich doch mit mir, wenn dich etwas beschäftigt«, bat Helen ihn leise. In ihrer Stimme schwang Sorge mit, denn sie wollte nicht, dass er sich selbst quälte oder etwas vor ihr geheim hielt. Ramon neigte den Kopf, als er in ihre Augen sah und dann erneut einen lauten Seufzer ausstieß.

»Bitte«, hauchte Helen leise. Sie machte sich wirklich Gedanken um ihn und darum, was er vor ihr verheimlichte. Die Angst, dass er die Heirat mit ihr vielleicht doch nicht wollte, obwohl sie sein Kind unter ihrem Herzen trug, wuchs und wuchs.

Ihr Mund wurde trocken, während sich seine Finger in ihre schoben und ihre Hand sanft drückte.

»Ich habe einen Fehler begangen«, gestand er ihr leise und Helens Herz setzte aus. Sie erwartete das schlimmste, das schrecklichste Geständnis.

»Was hast du getan?«, fragte sie leise. Ihre Stimme war kaum ein Flüstern, doch er wandte den Blick ab und richtete diesen erneut auf den Himmel, wo sich eine dunkle Wolke vor die Sonne schob. Helen wurde heiß und kalt, während sämtliche Gedanken durch ihren Kopf rasten.

»Ich habe einen Pakt abgeschlossen, den ich nicht hätte eingehen dürfen. Ich bereue es«, gab er leise zu. Helen runzelte verwirrt die Stirn. Mit diesem Geständnis konnte sie nicht viel anfangen. Sie neigte den Kopf und wartete, bis er sich ihr erneut wieder zugewandt hatte.

»Ich verstehe kein Wort«, murmelte sie, doch er schüttelte den Kopf.

»Ich habe meine Seele verkauft, das habe ich getan!«

Seine Worte wurden mit jedem ausgesprochenen Wort immer lauter und lauter, bis er beinahe schrie. Helen zuckte zusammen.

»Du bist doch völlig von Sinnen«, murmelte sie, doch Ramon stand auf. Helen tat es ihm gleich und stellte sich direkt vor ihn.

»Geh nicht, ich bitte dich«, murmelte sie und griff erneut nach seinen Händen. Sie konnte und wollte ihn nicht ziehen lassen. Nicht ihn, die Liebe ihres Lebens. Er war alles für sie und sie wollten eine Familie gründen.

Er sollte sich mit seinen Ängsten und Sorgen nicht von ihr abwenden, egal, wie seltsam und verrückt sie klangen.

»Du glaubst mir nicht«, murmelte er und riss seine Hände los. Doch wieder packte Helen nach ihnen und umklammerte ihn fest.

»Dann erkläre es mir. Ich kann es verstehen, wenn du dich nur erklärst!«, ihre Stimme zitterte und die Angst, ihn wahrlich zu verlieren, schwang in ihrer Stimme mit. Ramon seufzte laut auf.

»Nach dieser Beerdigung habe ich ein Paar getroffen und ich habe einen Pakt mit ihnen abgeschlossen, den ich mit Blut unterschrieben habe. In sieben Jahren werde ich sterben«, murmelte er, doch Helen schüttelte den Kopf.

Es fiel ihr schwer, das wirklich zu glauben, und sie wollte es auch nicht hören. Doch Ramon war sich offensichtlich sicher, dass diese Dinge genauso passiert waren.

»Ich habe mir das nicht eingebildet. Wir werden sieben schöne Jahre haben, aber wir werden keine Zukunft miteinander verbringen können.«

Diese Worte trieben Helen die Tränen in die Augen. Sie schüttelte den Kopf darüber und drehte sich weg. Die ersten Tränen rollten über ihre Wangen. Sie schluchzte und spürte seine Arme, die sie umschlossen und sie an ihn zogen. Sie erlaubte es sich, sich an ihn zu schmiegen, während ihre Schluchzer lauter wurden.

»Ich will das nicht glauben«, murmelte sie, doch Ramon seufzte laut auf.

»Dann glaube es nicht... wir werden wundervolle Jahre miteinander verbringen können, Helen, Liebste, aber mehr wird es nicht geben. Verzeih mir«, hauchte er, doch sie schüttelte den Kopf. Sie hoffte, dass er sich irrte oder sie auf den Arm nahm. Doch die letzten Tage hatte er bereits in dieser seltsamen Stimmung verbracht, die sie als Nervosität wegen der bevorstehenden Hochzeit verbuchte. Dass ihn solche Gedanken quälten, hätte Helen nie vermutet. Sie war sich sicher, dass sie nicht der Wahrheit entsprachen.

Auch Cole war nicht länger als zehn Jahre an ihrer Seite gewesen, doch dem schenkte sie keine Beachtung. Sie war sich sicher, dass Ramon diese Sache geträumt hatte. Helen wollte nicht glauben, dass tatsächlich Seelen von ihren Körpern getrennt werden konnten und dass man diese in Zuge eines Vertrages verlor.

Das wollte Helen nicht glauben und das tat sie auch nicht.

Denn diese Sache zu glauben, würde ihr gänzlich vor Augen führen, dass sie Ramon in ein paar Jahren verlieren würde. Und dieser Gedanke trieb sie beinahe in den Wahnsinn.

Kapitel

Cole

An jenem Abend war Cole wie beflügelt gewesen und hatte es zusammen mit Alayla geschafft, einen Großteil der Seelen einzutreiben. Auch an den darauffolgenden Tagen, an denen sie sich auf Schlachtfeldern und in psychiatrischen Anstalten aufhielten, hatten sie so viele Seelen gesammelt, dass die Liste beinahe vollständig war. Lediglich fünf Seelen fehlten ihnen noch. Fünf Seelen, die ihn davon trennten, ein richtiger Dämon zu werden.

»Bist du dir sicher, dass wir hier fündig werden?«, fragte Cole Alayla leise, als sie zusammen durch die Straßen Londons gingen. Auf welcher Straße sie sich gerade befanden, wusste Cole nicht, denn er achtete nicht darauf. Sein Blick war auf Alayla gerichtet, die sich bei ihm untergehakt hatte.

»Ja. Vertrau mir«, sagte sie leise und Cole nickte. Ihr zu vertrauen war einfach, denn sein Herz schrie ihren Namen, wann immer es konnte. Sie war seine Vertraute in der Dunkelheit und mit ihr zusammen, so war er sich sicher, würde er die letzten Seelen finden können.

»Das tue ich, sonst wäre ich nicht hier bei dir«, murmelte Cole leise und Alayla lachte leise, während sie mit ihm weiterging.

»Was ist an London so toll?«, fragte Cole Alayla, die ihn entrüstet ansah. An diesem Abend hatten sie ihr Aussehen nicht gewandelt, sie zogen durch die Straßen, so wie sie waren und ohne sich zu verkleiden. Denn nichts anderes war dieser Art von Zauber für Cole.

»Hier leben viele Künstler, wie Schriftsteller oder auch Poeten. Sie sind immer auf der Suche, nach der Geschichte oder dem Bild, das ihnen zu Ruhm und Ehre verhelfen kann«, erklärte Alayla mit leiser Stimme, während Cole langsam nickte.

»Und warum London? Schön finde ich es hier nicht«, sagte Cole und Alayla seufzte laut auf.

»Ich habe das Gefühl, als würde London eines Tages eine wichtige und schöne Stadt werden. Sie ist wie eine Blume, die langsam erblüht aber noch nicht in voller Pracht erstrahlt. Gib der Stadt Zeit.«

Cole hob eine Augenbraue.

»Solche Worte habe ich von dir noch nie gehört«, sagte er, denn ein solch verträumter Ausdruck hatte tatsächlich noch nie in den Augen Alaylas Einzug gehalten. Doch sie tat diesen Einwurf mit einem Schulterzucken ab, während sie mit ihm weiterging.

»Aber heute erschrecken wir doch niemanden, oder?«, hakte Cole nach. Diese Art, Seelen einzufordern, behagte ihm nicht und er hatte sich geweigert, diese Methode bei den Menschen auszuprobieren, während Alayla hingegen ihren Spaß daran hatte, Menschen Angst zu machen. Doch sie hob nur eine Augenbraue, blickte ihn scharf an und seufzte auf.

»Wir müssen nicht wieder über die altbewährten Methoden sprechen, oder?«, sagte sie und Cole konnte in ihrem Tonfall hören, dass sie das Thema gerne fallen lassen würde, bevor er es hervorholen konnte. Doch leider war Cole niemand, der Dinge nicht aussprach, die ihm bereits auf der Zunge lagen.

»Ich möchte Menschen keine Angst einjagen, wenn sie sich uns auch anderweitig verpflichten«, erklärte er ihr ruhig und leise, doch Alayla verdrehte genervt die Augen. Sie schüttelte den Kopf über seine Worte.

»Wir sind Dämonen, spätestens wenn sie erkennen, wer wir wirklich sind, werden sie sich fürchten. Hör auf, Mitleid mit ihnen zu haben, denn sie werden auch keines für dich empfinden!«, sagte sie störrisch, woraufhin Cole den Kopf schüttelte.

»Ich habe das Gefühl, als wären Menschen bloß Hüllen mit Seelen, die du einfangen kannst und mit denen du machen kannst, was du möchtest! Hast du je Rücksicht auf jemanden genommen, der nicht aus der Unterwelt kommt?«, entkam es Cole, der diese Worte jedoch in dem Moment bereute, in welchem er sie ausgesprochen hatte. Schlagartig löste sich Alayla von ihm.

In ihren Augen konnte er Enttäuschung erkennen, die grünen Iriden verdunkelten sich, so wie sie es immer taten, wenn sie wütend wurde. Doch es war nicht die Wut, die Cole Angst machte. Sie sah verletzt aus.

»Es tut mir leid«, entschuldigte er sich, während sie bereits einen Schritt von ihm fortgemacht hatte. Doch sie schüttelte über seine Worte den Kopf.

»Das tut es nicht. Erneut bist du mit der Art, wie ich bin und wie ich lebe, überfordert. Oder hasst es, ich weiß es nicht! Aber verdammt, Cole, küss mich nicht, wenn du mich verabscheust!«, regte sie sich auf und Cole schluckte hart.

»Ich habe nie behauptet, dass ich dich verabscheue! Alayla! Ich bitte dich!«, flehte er, doch sie schüttelte den Kopf.

»Du bist undankbar! Siehst du nicht, was ich für dich tue?«, fragte sie ihn und augenblicklich erinnerte Cole sich an ihren ersten Streit, den sie in der Unterwelt gehabt hatten. Jenen Streit, der ihn in die Straßen Dis' getrieben hatte, direkt in die Arme ihrer Freunde, die ihm gehörig den Kopf gewaschen hatten. Doch diese Freunde waren nicht hier.

»Ich bitte dich! Es tut mir wirklich leid«, sagte er, doch erneut schüttelte Alayla den Kopf.

»Vielleicht stimmt es, was die anderen Dämonen über dich und mich sagen. Sie finden es dumm, dass ich aus dir einen Dämon machen wollte und vielleicht war es das auch! Die bisschen Menschlichkeit, die noch in dir schlummert, kannst du dir bewahren, aber wenn du wirklich in dieser Welt leben möchtest, dann musst du akzeptieren, was wir sind, und was du werden wirst! Du kannst nicht beides sein, ohne Kompromisse einzugehen!«

Cole seufzte laut auf und fuhr sich mit den Fingern durch die Haare. Ihre Worte trieften geradezu vor

Verletztheit, auch wenn diese Auseinandersetzung ihn an ihren ersten Streit erinnerte, so war es doch gänzlich anders.

Sie war enttäuscht und traurig und das war es, womit Cole nicht gut umgehen konnte. Am Rande bemerkte er, wie jemand aus einem der Häuser schrie und lautstark nach Ruhe verlangte, doch Cole ignorierte diese Forderung. Das war nicht wichtig. Für ihn zählte nur Alayla, die er bei sich behalten wollte und die doch den Anschein erweckte, als könnte sie nicht weit genug von ihm fort sein.

Erneut wagte er es, einen Schritt auf sie zuzugehen, doch erneut trat sie zurück.

»Wenn du so von mir denkst, dann sollte ich dir meine Hilfe nicht aufzwingen«, fügte sie hinzu und Cole hatte augenblicklich das Gefühl, als würde man ihm den Boden unter den Füßen fortziehen.

»Alayla, bitte«, flehte er, doch wieder ging sie ein paar Schritte zurück. Er erkannte den Nebel, der sich um ihre Füße bildete und bemerkte, wie Panik in ihm wuchs. Sie konnte nicht gehen.

Beim ersten Mal war er gegangen, doch tief in sich wusste er, dass es ihn doch wieder zu ihr zurückziehen würde. Obwohl er ihr Haus verlassen hatte, sie verlassen hatte, war ihm doch bewusst gewesen, dass es ihre Seite war, an die er gehörte. Doch wenn sie ging, dann musste er bleiben.

Denn obwohl sie ihm gelehrt hatte, sein Aussehen zu verschleiern, die Gestalt eines Raben anzunehmen und Pakte einzutreiben, die Art zu reisen hatte sie ihm nicht beigebracht. Er war stets auf ihre Hilfe angewiesen gewesen und hatte auch nie verlangt, selbst zu lernen, in die Unterwelt zu kommen.

Wie man diesen Nebel heraufbeschwor, das war ihm gänzlich unbekannt. Umso größer war nun die Angst, von ihr verlassen zu werden und in London festzusitzen. In einer Stadt, die ihm nichts sagte und die lediglich ihre Sympathien gewonnen hatten.

Ein Wind kam auf, durchfuhr sein Haar, das wie immer wild von seinem Kopf abstand. Spielte mit seinem Mantel, der ihn schützend umgab und vor Kälte schützen sollte, die er auch sonst nicht spürte.

»Bitte, geh nicht. Alayla, was soll ich denn noch tun«, murmelte er, doch sie schüttelte den Kopf.

»Solange du so denkst, wie du es tust, hat es keinen Sinn.«

Der Nebel legte sich dichter um ihre Füße, schlängelte sich hoch um ihre Hüfte und verhüllte sie fast. Ein Kloß bildete sich in seinem Hals, er stürzte nach vorne, doch als er die Hand nach ihr ausstreckte, fasste er ins Leere.

Sie verblasste, während er sich so verlassen wie noch nie in seinem gesamten Leben fühlte.

»Alayla!«, schrie er ihr entgegen, doch sie wandte sich enttäuscht von ihm ab. Der Nebel verschmolz mit der Dunkelheit und er blieb allein und einsam zurück, während er sich erneut verzweifelt durch das rabenschwarze Haar fuhr.

»Ich liebe dich doch.«

Das tat er und gleichzeitig verwünschte er sein loses Mundwerk, sein Herz, das er auf der Zunge trug, und das ihm alles gekostet hatte, was ihm lieb und teuer war.

Doch Zeit, dem nachzutrauern, hatte er nicht, denn die Minuten-, Sekunden- und Stundenzeiger liefen gnadenlos weiter, während es noch immer fünf Seelen waren, die er für Deumus besorgen sollte.

 **Kapitel**

Noch immer starrte Cole auf die Stelle, wo Alayla sich aufgelöst hatte. Es fiel ihm schwer, sich davon zu lösen, doch er wusste, dass er nicht ewig warten und seine Gedanken sortieren konnte.

Erneut kam er sich verlassen vor, verlassen und einsam. Das Gefühl, von Alayla verlassen worden zu sein, war schlimmer als jenes, welches er verspürt hatte, nachdem er erfahren hatte, dass Helen ihn betrogen hatte. Doch er hegte die Hoffnung, dass sie dennoch zurückkommen würde, auch wenn er sich daran wohl nicht festklammern sollte.

»Reiß dich zusammen«, murmelte er, als er bemerkte, dass sich tatsächlich Tränen in seinen Augenwinkeln bildeten, die er jedoch mit einer raschen Handbewegung wegwischte.

Er hatte keine Zeit für so etwas.

Die Uhr lief stetig weiter und der Vollmond, der in zwei Tagen über sein weiteres Leben entscheiden würde, hatte ebenfalls kein Erbarmen mit ihm, nur weil er lieber seinen Gedanken nachhängen wollte.

»Sie kommt zurück, das tut sie immer«, murmelte er und ignorierte erneut die Stimme, die erneut nach Ruhe verlangte, obwohl die Straße bereits bis auf ihn leer war und er in Schweigen versunken war. Doch er ignorierte diesen Menschen, ging stattdessen langsam weiter. Fünf Seelen.

»Fünf Menschen«, murmelte er, versuchte, sie beim Aussprechen nicht als Seelen zu betiteln. Er wollte nicht so werden wie die anderen Dämonen, für die Menschen nichts weiter als Seelen waren.

Doch gleichzeitig schalt er sich einen Dummkopf, denn es war diese Denkweise, die Alayla von ihm fortgetrieben hatte.

Sie war anders. In seinen Augen war sie das, denn sie hatte ihm geholfen, wollte ihn zum Dämon machen. Oder war sie wie ein Schlächter, der sein Huhn ein letztes Mal streichelte und ihm beruhigend zuredete, ehe er ihm den Kopf abschlug? Doch genau das konnte er sich bei Alayla beim besten Willen nicht vorstellen. Das konnte nicht sein.

»Nein«, murmelte er.

Sie war anders, sie war die Ausnahme unter den Dämonen. Die Ausnahme, die die Regel bestätigen konnte und trotzdem konnte und wollte sie sich nicht als solche sehen oder bezeichnen. Aber weshalb? Er konnte ihre Denkweise nicht verstehen.

Cole schob die Hände in die Manteltaschen, während er langsam weiterging und durch die Straßen von London zog. Ein Rauschen drang an seien Ohren und er folgte dem Geräusch, während seine Gedanken noch immer um die Rothaarige kreisten, die ihm den Kopf verdreht hatte.

Je näher er dem Geräusch kam, desto eher bemerkte er, wo er gelandet war. Ein Fluss, der bekannte Fluss Londons.

Alayla hatte ihn einmal in einem Gespräch erwähnt, doch Cole konnte sich an den Namen nicht erinnern.

Er zuckte mit den Schultern, tat das als Nichtigkeit ab, während er seinen Blick über die Straßen schweifen ließ. Es war dunkel, doch seine Augen waren gut genug, um alles erkennen zu können.

Diese Fähigkeit war wahrlich praktisch, und hätte ihm als Mensch ebenfalls hilfreich sein können, doch diese Klarsicht hatte er erst, seit er die Dämonenkräfte erhalten hatte.

Cole neigte den Kopf und ging langsam weiter, während etwas Neues in sein Sichtfeld trat – ein Paar.

Ein Mann und eine Frau, sie schlenderten ebenfalls die Straße entlang, anders als Cole hatten sie von ihm keine Notiz genommen. Seine Anwesenheit war ihnen verborgen geblieben, doch er wandte sich nicht ab, sondern ging weiter. Er wollte ihren Weg kreuzen.

Je näher er dem Paar kam, desto eher erinnerten sie ihn an sich selbst und Alayla. Die Dame hatte ebenfalls rote Haare, die im Schein des Mondes schimmerten, während der Mann etwas größer, breiter gebaut wirkte. Er unterhielt sich mit ihr und sie lachte, auch wenn Cole nicht wusste, worüber. Vermutlich hatte der Mann einen guten Scherz gemacht, doch das war ihm einerlei.

Immer näher kam das Pärchen ihm und er bemerkte, wie die Nervosität wuchs. Zum ersten Mal, seit er dieses Dämonenleben lebte, war er auf sich allein gestellt. Zum ersten Mal half ihm niemand, wenn er nicht weiterwusste, oder war in seiner Nähe, um einzugreifen, wenn ihm etwas gänzlich misslang. Doch auch daran wollte Cole nicht denken.

Er straffte die Schultern, setzte einen Schritt vorwärts. Seine Schritte waren laut, denn er hatte vor, laut zu sein. Das Paar sollte von ihm Notiz nehmen, noch bevor sie ihn erreichten, und das taten sie auch.

Die Frau war es, die ihn als Erste bemerkte. Sie stoppte, deutete auf ihn und das Lächeln auf ihren Lippen war verschwunden. Sie wirkte besorgt, als hätte sie Angst vor ihm. Cole widerstand dem Drang, innerlich zu lachen.

Wie gern hätte er ihr gesagt, dass sie jedes Recht besaß, Angst zu haben. Dass er jemand war, vor dem man sich durchaus fürchten konnte und sollte.

Doch er setzte sein freundlichstes Gesicht auf, während er immer weiter und weiter ging. Auch der fremde Mann drückte seinen Rücken durch, während er weiterging. Dabei ließ er Cole nicht ein einziges Mal aus den Augen, doch auch dieser fixierte den Mann mit seinem Blick.

Als sie einander nahe genug gekommen waren, stoppte der Mann mit seiner Begleitung vor Cole und auch er blieb stehen.

»Wenn Ihr unehrenhafte Absichten habt, so lasst davon ab«, erklärte er direkt und erneut musste Cole dem Drang widerstehen, aufzulachen.

Seine Absichten waren unehrenhaft und er war sich sicher, dass seine Handlungen schlimmer waren als die eines normalen Diebes. Ein Dieb entledigte ihm das Geld, nahm es an sich und verschwand. Doch Coles Pfand war weitaus bedeutender und wichtiger: eine Seele. Oder in diesem Fall zwei.

Cole blickte zwischen den beiden hin und her und beschloss, es einfach zu wagen.

Mit Glück konnte er zwei weitere Seelen für sich verbuchen, die ihn von dem Schicksal, gefressen zu werden, entfernten.

»Solche Absichten hege ich nicht«, erwiderte Cole, doch der Mann sah nicht überzeugt auch. Auch seine Begleitung wirkte eingeschüchtert, sie trat sogar einen Schritt zurück, um sich im Notfall hinter ihrem Gefährten zu verstecken.

»Ich bin auf der Suche nach einer Unterkunft«, sagte Cole stattdessen und der Fremde atmete erleichtert aus.

»Dort unten, die Straße entlang. Dort kehren oft Fischer oder Seemänner ein, vielleicht hat die gute Rosi noch ein Zimmer frei«, erklärte er und Cole nickte.

Ein Zimmer suchte er nicht, doch das konnte er ihm nicht sagen. Er konnte nicht direkt mit der Tür ins Haus fallen.

»Danke. Das ist wirklich das Einzige, wonach ich mich derzeit sehne. Habt Dank und einen schönen Abend mit Eurer Ehefrau.«

Etwas, was diese Frau nicht wahr. Das konnte er ihr ansehen, denn ihre Kleidung entsprach nicht der einer verheirateten Frau. Sie wirkte eher wie eine Mätresse, eine Frau, die nur der Belustigung diente. Ob der Mann zuhause eine Ehefrau hatte, die auf ihn wartete?

Die Rothaarige plusterte die Backen auf und schüttelte den Kopf.

»Dass ich nicht seine Frau bin, ist nicht meine Schuld«, regte sie sich direkt auf und Cole war sich augenblicklich sicher, dass er einen wunden Punkt getroffen hatte. Das war nicht beabsichtigt gewesen, doch vielleicht half es.

Er blickte sie fragend an, ehe er zu dem Mann sah, der lauthals aufseufzte und den Kopf schüttelte.

»Wünscht Ihr nicht zu heiraten? Ich habe selbst eine Frau, es gibt nichts Schöneres«, plauderte Cole leise weiter und störte sich nicht daran, einfache Lügen auszusprechen. Der Mann stieß erneut einen theatralischen Seufzer auf, während die Frau hingegen fast schon wild nickte.

»Das kann er nicht, wenn seine Familie lieber eine andere Frau an seiner Seite sehen möchte. Nur weil ich keine Adelige bin!«, machte sie ihren Ärger Luft. Cole nickte mitleidend, der Mann schwieg.

»Ist Ihnen bekannt, dass es einen Ausweg gibt?«

Die Frau horchte interessiert auf.

»Für sieben Jahre könntet Ihr leben, wie Ihr wollt, dann geht eure Seele zu einem anderen Ort.«

Eine plumpe Beschreibung, doch er hatte die Befürchtung, dass er sie gänzlich verschreckte, wenn er alles genau detailliert beschreiben würde.

»Wie?«, fragte die Frau, doch der Mann schüttelte den Kopf.

»Unsinn. Das kann nicht funktionieren«, sagte er, doch erntete dafür einen leichten Schlag der Frau auf seinen Oberarm.

»Mit einem Pakt. Sieben Jahre lebt Ihr, wie Ihr es wünscht. Dabei wird Euch jeder Wunsch erfüllt und wenn die Zeit abgelaufen ist, zahlt Ihr den Preis mit Eurer Seele.«

»Ja.«

Die Frau schien nicht überzeugt werden zu müssen, doch der Mann schüttelte den Kopf.

»Bist du von Sinnen? Das ist Teufelswerk!«, regte er sich auf, doch die Frau wollte davon nichts wissen.

»Na und? Wenn wir so auf legalem Weg zusammen sein können, dann ist das für mich in Ordnung. Es betrübt mich eher, dass dir unsere Liebe kein Opfer wert ist!«, sagte sie laut. Cole schwieg und wartete ab.

»Doch, aber nicht auf diesem Weg! Wir können auch anders zusammen sein«, sagte er. Doch nun musste sich Cole einmischen.

»Eure Teuerste kann auf diesem Weg direkt eine Adelige werden. Ich bezweifle, dass Ihr das ebenso schnell schaffen könnt«, sagte er und die Frau nickte sofort.

»Ja! Tausendmal: Ja!«

Das ließ sich Cole nicht zweimal sagen, in seiner Hand erschien das Pergament, ebenso wie die Feder, die er in die Hand der Dame legte.

»Euer Name hier, dann sprecht aus, was Ihr wünscht.«

Sie setzte ihren Namen auf die Linie und zuckte nicht zusammen, als sie mit ihrem Blut unterschrieb.

»Reichtum, Macht und ein Adelstitel für mich. Das alles möchte ich!«

Cole nickte und wandte sich an den Mann.

»Und Ihr?«

Er schüttelte den Kopf.

»Sie hat bereits ausgesprochen, was ich mir wünsche«, wich er aus, doch Cole schüttelte ebenfalls den Kopf.

»Ihr könnt Euch alles wünschen. Ohne Ausnahme... reizt euch denn gar nichts?«, fragte er, der Mann verstummte. Die Frau sah ihn lange an, ehe sie zu Cole blickte.

»Wann geht es in Erfüllung?«, verlangte sie zu wissen, fast so, als würde sie erwarten direkt zur Prinzessin gekrönt zu werden.

»Morgen. Es erledigt sich von selbst«, erklärte er und wandte sich erneut an den Mann. Doch noch immer schwieg dieser.

»Alles, was ich möchte?«

Cole nickte.

»Ohne Ausnahme...was ist Euer Wunsch?«, hakte er nach und der Mann seufzte laut auf.

»Meine Mutter liegt im Sterben, sie soll heilen und gesund werden«, verlangte er, Cole nickte sanft.

»Das ist keine Herausforderung... auch Sie hier die Unterschrift. In sieben Jahren ist der Preis zu zahlen«, sagte er, doch der Mann zögerte, bevor er seinen Namen auf das Pergament setzte.

»Und sie wird wirklich geheilt werden und nicht sterben?«, fragte er nach.

Cole nickte und schenkte ihnen ein Lächeln.

»Natürlich. Kein Wunsch bleibt unerfüllt«, murmelte er leise, ehe der Mann seinen Namen unter den Pakt schrieb und damit sein Schicksal besiegelte.

 Kapitel

Alayla

Mit Tränen der Wut in ihren Augen stürmte Alayla in das Anwesen ihrer Freundin Imara, die in ein Buch vertieft war. Als Alayla die Tür mit einem lauten Knall hinter sich ins Schloss fallen ließ, schreckte die Schwarzhaarige zusammen. Sie blickte Alayla irritiert an, ehe sie ihr Buch zur Seite legte und einen lauten Seufzer ausstieß.

»Was ist passiert?«, fragte sie und Alayla ließ sich auf dem beigefarbenen Sofa nieder. Imaras Zuhause erinnerte Alayla an orientalische Paläste. Es war bunt eingerichtet, mit vielen Teppichen und Ornamenten, die sie nur aus dem Nahen Osten kannte. Sie fühlte sich hier wohl und stets lag hier der Geruch nach frischem Tee in der Luft. Auch wenn Alayla definitiv Alkohol bevorzugte. Sie schnaubte und lehnte sich zurück.

»Cole!«

Imara machte eine kleine Handbewegung und deutete Alayla, dass diese weitersprechen sollte. Wieder schnaubte Alayla und eine Träne lief ihr über die Wange. Sie wusste nicht, ob sie das Produkt von Enttäuschung, Wut oder Traurigkeit war. Denn in ihrem Körper zirkulierten so viele Gefühle, dass sie sie gar nicht richtig einordnen konnte. Es machte sie wütend, dass Cole an ihr zweifelte, doch genauso schmerzte dieser Zweifel in ihrer Brust.

»Er ist der Meinung, dass wir Monster sind«, fasste sie in ihren Worten zusammen, doch Imara zuckte mit den Schultern.

»Wir sind Monster, Alayla. Wir sind Dämonen«, erinnerte diese sie und Alayla verdrehte die Augen.

»Ja, das weiß ich! Das sage ich ihm immer wieder, doch er will es nicht hören, Auch wenn ich ihm sage, dass er selbst ebenfalls ein Dämon werden wird, will er davon nichts wissen!«, entgegnete sie laut und Imara zuckte erneut zusammen. Sie erhob sich und trat in ein Nebenzimmer, kam jedoch fast augenblicklich mit einem Tablett zurück, auf welchem zwei Teetassen standen.

Eine duftende Kräutermischung drang in Alaylas Nase und sie griff dankend nach einer Tasse.

»Er wird es noch lernen. Menschen halten immer an ihren alten Leben fest. Sie sind melancholisch und leben lieber in der Vergangenheit als in der Zukunft. Er wird noch lernen, dass seine Zeit in der Menschenwelt nur einen Bruchteil seines Seins ausmachen wird. Außer er stellt sich besonders blöd an, und zieht den Zorn der Fürsten auf sich. Aber ich hoffe doch, dass er intelligent genug ist, um diese Erfahrung nicht machen zu müssen!«, plauderte Imara und setzte die Tasse an ihre Lippen. Sie nippte und Alayla tat es ihr gleich. Alayla wusste nicht, welche Kräuter sich genau in dem Getränk befanden, das sie hier zu sich nahm, doch sie mochte die Mischung.

»Das hoffe ich auch. Dennoch schmerzt es mich, wenn er so mit mir redet«, murmelte Alayla leise und senkte den Blick. Imara seufzte laut auf.

»Das verstehe ich, aber gib ihm Zeit.«

»Wieviel denn noch?«, fragte Alayla sie und Imara zuckte mit den Schultern.

»So viel wie er eben braucht. Du bist immer so ungeduldig, das warst du damals bei dieser Hexe schon, die du vor diesem Dämon bewahrt hattest.«

Alayla winkte ab.

»Das habe ich getan, um bei den Hexen einen Gefallen einfordern zu können. Und ich würde es jederzeit wieder tun«, sagte sie, doch Imara schüttelte den Kopf.

»Das sagst du nur so. In Wirklichkeit hast du ihr gerne geholfen. Oder dem Kind, das du zu einem Dämon machen wolltest, auch das war nicht nur eigennützig«, sagte Imara, aber Alayla schüttelte erneut den Kopf.

»Du versuchst, Dinge schönzusprechen, die nicht schönzusprechen sind. Die Hexe habe ich gerettet, um bei den anderen Hexen etwas gut zu haben und das Mädchen, naja. Es war eben ein Kind! Und ein Versuch war es wert, ein unsterbliches, nicht alterndes Dämonenkind wäre praktisch gewesen!«

Imara schüttelte den Kopf und Alayla sah, dass diese ihr kein Wort von dem glaubte, was sie sagte. Doch das konnte ihr auch egal sein.

Mit einem Schnauben setzte sie die Tasse erneut an ihre Lippen und trank.

»Ist es dir egal, wenn er den Pakt nicht erfüllen kann?«, fragte Imara sie leise und Alayla sah auf.

Sie schwieg, denn sie wollte ihr keine Antwort auf diese Frage geben. Die Wahrheit wäre, dass es ihr nicht egal wäre, und eine Lüge würde Imara in dem Moment erkennen, in dem sie diese ausgesprochen hätte. Imara lächelte wissend.

»Das dachte ich mir schon. Er ist dir nicht egal. Und doch sitzt du hier bei mir, beschwerst dich, anstatt ihm zu helfen, weitere Seelen zu finden.«

Alayla zuckte mit den Schultern und setzte die Tasse wieder auf dem Tablett ab.

»Es ist seine Aufgabe. Jetzt ist es an der Zeit, dass er beweist, dass er nicht auf mich angewiesen ist«, redete sie sich heraus.

»Das hätte er dir auch beweisen können, wenn ihr alle Seelen zusammen gehabt hättet«, sagte Imara. Alayla hob eine Augenbraue.

»Er muss auch hinterher ohne mich zurechtkommen«, murmelte sie. Imara seufzte auf.

»Das weiß ich. Und er wird es auch wissen, aber dennoch wäre es wohl besser, wenn du jetzt bei ihm sein würdest. Wärst du nicht lieber bei ihm als hier bei mir?«, fragte sie sie und erneut schwieg Alayla.

Sie blickte betreten auf ihre Hände und bemerkte im Augenwinkel, wie ein Lächeln auf Imaras Gesicht trat.

»Du magst ihn.«

Keine Frage, eine Feststellung. Alayla schwieg, rutschte etwas nach vorne und sah direkt in die Augen ihrer besten Freundin.

»Nein. Ich liebe ihn. Das ist mein Problem«, sagte sie leise und bemerkte, wie ein breiteres Lächeln auf Imaras Lippen erschien.

»Ich habe so gehofft, dass du das eines Tages sagen kannst.«

Alayla schnaubte laut auf. Sie konnte nicht verstehen, weshalb Imara sich so etwas gewünscht haben konnte. Doch diese schenkte ihr ein weiteres, liebevolles Lächeln.

»Wir haben auch Gefühle, so wie ich an Beal hänge, hängst du wohl an Cole«, stellte sie fest und Alayla schwieg erneut.

Es war seltsam für sie gewesen, diese Worte auszusprechen. Seltsam, aber dennoch befreiend.

Ja, sie liebte ihn. Mehr als alles andere in dieser Unterwelt. Dennoch wollte sie ihn ein wenig schmoren lassen, ehe sie zu ihm zurückkehren konnte. Denn er sollte lernen, dass er sich dennoch nicht alles mit ihr erlauben konnte.

Liebe hin oder her.

Kapitel

Cole

» **W**ann wird es sich erfüllen?«, fragte die junge Frau vor Cole nach, obwohl er ihnen diese Informationen bereits gegeben hatte. Sie wirkte etwas nervös auf ihn, doch er konnte sie verstehen. »Morgen werdet ihr erhalten, was ihr euch gewünscht habt. In sieben Jahren wird eure Seele geholt werden«, murmelte Cole leise und trat an dem Paar vorbei. Er ging weiter und ignorierte die fragenden Blicke, die sie für ihn übrighatten. Es war ihm in diesem Moment egal, wie sie sich mit dieser Situation fühlten und wie sie damit umgingen.

»He!«, rief der Mann ihm nach, doch Cole hörte nicht mehr auf ihn. Stattdessen ging er weiter und verschwand in einer kleinen Seitengasse. Müde lehnte er sich gegen die Mauerwand und ließ sich etwas an dieser herabrutschen.

Diesen Pakt abzuschließen war nicht schwer für ihn gewesen, dennoch fühlte er sich ausgelaugt. In Momenten wie diesen vermisste er Alayla mehr, als er es je gedacht hätte. Sie war fort und gerade jetzt hätte er sich gern mit ihr über die Situation unterhalten, die ihm widerfahren war.

Doch das war ihm nicht möglich.

Obwohl er wusste, dass Dämonen keinen Schlaf brauchten und auch ohne diesen existieren konnten, fühlte er sich müde und matt. So als hätte jemand ihm die Lebensenergie ausgesaugt. Alles war anstrengend gewesen und er hätte nie gedacht, dass ihm alles so sehr zusetzte.

Noch immer hallte der Streit in seinem Inneren nach und er konnte die Worte nicht vergessen, die er an sie gerichtet hatte und die doch so viel an Schaden angerichtet hatten. Es tat ihm leid und er bereute jede Silbe, die ihm über die Lippen gekommen war.

»Es tut mir leid«, flüsterte er in die Nacht, doch obwohl er gewusst hatte, dass nichts geschehen würde, war er enttäuscht. Cole war nicht klar, ob sie ihn hören konnte, wo auch immer sie war oder ob sie gar ein wachsames Auge auf ihn hatte. Vielleicht hatte sie das, er war sich nicht sicher. Schulterzuckend ließ er sich weiter auf den Boden sinken, schloss die Augen und ignorierte den Schmerz, der durch seine Venen pochte und ihn in einen Schlaf trieb, den er nicht benötigte.

Und doch brauchte ein Teil seiner Seele diese Ruhe, um heilen zu können.

***

Blinzelnd öffnete er die Augen, die Sonne stand hoch am Himmel und das laute Treiben der Menschen wurde vom Wind zu ihm getragen. Er rieb sich die Augen, richtete sich auf und versuchte sich zu orientieren. Es dauerte eine Weile, bis er sich erinnerte, wo er war und wie er hierhergekommen war.

»Mist«, murmelte er, als er hastig aufsprang. Die Seitengasse, die er sich ausgesucht hatte, war kaum belebt und nur der ekelerregende Gestank der Stadt haftete auf ihr. Ein paar andere Männer hatten es ihm gleichgetan und schliefen ebenfalls an der Mauer, nur waren sie im Gegensatz zu ihm nicht aufgewacht.

Doch Cole hatte nicht vor, noch länger hier zu bleiben. Mit raschen Schritten ging er aus der Gasse, wobei sich sein Äußeres wie von selbst glättete und ihm einen gepflegten Ausdruck verlieh. Er zupfte an seinem Mantel, ging langsam weiter und musterte die Umgebung. Um ihn herum unterhielten sich die Menschen, sprachen wild durcheinander. Ein paar Frauen standen in kleinen Gruppen an der Seite des Marktplatzes und lachten, während andere auf diesem Platz ihre Waren anboten und lauthals verkündeten, was bei ihnen erworben werden konnte.

So ein Marktplatz überrumpelte Cole, der sich langsam umsah. Kurz blickte er erneut hoch in den Himmel und kniff die Augen zusammen. Ein Kribbeln machte sich in seinem Körper breit, fast so, als würde eine unnatürliche Aufregung von ihm Besitz ergreifen.

Einer der Männer deutete auf ihn und lachte.

»Den braucht ihr nicht mehr zu holen!«

Cole horchte auf, denn dass er nun Teil des unbekannten Gespräches wurde, gefiel ihm deutlich weniger. Langsam ging er auf den Mann zu, der noch immer lachte. Er stand hinter einer selbstgebauten Theke, die nicht sonderlich stabil wirkte und vor ihm lagen in verschieden großen Kisten diverse Fische, die einen unangenehmen Geruch verströmten. Cole verzog das Gesicht.

»Was meinst du?«, verlangte er zu wissen. Der Mann lachte erneut und Cole schnaubte.

»Jetzt schau nicht so! Hast das nicht mitbekommen? Seit vorgestern Nacht liegst du dort in der Pennergasse, wo die Betrunkenen schlafen, um den Stadtwachen zu entkommen! Entdeckt haben sie dich nicht, aber ich hab noch nie einen Mann gesehen, der einen ganzen Tag lang seinen Rausch ausschlafen musste! Ich will gar nicht wissen, wieviel du gesoffen hast!«, erklärte der Mann belustigt. Er war etwas größer als Cole und hatte kräftige Hände sowie eine muskulöse Statur. Alles an ihm verriet, dass er harte Arbeit nicht scheute und diese wohl gewöhnt war. Erneut lachte er und klopfte ihm auf die Schulter.

»Geh jetzt lieber heim, bevor dein Weib hier auftaucht und eine Szene macht! Das wäre gefundenes Fressen für die anderen«, sagte er. Cole konnte in der Stimme des Mannes hören, dass er es gut mit ihm meinte, doch es fiel ihm schwer, das Gesagte zu akzeptieren.

»Ich kann keinen ganzen Tag verschlafen haben.«

Panik machte sich in ihm breit, hätte er wirklich so viel geschlafen, dann wäre die Frist heute Abend verstrichen. Dann hätte er nur noch wenige Stunden Zeit, bevor die sieben Tage vorbei waren und sein Pakt unerfüllt war. Er wollte sich nicht vorstellen, wie er von Deumus verschlungen wurde, und schob diese Gedanken rasch in die hinterste Ecke seines Kopfes.

»Doch, hast du. Wenn ich's dir doch sage!«

Cole wollte dem Mann nicht glauben, doch ihm fiel kein Grund ein, der ihn zum Lügen bringen würde. Weshalb sollte er die Unwahrheit sprechen und ihn anlügen? Der Mann hätte davon nichts.

Cole beschloss, dem Mann zu glauben. Sollte er sich dennoch irren, so konnte er die Seelen durchaus früher abliefern und den Pakt erfüllen, den er geschlossen hatte.

Langsam nickte Cole und drehte sich von dem Mann weg, als Zeichen, dass das Gespräch beendet war. Kurz überlegte er, den Mann nach dem auszufragen, was er brauchte und sich wünschen würde, doch er beschloss, seine Seele zu verschonen.

»Danke«, murmelte er und ging weiter. Doch der Mann, der ihn an einen alten Jäger aus seiner Heimatstadt erinnerte, räusperte sich laut.

»Willst mir gar keinen Groschen als Dank geben?«

Cole ignorierte die Bettelei und schob sich zwischen zwei Frauen hindurch, die sich über einen Umhang unterhielten, der aus reinster Seide zu sein schien. Cole seufzte auf und ging langsam weiter.

»Drei noch, wenn ich mich nicht geirrt habe«, murmelte er zu sich selbst, während er den Marktplatz verließ. Die Zeit lief unaufhörlich weiter und Cole war nervös. Er hatte Angst, dass er die restlichen Seelen nicht finden konnte, und doch wollte er sich diesem Gedanken nicht hingeben. Er ging weiter an den Leuten vorbei, die ihn jedoch nicht beachteten und hing seinen Gedanken nach. Dabei huschten seine Augen immer wieder zu den verschiedensten Leuten, die womöglich infrage kommen würden.

Seine Schritte wurden schneller, er bog in die nächste Gasse ab. Doch auch hier war niemand, den er ansprechen konnte. Fast schon panisch fuhr er sich mit den Fingern über das Gesicht, seufzte laut auf.

»Das ist er«, hörte er plötzlich eine Stimme sagen und drehte sich zur Seite. Der Mann und die Frau, die er in einer der letzten Nächte angesprochen hatte, kamen auf ihn zu. Cole fluchte innerlich. Hatte er den Pakt falsch abgeschlossen und sie hatten nicht erhalten, was sie sich gewünscht hatten?

Er hatte keine große Lust darauf, eine Konfrontation zu starten. Doch das Paar war nicht allein, zwei weitere Frauen gingen neben der Rothaarigen her. Sie sahen dieser ähnlich, die Augenpartien und die Lippen waren beinahe identisch. Cole musste nicht nachfragen, er war sich sicher, dass das ihre Schwestern sein musste.

»Der Mann? Er hat euch dazu geholfen, dass ihr heiraten könnt und Rebekah zu einer Baronin gemacht?«, fragte die Kleinste der Frauen skeptisch nach. Doch der Mann nickte eifrig. Mittlerweile hatten sie Cole erreicht, der ihn missmutig ansah.

»Was wollt ihr von mir?«, fragte er ihn unhöflich.

»Heute Abend geben wir unsere Verlobung bekannt und Rebekah wollte, dass wir dich dazu einladen. Immerhin ist es nur dank dir möglich, dass wir zusammen sein können.«

Das alles kam Cole reichlich komisch vor.

»Das glaube ich nicht. Ihr kennt mich nicht und wieso sollte ich auf eine Verlobung kommen, die mir nichts bringt?«

Rebekah fuhr sich mit den Fingern durch die Haare. Sie wirkte nervös.

»Es ist so... wir haben unseren Freunden erzählt, wieso ich plötzlich eine Baronin bin. Wie das geschehen konnte... und sie möchten ebenfalls einen Pakt mit dir abschließen. Auch sie haben unerfüllte Träume!«

Cole schüttelte instinktiv den Kopf. Es klang denkbar einfach, auf eine Feier zu gehen und mehrere Verträge abzuschließen, doch so recht konnte er nicht daran glauben, dass es wirklich so einfach vonstattengehen konnte.

Rebekah seufzte laut auf.

»Es wäre nicht schön, wenn sich nur unser Traum erfüllt! Sei nicht so, für dich wird es sich auch lohnen«, versuchte Rebekah ihn zu überzeugen. Cole seufzte auf. Wenn der Marktmann wirklich recht gehabt hatte, dann war das seine letzte Chance, die letzten Seelen aufzutreiben, um Deumus zu entgehen. Was hatte er zu verlieren?

,Nur mein Leben', murmelte Cole in seinen Gedanken zu sich selbst, doch er gab sich einen Ruck.

»Na gut. Aber ich bleibe nicht lange.«

Die Frau klatschte in die Hände und hakte sich bei ihm unter.

»Seht ihr? Ich habe euch ja gesagt, dass er helfen wird.« Der Mann blickte missmutig zwischen Cole und Rebekah hin und her, während er den Kopf schüttelte.

»Edgar, jetzt schau nicht so! Das war deine Idee!«

Cole war sich sicher, dass diese Leute verrückt waren. Sie wussten vermutlich nicht, dass sie einen Dämon in ihre Mitte einluden und doch konnten sie sich denken, dass er kein Geschöpf des Himmels war, das sich auf einer himmlischen Mission befand.

»Wir nehmen dich direkt mit zu uns«, erklärte Rebekah ihn und Cole seufzte auf. Es wirkte auf ihn fast so, als hätte sie Angst, dass er nicht kommen würde.

Doch sie wusste nicht, dass er auf diese drei fehlenden Seelen angewiesen war.

Kapitel

Das Fest war im vollen Gang. Das Anwesen von Edgar war nur wenige Straßen entfernt gewesen und lange hatte Cole nicht warten müssen, als bereits die ersten Gäste eintrafen. Doch schon während der Wartezeit hatte er zwei Seelen für Deumus beschaffen können: tatsächlich waren die beiden Damen, die das Paar begleitet hatten, die Schwestern Rebekahs gewesen und hatten ihre Seelen für sieben Jahre als Adelige eingetauscht. Sie hatten sogar noch Witze darüber gemacht, denn sie waren der Meinung, dass sie den Preis nicht bezahlen werden mussten, so wie Cole es ihnen gesagt hatte.

Doch das war Cole egal, er hatte zwei Unterschriften eingesammelt und war auf der Suche nach der letzten Seele, die ihm von dem Leben als vollwertiger Dämon trennte. Obwohl das Paar ihm viele Freunde versprochen hatte, die ihre Seele gegen etwas eintauschen wollten, hatte er noch keinen Erfolg erzielt. Eventuell kamen diese Freunde erst später, oder sie hatten ihn wirklich betrogen.

Eine rote Katze saß am Fensterbrett, sie beobachtete ihn aufmerksam und ein Stich fuhr durch seinen Körper. Langsam trat er an das Tier heran, vergaß kurz, weiter zwischen den Gästen mit den Menschen zu sprechen.

Mittlerweile hatte er beinahe ein Gespür bekommen, das ihm verriet, wer auf ihn ansprach und wer nicht.

»Alayla«, murmelte er, als sich die Katze direkt an ihn schmiegte. Sie stupste ihn mit ihrem Köpfchen an und miaute laut auf.

»Spute dich, lange hast du nicht mehr.«

Er sah sich irritiert um, denn ihre Stimme hatte er klar und deutlich vernommen. Konnte sie als Katze sprechen? Doch niemand schien davon etwas mitbekommen zu haben und er runzelte die Stirn. Alayla tatzte ungeduldig nach ihm.

»Ich spreche in deinen Gedanken zu dir. Also schau nicht so, sondern suche dir lieber eine Seele. Siehst du den alten Mann dort hinten? Er sieht so aus, als hätte er sein Leben bald hinter sich, doch würde gerne noch ein paar Jahre dranhängen. Sprich ihn an. Los. Du hast die vorherigen Seelen allein gesammelt, auch die Letzte wirst du selbst einsammeln können!«

Cole seufzte auf, doch er blieb stehen und fuhr erneut mit den Fingern durch das weiche Fell der Katze. Sie klang überzeugt und so, als würde sie wirklich an ihn glauben.

»Kannst du mir verzeihen? Ich liebe dich doch«, fragte er die Katze leise, die den Kopf schief legte.

»Ich kann dir alles verzeihen, denn mein Herz gehört dir ebenfalls... aber jetzt geh und verrichte deine Arbeit! Wir sprechen später!«

Erneut tatzte sie nach ihm und Cole nickte langsam. Sein Herz schlug schneller, während er sich dem Mann zudrehte und langsam auf ihn zuging. Kurz blickte er zu Alayla, die jedoch direkt fauchte und ihm deutete, sich zu beeilen. Cole seufzte auf, hoffte wirklich, dass sie ihm verzieh, was er gesagt hatte. Mit diesen Gedanken trat er vor den alten Mann.

Dieser saß auf einen bequemen Armstuhl und wippte langsam im Takt der Musik. Als er Cole bemerkte, stoppte er und lächelte ihn freundlich an.

»So jung wie du war ich auch einmal. Genieß die Jugend, Bürschchen!«

Cole schenkte ihm ebenfalls ein Lächeln und setzte sich auf den freien Platz neben ihn.

»Würdet Ihr gern wieder jung sein?«, fragte er ihn direkt und der Mann lachte leise auf.

»Wer wäre das nicht!«

Cole nickte und deutete auf das Nebenzimmer. Er hatte mitbekommen, dass sich ab und an so manch einer dort zurückzog, um Geschäfte abzuwickeln. Edgar hatte ihm erzählt, dass Geschäftsmänner dort ihre Verträge besprachen, die sie hier mündlich aushandelten. Laut seinen Reden waren viele Politiker hier versammelt, die etwas im Stadtrat zu melden hatten.

»Wollen wir hinüber gehen? Ich habe ein Angebot für Sie«, sagte Cole leise zu dem Mann, der leise lachte.

»Was auch immer du mir aufschwatzen magst, ich habe kein Interesse. Diese ganzen Salben und Tinkturen, die einem das ewige Leben schenken sollen, das ist doch Irrglaube!«

Cole lachte laut auf und schüttelte den Kopf.

»Das hatte ich auch nicht im Sinn. Nur ein kurzes Gespräch«, sagte er und erhob sich. Der Mann seufzte laut auf, erhob sich aber ebenfalls.

»Na gut, aber nur, weil ich neugierig bin, was du mir andrehen möchtest. Glaube mir, ich habe schon viele sonderbare Dinge gehört!«

»Ich bin mir sicher, dass niemand so ein gutes Angebot hatte, wie ich es habe«, sagte er und führte den Mann langsam durch die tanzende Menge in das Nebenzimmer, wo er die Tür direkt hinter sich schloss.

»Ich kann Ihnen einen Wunsch erfüllen, dafür bezahlen Sie in sieben Jahren mit Ihrer Seele«, kam Cole direkt auf den Punkt. Der Mann hatte sich mittlerweile etwas Whiskey eingeschenkt und lachte laut auf.

»Das klingt noch verrückter als diese Salben und Tinkturen!«, machte er sich über ihn lustig und Cole seufzte auf.

»Aber es ist mein Ernst. Was glauben Sie, weshalb Edgar und Rebekah zusammen sein können? Rebekah ist nicht durch das Schicksal im Rang aufgestiegen... ich habe nachgeholfen!«

Der Mann hob skeptisch eine Augenbraue, schüttelte aber direkt mit dem Kopf. Er glaubte ihm nicht und Cole fluchte innerlich. Dafür hatte er keine Zeit. Erneut kribbelte alles in ihm und ein kurzer Blick aus dem Fenster verriet, dass der Mond beinahe gänzlich am Himmel stand.

»Gib mir deine Seele, alter Mann!«, fuhr Cole ihn an, doch der Angesprochene ließ sich nicht einschüchtern. Entschieden schüttelte er den Kopf.

»Nein!«

Erneut sah Cole aus dem Fenster und erstarrte. Es war zu spät, einen anderen Menschen anzusprechen. Nur dieser Mann hier konnte ihn noch retten, doch er verwehrte ihm die Hilfe. Panik ergriff Cole, der nicht wusste, was er tun sollte. Sein Instinkt riet ihm, zu Alayla zu gehen, zu hoffen, dass sie eine Lösung parat hatte, doch auch sie musste sich an den Pakt halten. Die Tür öffnete sich einen kleinen Spalt und er konnte zu der Fensterbank sehen, auf der Alayla vorhin gesessen hatte. Sie war fort.

Cole hoffte, dass sie sein Versagen bemerkt hatte und notfalls eingegriffen und eine andere Seele gefunden hatte. Er blickte erneut zu dem alten Mann.

Noch ehe Cole etwas erwidern konnte, erbebte die Erde. Sein Herz schlug wie wild gegen seine Brust, Coles Atmung beschleunigte sich. Flucht, er musste hier fort! Doch wohin sollte er gehen? Anstatt zu laufen und dem Drang, zu fliehen, nachzugeben, war er wie festgewachsen und starrte auf den alten Mann. Dieser hielt sich erschrocken an dem Tisch fest, während sich der Boden unter Cole auftat. Mit weit aufgerissenen Augen starrte der Alte ihn an, als in Flammen stehende Hände nach ihm griffen und ihn mit sich zogen. Er kreischte auf, versuchte, sich festzuhalten, doch nichts geschah.

Die Hände waren zu stark und zogen ihn geradezu nach unten.

Nach unten in die Unterwelt, in die Hölle.

# 34 Kapitel

Lang und tief war sein Fall, während seine Gedanken sich überschlugen. Er hatte versagt, er hatte nicht geschafft, was vorgegeben war. Die bittere Enttäuschung legte sich wie ein Schatten um ihn, hüllte ihn ein und veranlasste ihn dazu, die Zähne aufeinanderzubeißen. Doch während das Gefühl, versagt zu haben, stetig größer wurde, wuchs auch die Angst in ihm. Denn er wusste, was ihm bevorstand.

Sein Ende.

Er erwartete einen harten Aufprall, gepaart mit Schmerz, doch dieser blieb aus. Stattdessen zogen ihn die flammenden Hände, die seine Haut jedoch nicht verbrannten, auf den Boden der Unterwelt. Ein ihm fremder Dämon erwartete ihn bereits und musterte ihn aus blauen Augen.

Er wirkte jung und erinnerte Cole mehr an ein Kind als an einen Erwachsenen. Doch die Ausstrahlung des Fremden war gefährlich und beinahe tödlich. Cole wich zurück, als er sich ihm direkt zuwandte. Braune Haare umrahmten das runde, kindliche Gesicht und je näher er ihm kam, desto mehr fiel Cole auf, wie klein er war. Er reichte ihm gerade bis zum Kinn, dennoch konnte er die Aura des Mannes nicht ignorieren. Die blauen Augen, in denen eine eisige Kälte herrschte, fixierten ihn.

»Folge mir.«

Ein Schauer zog sich über Coles Rücken, als er den Kloß, der sich mittlerweile in seinem Hals gebildet hatte, hinunterschluckte. Er wollte sich weigern und ihm versichern, dass er bestimmt nicht mit ihm gehen würde, doch er konnte sich denken, dass er sich ihm nicht widersetzen sollte.

Stattdessen seufzte er laut auf und nickte ihm zu. Misstrauisch war der Blick des Fremden, als er beobachtete, wie Cole zu ihm aufschloss und schließlich setzte er sich mit ihm in Bewegung.

»Du hast es also nicht geschafft. Damit hatte ich bereits gerechnet.«

Jedes einzelne Wort war eine Ohrfeige für Cole, der den Kleineren nun entrüstet ansah.

»Na und? Den höchsten Preis muss ohnehin ich bezahlen. Musst du mir denn noch mehr unter die Nase reiben, dass ich versagt habe?«, fragte Cole ihn und konnte nicht verhindern, dass sich seine Stimme hart und bissig anhörte. So manch einen Menschen hätte er damit zum Verstummen gebracht, doch der Dämon neben ihm zeigte sich gänzlich unbeeindruckt.

Er zuckte als Antwort lediglich mit den Schultern.

»Damit hättest du rechnen müssen.«

Er hatte kein Mitleid mit Cole und doch musste dieser sich eingestehen, dass er damit auch nicht gerechnet hatte.

Langsam sah er sich um und erkannte, dass die flammenden Hände ihn direkt an den Anfang des Waldes gebracht hatten, in welchem er Deumus das letzte Mal gesehen hatte.

Ein seltsames Gefühl kroch in ihm empor und er musste sich zusammenreißen, sich nicht zu übergeben, denn eine Übelkeit erfasste ihn mit einer solchen Heftigkeit, die er in dieser Form noch nie kennengelernt hatte.

»Ich darf zusehen, wenn er dich frisst«, erklärte der Kleinere nun weiter. Cole hob irritiert eine Augenbraue. Der Mann neben ihm klang stolz darauf und als würde ein langersehnter Wunsch endlich in Erfüllung gehen. Cole wusste nicht, ob er ihm gratulieren sollte oder welche Reaktion er erhofft hatte, doch der Mann wartete nicht auf so etwas.

»Schade, dass man das nicht für die Nachwelt festhalten kann. Dieser Anblick soll einmalig sein, auch wenn ich mir sicher bin, dass Alayla das eher nicht so gern sehen würde.«

Eine seltsame Heiterkeit hatte sich um die Stimme des Mannes gelegt, die eine seltsame Gänsehaut bei Cole auslöste. Der kalte Tonfall, in welchem er zuerst gesprochen hatte, war ihm deutlich lieber gewesen.

Nur langsam folgte er ihm durch den Wald, schob die Äste zur Seite und seufzte laut auf.

»Wird sie auch dort sein?«, fragte er ihn.

»Wer?«

»Alayla.«

Der Mann drehte sich zu ihm um und warf ihm einen undefinierbaren Blick zu.

»Sie hat vielleicht ein zu weiches Herz für diese Welt, aber sie ist keine Masochistin. Sie wird nicht dabei sein.« Coles Herz wurde schwer, als der Fremde ihm das offenbarte.

»Wie kann ich mich dann von ihr verabschieden?«, fragte er stattdessen. Der Braunhaarige hatte sich mittlerweile wieder von ihm abgewandt und führte ihn weiter in die Mitte des Waldes. Er drehte sich nicht zu ihm um.

»Gar nicht.«

Ein Ast peitschte in Coles Gesicht, doch er spürte den Schmerz nicht, der von der Rute ausging. Apathisch schob er diesen zur Seite und beschleunigte seinen Schritt.

»Was meinst du damit? Ich möchte mich verabschieden!«, beharrte er, doch der Fremde zuckte mit den Schultern.

»Wenn sie vorhin nicht anwesend war, dann wird nicht mit dir reden. Leb damit.«

Langsam schüttelte Cole den Kopf und warf einen Blick zurück. Was würde der Mann tun, wenn er sich anders entschied und in die entgegengesetzte Richtung lief? Er glaubte zu wissen, in welche Richtung die Dämonenstadt Dis gelegen war und traute sich auch zu, das Haus der Dämonin zu finden. Cole stoppte und augenblicklich blieb auch der Fremde vor ihm stehen.

Kurz warf Cole diesem einen Blick zu, doch er schüttelte warnend den Kopf.

»Wage es nicht. Das nimmt kein gutes Ende für dich.«

Cole seufzte auf.

»Aber ich möchte mich verabschieden«, wiederholte er. Der Mann verdrehte genervt die Augen und Cole konnte ihm ansehen, dass er davon nichts weiter hören wollte.

»Wie ich bereits sagte, das geht nicht und das solltest du auch akzeptieren. Verabschiede dich in deinem Kopf, oder was weiß denn ich. Aber wehe du läufst davon, ich habe keine Lust, dich einzufangen.«

Cole hob eine Augenbraue.

»Als ob du das könntest.«

Er bezweifelte, dass der Mann, der doch deutlich kleiner als er war, flink genug war, um ihn tatsächlich einzuholen. Doch diese Worte schienen bei dem Fremden einen wunden Punkt getroffen zu haben.

Schmollend schob er den Unterkiefer nach vorne.

»Ich fange jeden ein. Man nennt mich nicht umsonst Bowen, den unsichtbaren Blitz.«

Cole fand diesen Spitznamen dämlich, doch wagte es nicht, das auszusprechen. Er widerstand dem Drang, die Mundwinkel spöttisch zu heben. In jeder anderen Situation hätte er sich nicht zurückgehalten, doch an diesem Tag ging es um seine Seele.

Bowen trat an ihn heran, packte seinen Oberarm und zog ihn direkt mit sich weiter.

»Du schindest nur Zeit und das nervt mich. Also los! Der Meister wartet! Und ich möchte auch nicht seine Laune abbekommen, nur weil du hier trödelst und meinst, dich über mich lustig machen zu müssen!«

Bowens Stimme war kalt wie Eis und der Griff um seinen Oberarm sehr fest. So fest, dass er sich unmöglich befreien konnte. Bowen zog ihn weiter durch den Wald und mit jedem Schritt wuchs das Unbehagen in Cole weiter an. Die Bäume wurden immer dichter und dichter, Cole wusste nicht mehr, wie weit sie bereits gegangen waren.

Doch er hatte das Gefühl, als würden sie den Wald bereits eine kleine Ewigkeit durchqueren. Würde Deumus sich Zeit lassen, wenn sie mit einer deutlichen Verspätung ankommen würden?

Cole wagte es nicht, zu fragen, denn er konnte sich denken, dass die Antwort nicht so wäre, wie er es sich erhoffen würde. Stattdessen schwieg er lieber und ließ sich von Bowen weiter wie ein Stück Vieh durch den Wald ziehen. Dabei stolperte er immer wieder ungeschickt über Steine und Wurzeln, was ihm stets ein hämisches Grinsen des Dämons einhandelte.

Er wirkte beinahe schadenfroh, wenn Cole erneut den Halt verlor und ins Wanken geriet. Doch mit der Zeit wurden sie immer langsamer und langsamer, bis Bowen ehrfürchtig stehen blieb. Er ließ von Cole ab und wandte sich ihm gänzlich zu.

Dabei fuhr er mit den Fingern durch seine Haare, strich sie so glatt wie möglich. Doch eine besonders widerspenstige Haarsträhne entzog sich Bowens Gewalt und reckte sich erneut empor.

Bowen bekam davon nichts mit, er warf Cole einen letzten rügenden Blick zu.

»Wir sind da, auf der Lichtung wird er uns in Empfang nehmen.«

Ein seltsames Gefühl ging durch Coles Körper, während er sich über den Oberarm rieb. Die Stelle, an der

Bowen ihn gepackt und mit sich geschliffen hatte, schmerzte noch immer etwas. Doch er würde es überleben. Bei einer anderen Sache war er sich jedoch nicht sicher. Deumus würde ihm kaum Gnade erweisen und ihm zum zweiten Mal das Leben oder die Chance schenken, die er verspielt hatte, indem er die gewünschten Seelen nicht hatte auftreiben können. Das alles lastete schwer auf seinen Schultern und Cole war sich sicher, dass er aus dieser Sache nicht lebend herauskommen konnte. Denn den Tod, den überlebte niemand. Erst recht nicht er.

Kapitel

Bowen zog Cole gnadenlos weiter und betrat mit ihm zusammen die Lichtung. Vorsichtig blickte Cole sich um, doch von dem Dämonenfürsten war nichts zu sehen. Beinahe hegte er die Hoffnung, dass dieser sich eventuell nicht so sehr für ihn interessierte und sich nicht blicken lassen würde, doch als er das Rascheln der Blätter sowie die Schritte vernahm, schlug sein Herz schneller. Sein Mund wurde trocken, während der Dämonenfürst in seiner ganzen Pracht die Lichtung betrat und Cole mit einem undefinierbaren Blick musterte. Cole spürte, wie er von ihm genau geprüft wurde, doch er sagte nichts und wartete, bis der Dämonenfürst auf seinem Thron, der bereits für ihn bereitstand, Platz nahm.

Bowen kicherte voller Vorfreude neben ihn, doch Cole versuchte, ihn auszublenden. Er konnte dessen Freude über seinen bevorstehenden Tod nicht nachvollziehen.

»Ich hab' ihn, Sire!«, kicherte Bowen und gab Cole einen leichten Schubs. Er verlor das Gleichgewicht, geriet ins Wanken und landete vor Deumus' Füßen auf dem Boden. Seine Wangen färbten sich rot und er wagte es nicht, aufzusehen, doch der Dämonenfürst hatte für diese Aktion seines Dieners nur ein Schnauben übrig.

»Ich bin nicht blind, Bauren, das sehe ich.«
Bowen räusperte sich lautstark und Cole konnte hören, wie dieser ein paar Schritte nach vorne ging.

»Ich heiße Bowen«, erinnerte er den Dämonenfürsten. Cole sah auf und beobachtete, wie dieser eine abfällige Handbewegung machte.

»Wie auch immer. Sei jetzt still und geh mir nicht weiter auf die Nerven, sonst kannst du direkt wieder gehen!«

»Aber Ihr habt mir versprochen, dass ich zusehen darf!«, rief Bowen dem Dämonenfürsten dessen Versprechen ins Gedächtnis, doch erneut winkte der Fürst ab.

»Ruhe! Du bist lästiger als jede Höllenfliege!«, knurrte er und ließ seine geballte Faust auf die Lehne seines Thrones niederhämmern. Cole zuckte zusammen und erhob sich langsam.

Er schwieg und wagte es nun, dem Dämonenfürsten direkt ins Gesicht zu sehen. Sein Herz schlug wie wild gegen seine Brust und sein Magen rebellierte.

»Du hast es also geschafft«, begann der Dämonenfürst zu sprechen und Cole hob verwundert die Augenbraue.

»Was?«, fragte Bowen entsetzt und Cole drehte sich zu diesem um. Er konnte ihm ansehen, dass dieser gar nicht begeistert war, seinem Tod nicht zusehen zu können. Auch wenn er nicht verstand, weshalb er noch leben sollte.

Eine Seele fehlte ihm, eine Seele hatte er nicht beschaffen können. Weshalb sollte der Dämonenfürst Gnade walten lassen?

Ein kleiner Hoffnungsschimmer glomm direkt in ihm auf. Alayla.

Sie musste ihm die letzte Seele besorgt haben, kurz bevor er direkt hinab in die Hölle gezogen worden war. Zwar war sie bei diesem Fest als Katze zu Gast gewesen, doch Cole wusste, wie rasch sie ihre Gestalt und vor allem wie gut sie Pakte abschließen konnte.

Sie hatte ihm das Leben gerettet.

Erneut.

Eine andere Erklärung hatte Cole nicht.

»Es ist so, wie ich es sage. Coles Seele wird nicht verschlungen. Zumindest nicht heute«, sprach Deumus ein Machtwort. Bowen grummelte und seufzte laut auf.

»Dann bin ich hier wohl überflüssig!«

Zu gern hätte Cole diese Frage mit einem klaren ‚Ja‘ beantwortet, doch er überließ es Deumus, der seinen Diener mit einer weiteren Handbewegung fortschickte. Missmutig entfernte sich Bowen von der Lichtung, jedoch nicht, ohne sich lautstark darüber zu beschweren, dass er einer Hinrichtung heute nicht beiwohnen konnte.

Cole wartete, bis Bowen gegangen war, ehe er sich an Deumus wandte. Er wartete darauf, dass der Dämonenfürst etwas sagen würde, doch dieser blieb stumm.

»Also kann ich wieder gehen?«, fragte Cole ihn leise, doch Deumus schnaubte auf.

»So schnell sind wir nicht fertig. Komm näher zu mir«, verlangte Deumus und Cole trat die letzten Schritte auf den Fürsten zu, ehe er direkt vor dessen Füßen stoppte. Er schluckte hart, während sein Herz erneut wie wild gegen seinen Brustkorb hämmerte.

Deumus sagte kein Wort, streckte jedoch die Hand nach Cole aus und rammte die Fingernägel seiner rechten Hand direkt in Coles Fleisch.

Cole schrie auf, als sein Blut aus der Wunde trat und hatte gleichzeitig das Gefühl, als stünde sein gesamter Körper in Flammen. Deumus lachte hämisch auf, während Cole sich vor Schmerzen krümmte und an der Hand des Fürsten zerrte. Doch egal wie viel Kraft er auch aufwandte, er konnte dessen Hand nicht aus seiner Brust ziehen. So abrupt wie der Schmerz gekommen war, war er auch wieder fort. Cole sackte zusammen, blickte jedoch hoch zu dem Dämonenfürsten.

»Jetzt bist du ein vollwertiger Dämon und unterstehst mir. Der Preis für deine Freiheit beträgt 1000 Seelen«, erklärte er und Cole seufzte laut auf, doch Deumus schien noch nicht fertig zu sein.

Cole nickte etwas.

»Muss ich die Pakte abschließen, oder die Seelen einsammeln, so wie Alayla mich eingesammelt hatte?«, fragte er ihn und Deumus neigte den Kopf.

»Du arbeitest so für mich, wie es Alayla getan hat. Du treibst die Seelen ein, wenn ich es dir befehle oder suchst willige Sterbliche, die sich mir opfern wollen«, erklärte er, doch Cole wusste nicht so recht, was er mit dieser Antwort anfangen sollte. Er nickte stattdessen und nahm sich vor, hinterher Alayla zu fragen, was diese Aussage genau zu bedeuten hatte.

»Geh jetzt. Alles weitere wirst du schon früher oder später mitbekommen. Ari wird dir die Aufträge mitteilen«, sagte Deumus und winkte ihn fort. Cole hob eine Augenbraue, nickte jedoch und wandte sich ab.

»Alayla ist in der Stadt, oder?«, fragte er ihn und hörte Deumus laut schnauben. Lachte der Dämonenfürst über ihn? Tatsächlich ging das Schnauben des Fürsten in schallendes Gelächter unter und er seufzte laut auf.

»Du denkst noch immer wie ein Sterblicher!«, machte sich der Fürst über ihn lustig und Cole beschloss, lieber zu gehen. Mit einem lauten Seufzer setzte er sich in Bewegung und ging zurück in die Richtung, aus der er gekommen war. Er hatte das Gefühl, als würde ihm ein großer Stein vom Herzen fallen und alles, was er wollte, war Alayla zu finden. Jetzt, wo er ein vollwertiger Dämon war, hatten sie eine Zukunft.

Sein Weg führte ihn durch den dichten Wald, durch welchen ihn zuvor Bowen geführt hatte. Diesen sah er auf einem umgefallenen Baumstamm am Waldrand sitzen, er schnaubte und blickte enttäuscht in Coles Richtung.

Er schien es ihm noch immer übelzunehmen, dass er am Leben war und dass er nicht hatte zusehen können, wie er vom Dämonenfürsten verschlungen worden war.

Beleidigt wandte sich Bowen von ihm ab und Cole zuckte mit den Schultern. Schließlich ging er weiter, beschleunigte seine Schritte. Alles in ihm zog ihn weiter, weiter in die Richtung der Dämonenstadt. Er war sich sicher, dass Alayla dort auf ihn warten würde. Bestimmt konnte sie es ebenfalls kaum erwarten, dass er sie in seine Arme schließen konnte. Denn nun, wo all der Stress von ihm abgefallen war, konnte er sich auf die Zukunft konzentrieren. Sein Leben als Dämon, das er mit nur einer einzigen Person teilen wollte.

Und er konnte sich nicht vorstellen, die Ewigkeit ohne die Rothaarige zu verbringen, die ihm sein Herz geraubt hatte.

 Kapitel

Mit einem Lächeln auf den Lippen ging Cole langsam weiter und hatte den Wald bald gänzlich hinter sich gelassen. Er sah sich um, versuchte, seine Gedanken zu sortieren. So fühlte es sich also an, wenn man ein richtiger Dämon war? Cole musste feststellen, dass er kaum einen Unterschied bemerkte. Er fühlte sich wie immer und konnte nicht sagen, dass eine Veränderung eingetreten war. Gut, er konnte spüren, dass seine Kräfte, die Deumus ihm wohl geschenkt hatte, deutlich stärker waren und mehr mit seinem Wesen verschmolzen als zuvor, doch mehr?

Mehr konnte er nicht wahrnehmen.

Mit einem Schulterzucken ging Cole weiter und betrat schließlich die Stadt Dis. Ein wenig orientierungslos war er allerdings noch, weshalb er sich langsam umsah.

»Wo war es nochmal?«, fragte er sich leise, während er an den alten Mauern der verschiedenen Häuser vorbei ging. Er versuchte sich zu erinnern, doch es fiel ihm schwerer, als er zugeben wollte. Erneut seufzte er laut auf, wie schon so oft, und schlenderte weiter durch die Straßen.

Diese waren belebt und anders als sonst blickte Cole direkt in die Gesichter der Dämonen. Sie waren nun seine Weggefährten und würden ihr Schicksal mit seinem teilen.

Vielleicht würde er auch bald mehrere Seelensammler kennenlernen und möglicherweise konnte er auch Freundschaften hier schließen.

Doch das alles schob er in den Hintergrund, denn noch bevor er Freundschaften knüpfen konnte, wollte er mit Alayla sprechen. Sie hatte ihn gerettet und dieses Leben hier erst möglich gemacht.

Er bog in die nächste Seitengasse ein und blieb vor einem Haus stehen, das genauso aussah wie alle anderen der Stadt. Dennoch hatte er das Gefühl, dass er hier genau richtig war. Er streckte die Hand nach dem Türgriff aus und umfasste diesen, hielt jedoch inne.

Was wäre, wenn er in das falsche Haus spazieren würde? Er konnte gut auf eine Auseinandersetzung mit einem weiteren Dämon verzichten, denn gewiss würde er in einer Rangelei den Kürzeren ziehen. Stattdessen ließ er die Türklinke los und klopfte.

Er wartete, doch nichts geschah. Cole seufzte laut auf.

Er war sich sicher gewesen, hier richtig zu sein!

Erneut hob er die Fingerknöchel über die Holztür und klopfte erneut fest an. Wieder tat sich nichts. Frust machte sich in ihm breit, als er nun doch nach dem Griff fasste und diesen hinunterdrückte.

Mit einem lauten Quietschen ging die Tür langsam auf, doch Cole wagte es zunächst nicht, einzutreten. Doch es blieb still, niemand beschwerte sich und so betrat er das Haus.

Kaum hatte er die Füße durch die Tür gesetzt, entzündeten sich Kerzen wie von selbst und er sah sich um.

Er hatte sich nicht in der Tür geirrt, das hier war Alaylas Haus. Er erkannte den Teppich, die Theke und auch das Sofa, auf dem er etliche Stunden mit ihr zusammen verbracht hatte. Sie hätte in seinen Armen gelegen und er hatte jede Sekunde davon genossen. Bei der Erinnerung daran zog sich ein Kribbeln durch seinen Körper.

»Alayla?«, rief er in die Stille und sah hoch zu der Treppe, die in das Obergeschoß führte. Cole wusste, dass sich dort das Badezimmer mit einer großen Badewanne befand, sowie ein Schlafzimmer, in dem Alayla gern die Ruhe genossen hatte und die Energie getankt hatte, die sie für die Ausführung ihrer Arbeit benötigte.

Er hörte etwas, Schritte.

Angespannt und voller Vorfreude blieb er stehen, trat zur Treppe und sah nach oben. Die Schritte kamen näher, doch als er erkannte, wer die Treppe hinabstieg, verzog er das Gesicht.

»Imara«, murmelte er enttäuscht. Mit ihr hatte er nicht gerechnet. Doch möglicherweise hatte Alayla sie gebeten, hier auf ihn zu warten, und hatte ihn suchen wollen? Cole war sich sicher, dass sie einander nur knapp verpasst hatten.

»Wo ist Alayla?«, fragte er sie direkt, als sie über die Treppe geschritten war. Ihr Gesicht war ausdruckslos und er hatte noch nie im Leben so leere Augen gesehen, wie Imara sie in diesem Moment besaß.

Ein solchen lebloser Ausdruck war sonst nur in den Patienten der Psychiatrien vorhanden gewesen und doch hatten selbst sie mehr vor Leben gestrotzt als die Dämonin vor ihm.

Cole runzelte die Stirn.

»Imara?«

Die Angesprochene schüttelte den Kopf und ging an Cole vorbei. Sie beachtete ihn nicht, als sie sich auf dem Sofa niederließ.

»Hast du dich mit deinem Freund gestritten?«, fragte Cole sie weiter und war sich fast sicher, dass sie sich mit Beal in die Haare bekommen hatte. So wie er es bei dem letzten Gespräch zwischen ihr und Alayla mitbekommen hatte, waren die beiden Giftverteiler nicht immer einer Meinung.

Imara wandte den Blick zu ihm und seufzte laut auf.

»Du weißt es nicht?«

Cole runzelte die Stirn und tat näher an sie heran.

»Was weiß ich nicht?«, fragte Cole sie leise, ließ sich neben sie auf dem Sofa nieder. Imara wandte den Blick ab.

»Du lebst, weil sie tot ist.«

Coles Herz blieb einen Moment stehen, doch er konnte nicht glauben, was sie ihm offenbart hatte. Er schüttelte den Kopf über ihre Worte.

»Was redest du da?«, murmelte er, doch Imara nickte bekräftigend.

»Die letzte Seele, die du nicht einsammeln konntest, war sie. Du hast sie auf dem Gewissen!«, schrie ihm entgegen und Cole zuckte zusammen. Wieder schüttelte er den Kopf. Was sie da sagte, das konnte er kaum glauben.

»Nein!«, schrie er und presste sich die Hände an die Ohren.

»Doch! Sie ist fort und das ist deine schuld!«, entgegnete Imara laut und ein Faustschlag traf Coles Bein. Doch den Schlag spürte er nicht, er schüttelte vehement den Kopf.

»Du musst dich irren!«

»Das tue ich nicht! Ich war bei ihr! Sie ist fort, sie ist tot! Deinetwegen!«, klagte Imara und ihre Worte gingen in einem lauten Schluchzer unter. Cole schüttelte wieder den Kopf und wusste nicht, was er sonst tun sollte. Er konnte nicht glauben, was sie sagte. Er wollte es nicht glauben. Imara schlug erneut auf ihn ein und schluchzte herzergreifend auf. Dabei fiel die kleine Kristallkugel von dem Tisch, der neben dem Sofa stand. Cole hatte dieser Kugel keine Beachtung geschenkt, hatte sie für ein Geschenk der Hexen gehalten, mit denen sie bekannt war.

Doch kaum berührte die Kugel Imaras Haut, veränderte sich der Nebel in ihr. Imara schluchzte und schlug sich die Hände vor die Augen.

»Ich will es nicht sehen! Ich will das nie wieder sehen!«, schrie sie verzweifelt, während Cole die Kugel mit zittrigen Händen an sich nahm.

Sein Herz schmerzte, denn der Nebel zeigte Alayla. Seine Alayla. In einem verwilderten Waldteil, vor Deumus. Seine Kehle trocknete aus, während das Artefakt die Erinnerung Imaras wiedergab.

»Und du bist dir wirklich sicher?«

Deumus' Stimme hallte durch die Bäume und Alayla, die direkt vor dem Fürsten stand, nickte. Sie sah entschlossen aus und doch zierte ein trauriges Lächeln ihr Gesicht.

»Ich habe noch nie einen Dämon verschlungen«, sagte Deumus ihr und sie zuckte mit den Schultern.

»Ich bin mindestens genauso viel wert wie die Seele eines Menschen. Meine Kräfte sind während meiner Zeit gewachsen und werden dir gehören, wenn du mich statt einer Seele nimmst.«

Deumus zuckte mit den Schultern und begann, Alayla zu umrunden. Doch sie blieb stumm stehen und wartete.

»Wieso?«, fragte Deumus sie und blickte ihr direkt in die Augen. Er war gestoppt und nur wenige Zentimeter trennten sein Gesicht von dem ihren. Sie sah ihm entschlossen entgegen.

»Weil ich ihn liebe und lieber sterbe, als ihn zu verlieren«, sagte sie mit fester Stimme. Deumus lachte trocken auf.

»Liebe. Liebe ist so menschlich. Er hat dich weich gemacht. Ich bin enttäuscht von dir.«

Deumus wandte den Blick von Alayla ab, ging ein paar Schritte von ihr weg und betrachtete sie.

»Nein. Das hat er nicht, er hat mir nur gezeigt, wer ich wirklich bin. Wenn du vorhast, ihn zu töten, dann bitte ich dich… nimm mich.«

Nun trat ein Flehen in ihre Stimme und Deumus musterte sie ausdruckslos. Sie sah entschlossen aus, als duldete sie keinen Widerspruch.

»Bitte«, fügte sie hinzu und Deumus schüttelte den Kopf.

»Jetzt flehst du auch schon, wie ein Mensch. Das ist erbärmlich. Aber gut, wenn es das ist, was du willst. Ich gewähre dir diese Bitte, das ist mein Akt der Gnade für dich.«

Im Hintergrund begann eine Frau zu weinen, Imara. Sie flehte mit leisen Worten, dass Alayla das nicht tun sollte. Sie weinte heftiger und zerrte an der Hand Alaylas, doch diese nickte.

Deumus trat nun näher an sie heran und grauer Rauch schlängelte sich an Alaylas Füßen hoch. Er vermischte sich mit roter Glut und sie brüllte schmerzerfüllt auf. Imara zog sie in ihre Arme, doch die schmerzenden Rauchschwaden verletzten sie nicht, während sie den Körper Alaylas verglühten.

Sie brüllte und brüllte, bis sich das, was in ihr wohnte, von ihr löste. Ihr Körper sackte leblos in sich zusammen, während eine zweite Version von ihr in durchsichtiger Gestalt auf Deumus zutrat. Er streckte die Arme nach ihr aus und drückte sie in sich. Verschlang sie auf diese Art und Weise gänzlich, während der Körper Alaylas zu Asche zerfiel, zerfressen von Feuer und Rauchschwaden.

Cole schmiss die Kristallkugel quer durch den Raum, sie zerbrach an der Wand in tausend Scherben und ein gequälter Schrei entkam ihm.

Er hatte die Ewigkeit mit ihr verbringen wollen, doch nun war er ohne sie. Ohne seine Gefährtin der Nacht, die ihm mehr bedeutete als alles andere.

»Ich wollte nie, dass sie das tut!«, schluchzte Cole laut und Imara schwieg, sie war in ihren eigenen Gefühlen versunken.

Sie hatte ihre beste Freundin verloren und Cole, Cole hatte die einzige Frau verloren, die er wahrhaft geliebt hatte.

Die Frau, die seine Schwäche für Rothaarige geweckt hatte. Die Frau, die seine Ewigkeit hätte sein sollen.

Sie war fort, hatte eine Leere hinterlassen, hatte ein Loch in seine Brust gerissen, wo sein Herz gewesen war.

Epilog

»**B**itte! Bitte, nicht!«

Das Flehen der jungen Frau drang nur vage an seine Ohren, er seufzte fast schon genervt auf und verschränkte die Arme vor der Brust. Deumus, der direkt vor der Frau stand, lachte hämisch.

Cole hatte herausgefunden, dass der Dämonenfürst es genoss, wenn die Menschen Angst vor ihm hatten. Jedes Flehen war wie Musik in seinen Ohren und je mehr die Opfer nach Gnade verlangten, desto langsamer kam der Tod für sie.

Dunkle Rauchschwaden umgaben bereits die halbe Körperhälfte der Frau, während die ersten Flammen über ihren Körper tanzten. Sie schrie gequält auf, wollte fliehen, doch konnte sich keinen Zentimeter weit bewegen.

Wieder lachte Deumus, ehe er der Frau das Leben aushauchte, die in qualvollen Schreien ihre letzten Sekunden durchlitt. Dann sackte ihr Körper zusammen und zerfiel langsam zu Asche, während der Seelenverschlinger sich die Seele der Frau einverleibte.

Sie hatte ihre Seele für eine Heirat hergegeben, die ihr jedoch kein Glück gebracht hatte. Als Cole sie beobachtet hatte, hatte sie ihn schrecklich an sich selbst erinnert, doch Mitleid hatte er keines mit ihr gehabt.

Es war, als wäre jegliches Gefühl direkt mit Alayla vor vielen Wochen gestorben. Cole hatte sich rasch in diesem Leben eingefunden und ihr Haus bezogen, die Einrichtung jedoch ein wenig verändert, damit es wie eine Vermischung aus seinem und ihrem Leben wirkte.

Er vermisste sie.

An jeden schmerzlichen Tag, in jeder Sekunde.

»Gute Arbeit. Wie ich sehe, warst du doch keine Verschwendung«, lobte Deumus ihn und deutete ihm an, dass er gehen sollte.

»Ich lasse dir den nächsten Auftrag über Ari zukommen. Solltest du in der Zwischenzeit an deinem Schuldenkonto arbeiten wollen, so weißt du, was zu tun ist.«

Cole nickte schweigend, wandte sich von Deumus ab und ging langsam durch den Wald zurück.

Womöglich würde er sich in die Menschenwelt begeben und weitere Pakte abschließen, die ihm näher an die Freiheit brachten. Doch in diesem Leben würde er noch viele Menschen ihr Verderben stürzen müssen und noch viele dem Verschlinger übergeben.

Doch damit hatte Cole sich abgefunden.

Er hatte sich mit seinem Schicksal abgefunden und damit, dass sein Herz nie wieder für jemanden schlagen würde. Die Liebe war mit ihm gestorben und er war sich sicher, dass er nie wieder eine Frau finden würde, die so wäre wie sie.

Wie Alayla.

Seine rothaarige Schönheit, die es ihm ermöglicht hatte, weiterzuleben.

Das würde er tun, er würde vollenden, was sie nicht geschafft hatte – er würde alle gewünschten Seelen einsammeln und sich freikaufen.

Und dann, in seinem Leben in Freiheit, würde er alles dafür tun, sie wieder zurückzuholen. War er erst frei, würde es einziges Bestreben sein, Alayla zurück an seine Seite zu bringen. Egal ob mit der Hilfe von Hexen, Dämonen oder anderen Wesen, die diese grausame Welt bevölkerten.

Könnte er, würde er einen neuen Pakt abschließen, auch mit dem Teufel höchstpersönlich.

Er würde alles tun. Alles, um sie wieder in seine Arme schließen zu können.

Doch bis es soweit war, war er nichts weiter als ein Seelensammler.

– Ende –

Danksagung

Hier an dieser Stelle möchte ich mich bei allen Personen bedanken, die mich während des Projekts von Seelensammler unterstützt haben.

Zunächst gilt mein Dank meiner Lektorin Yvonne, die mir dabei geholfen hat, das Beste aus dem Buch herauszuholen. Danke, dass du immer für mich da bist und dass ich mich zu jeder Tages- und Nachtzeit bei dir mit allen Fragen wenden kann.

Ein weiterer Dank gilt meiner Familie, die mich mental unterstützt. Besonders meiner Mutter, die jedes meiner Bücher verschlingt, danke ich. Denn ohne sie hätte ich niemals zu schreiben begonnen.

Ein besonderer Dank gilt meinem Lebensgefährten, der mir stets Zeit gibt, mich im Schreiben zu verlieren und mich unterstützt und mir dann unter die Arme greift, wenn es notwendig ist.

Auch meiner besten Freundin Jessica und meiner Patentochter Vanessa danke ich für die Euphorie, mit denen sie die Geschichten verschlingen.

Der letzte Dank gilt allen Lesern, denn ohne euch könnte ich diesen Traum nicht leben. Danke.

Ruf der Magie
Dämonenblut
Linnea Bennett

Aurora zieht mit ihrer Familie nach Schottland und muss schon bald feststellen, dass ihr Leben nicht das sein wird, was es einmal war.

Rätselhafte Träume, mysteriöse Begebenheiten und ihre Großtante machen es ihr nicht gerade leicht, sich einzuleben.

Als sie dann auch noch ein magisches Ritual bei Vollmond beobachtet, steht ihre Welt gänzlich Kopf.

Und wer ist dieser geheimnisvolle Mann, der ihr plötzlich im Wald gegenübersteht?

Schneller als es Aurora lieb ist, findet sie sich in einer Welt voller Magie wieder und muss einen Weg beschreiten, von dem sie sich nie erträumt hätte, ihn gehen zu müssen.

Band 1 der Dilogie aus der Reihe "Ruf der Magie".

Ruf der Magie
Dämonenfeuer
Linnea Bennett

Aurora steht vor einem Trümmerhaufen, der einst ihr Leben war. Entsetzt stellt sie fest, dass sie ihre Hexenkräfte verloren hat und ihr nur noch die Dämonenfähigkeiten bleiben.

Es zieht sie in die Unterwelt, wo sie ihren Vater, einen mächtigen Dämon, finden muss. Angetrieben von Rachsucht und Wut will sie Valaria stürzen, die ihr alles genommen hat, was ihr lieb ist.

In einem Strudel aus Verrat, Intrige, Liebe und Freundschaft muss Aurora die richtigen Entscheidungen treffen, wenn sie ihr Leben zurück möchte. Aber ist das überhaupt noch möglich?

Band 2 der Dilogie aus der Reihe "Ruf der Magie".

Der Fluch der Eris
Meeresrufen
Linnea Bennett

Vor vielen tausend Jahren hat die griechische Göttin Eris Amphitrite, Persephone und Hera um ihre Unsterblichkeit betrogen und sie in den Tod geschickt. Damit wurde ein Fluch ausgelöst, der Poseidon und seine beiden Brüder erheblich schwächt, doch er ist nicht unauflöslich.

Erblüht der Olivenbaum des Olymps, öffnet sich ein Zeitfenster von einem Jahr, in dem sie die wiedergeborenen Göttinnen zurück in die Welt der Mythen führen können.

Seitdem wartet Poseidon auf seine Liebste, doch als sich ihm die langersehnte Gelegenheit bietet, lässt sie sich nicht so einfach erobern, wie er es sich erhofft hat. Wird er ihr Herz für sich gewinnen und den alten Fluch brechen können?

Band 1 der Trilogie "Der Fluch der Eris".

Märchenwaldchronik
Band 1
Lilyana Ravenheart, Alice Valeré, Linnea Bennett

Es war einmal....
So beginnen die altbekannten Märchen. Aber wer kennt die wahren Geschichten hinter diesen alten Erzählungen?

Ein Wesen, das Stroh zu Gold spinnt und als Gegenleistung das Erstgeborene der künftigen Königin verlangt. Eine grausame Forderung, hinter der mehr steckt als es scheint.

Die Hexe von Hänsel und Gretel. Alle sehen in ihr nur das Böse, aber niemand sieht den tiefen Schmerz im inneren ihres Herzens.

Ein wunderschönes Wesen mit einem Herz, so kalt und dunkel wie der Grund des Meeres. Ist es möglich, dieses Herz zu erwärmen und mit Licht zu erfüllen?

Taucht ein in die Welt der Märchenwald Chroniken und erfahrt, was es wirklich auf sich hat, mit den Figuren der altbekannten Märchen.

Mohnblütenträume
Lilyana Ravenheart

Bastet und Morpheus, eine göttliche Liebe, die nicht sein darf. Zumindest, wenn es nach dem Rat der Götter geht. So beschließt Bastet letztendlich, sich zu opfern, um in einer Zeit wiedergeboren zu werden, in der sie und Morpheus glücklich sein können.

Mehrere tausend Jahre später kehrt sie zurück – als Mensch und ohne Erinnerungen an ihr göttliches Ich. Morpheus setzt alles daran, seine Liebste zurückzugewinnen, was allerdings nicht so einfach ist. Glücklicherweise steht ihm sein bester Freund Eros, der griechische Gott der Leidenschaft, zur Seite.

Doch dann taucht plötzlich eine unbekannte Macht auf, die hinter Morpheus und Bastets Kräften her ist und alles versucht, um die Reiche der Götter zu vernichten.